桜の花のかがやき

上巻

于強【著】
稲見春男【訳】

東京図書出版

まえがき

私は長年に亘り日中文化交流に寄与してまいりました。また同時に数多くの生き生きとした豊富な素材も得ることが出来ました。1987年から1994年には日中を題材とした長編小説『风媒花』、『翰墨情缘』(日本語版書名『李海天の書法』)、『異国未了情』(日本語版書名『夫よ　日本の何処に』)三作品を日本、中国で同時出版し、強烈な反響と数多くの読者の方々を感動させるという栄誉を得ました。

上海に住む日中の混血児である朱家平氏も、私の幾つかの小説を閲読され、私宛てに手紙を頂きました。彼の命運は私の小説に描かれた命運に比べ更に悲惨であると言うのです。私はその道徳上許されるべきでない情を断った日本人の生みの父親を暴き出し、彼の経歴を作品に纏めようと決心しました。その後、何度も取材を繰り返し、すこぶる震撼しました。そして一篇のルポを纏め、1999年第12期『新民週刊』上に発表致しました。当該週刊誌の表紙には人目を引く表題と絵が掲載され、その時の表題は『人間の証明 —— 日本孤児父を捜す悲劇』でした。週刊誌が発刊されると上海で大きな反響が起こりました。日本の映画『人間の証明』が中国で放映されると津々浦々まで知れ亘り、上海では「『人間の証明』の最新版」が現れた程です。このルポは日本の『朝日新聞』上海事務局局長古谷浩一氏の関心も引き、上海市役所外交事務局を通じて私を探し出し、私に同行し日中混血児、朱家平氏を取材したいと申し出があり、取材後には『朝日新聞』にも取り上げて頂きました。

朱家平氏の不幸な人生は私の心を冷静にはさせてくれませんでした。私はまた、幾度となく彼を訪問取材し、長編小説『樱花璀璨』を書き上げ、2006年上海文芸出版社から出版いたしました。本書中の描写は若い女性二人が21世紀初めに全く異なった目的を抱き日本に留学し、数多くの辛苦と苦痛を経験して愛情に包まれた婚姻とその紆余曲折。物語は生涯を通じて国際結婚のもたらす悲愴と遺恨。新一代の異国的恋情、婚姻、間違った愛、もつれと挫折。極めて少ない日本人の情を断った薄情者、良識の無い恋人の暴露と非難。数多く居る善良な日本人の日中友好の心情を謳歌称揚。全書を通じて抑揚起伏に富んで涙を誘うのでしょう。

この小説が出版された後、新華社、人民日報、中国新聞社、北京週報、文芸報等中国十数企業の媒体が評価し、同時に反響を呼びました。安徽省人民ラジオ放送局では47集の長編小説として連続放送され、また数多くの放送局でも放送された後には、多くの聴衆者に深い感動を与えました。

上海ニッキー時装有限公司総経理稲見春男氏も『櫻花璀璨』（日本語版書名『桜の花のかがやき』）を閲読後にとても感動され、余暇時間を利用してこの小説の一章を日本文に訳し、日本の友人に紹介しました。多くの日本人が興味を抱き、感銘を受けました。稲見氏は彼らの引き続き読みたいという願いを受け止め、気持ちを奮い立たせ、その後も引き続き翻訳を続けました。また同時に更に多くの人々に閲読してもらえたらと期待し、この小説を全て日本語に訳する事を決心しました。その結果、日本の神戸学院大学劉幸宇氏の推薦を得て「東北サイト日本語」に連載決定の連絡を受け、稲見氏、私共々無比に喜びを感じております。此処に謹んで「東北サイト日本語」編集部の方々に感謝の意を表します。

日本の軍国主義者が起こした侵略戦争が数多くの戦争孤児を生み、不幸と苦痛を与えました。我々はこれらの歴史を戒め未来に進むべきであると考えます。戦争孤児と彼らの子女である弱者に至っては、更に多くの愛と関心を持ち幸福な生活が送れますよう願うものです。

『櫻花璀璨』日本語版の出版に際し、稲見春男氏の翻訳に感謝するとともに校正を務めて頂いた神戸学院大学の上田雅弘氏と濱田敏和氏に感謝を申し上げます。また、寧顕剛氏、劉幸宇氏、呉偉利女史、周倍氏、劉渝宏氏の皆さまには大変御尽力頂き、感謝を申し上げます。

2024年7月　吉日

于強

第一章

上海の朝、東から昇り始めた太陽は眩しくキラキラと輝き、この近代化された大都会を金色に染めていた。

一本の静寂な路地に一台の青塗りのタクシーが30番地の前で止まった。玄関のドアを開け25歳前後であろう一人の女性が出て来た。しなやかにすらりと伸びた曲線美と白く丸みの帯びた素朴な顔には明るい瞳と若さが溢れている。朝の光は美しくすっきりと静かにそれを映し出した。彼女はレンガ造りのこの家をじっと見つめ、そのまだらな紅い壁にそっと細い指で触れた。

彼女の名前は田桜桜。東京への留学のためにまさに出発しようとしているところである。しかし彼女はいつまでもこの古い我が家に名残を惜しんでいた。

田桜桜の父親であるもみ上げに白髪の交じった田海盼は、家の中から出てきて田桜桜を見ると「ここはもともとお前の生まれた家だ。よく見ておくとよい！　この次戻って来る時はもう無くなってるだろう。もう見る事も出来ないだろう！」と一言告げた。

父の言葉は田桜桜の胸に突き刺さった。自分の生家を見るのは最後であること、そして日本への留学が彼女の胸を締め付け、彼女の鼻を詰まらせ、目には涙を潤ませた。

この家は特に大きいわけではない。しかし一家四世代の喜びや笑い声、そして多くの苦難の日々の思い出がいっぱい詰まっていた。

田桜桜はこの家に生まれ育ち、幼かった頃にはこの中庭で友達とゴム跳びをしたり、ボール遊びをしたり、高校・大学時代にはこの古い家で同級生と歌を歌いダンスを楽しんでいた。

父と母は数えきれない苦難の歳月をこの家で過ごし、祖父母たちも苦労の日々に耐えていたと聞く……ここにある全てが彼女には忘れ難い記憶として残っていた。

次に戻って来る時にはもうこの古い家は取り壊され、ショッピングセンターが建設されるという。彼女は幾度となくこの家を見つめながら心中には口に出せない名残惜しさを感じていた。さらに彼女の胸中にはそれら全てが愛情を犠牲にしてまでの日本留学である事を、父にも母にも告げることは出来ずにその悲しみを自分の胸に閉じ込めていた。

一方すぐに上海を離れ日本へ行く事を考えると、同じ大学の恋人の陸雲鵬との思い出に終止符を打たなければならないことが、自然と彼女の目から一筋の涙を落とさせた。

「次にあなたが帰ってくる時には新しい家に新婚夫婦の部屋を用意しておくからね。それに今の住まいより広くなるようだから、もうこの家のことは忘れるのよ」母の張秀蘭は出てくるとそう言って慰めた。母は50歳を過ぎているが体はとても丈夫である。

「準備が出来たわ！　どう？　出発しましょう！」

「うん！　わかった」田桜桜は涙を拭きながら名残を惜しむようにしてこの家の中からバッグを持ってきた。

父はスーツケースを取り出し、母は玄関に鍵をかけた。彼らはタクシーのトランクに荷物を入れると、タクシーはエンジンをかけ煙を残して走り出した。タクシーがその場から離れると、近所の人々の何人かが出て来てあたりをきょろきょろと見回しながらひそひそと話し合っていた。

「日本の野蛮なやつらに一家三世代全て破滅させられた。本当にひどい事をするよ」

「もしかしたら四世代まで破滅させられるかも知れない」

「桜桜は日本へ留学しておじいさんを捜そうとしているんじゃないのか？」

「うまく行って、もし捜し当てたとしても彼女をわからないだろう」

「もしかしたら桜桜はあの野蛮なおじいさんを捜し出して敵でも取ろうとしているんじゃないのか？」

「五十年以上も過ぎているんだ。良いように考え過ぎてるんじゃないのか？」


タクシーは浦東国際空港に向かう高速道路を走っていた。田桜桜は運転席の隣に座りじっと前方を見つめ冷静さを装い、父と母は後部座席に座り母は時折涙をハンカチで拭いていた。

「お前の妹の娘玲玲は見送りに来るのかい？」父はそんな母に気遣うように話しかけた。

「もう来ないでしょう。桜桜は挨拶を済ませたから」秀蘭は言った。

「桜桜、友達は空港に見送りに来るのかい？」田海盼が聞いた。

「来ないんじゃない？　彼らは送りに来ると言ってたけど断ったから」田桜桜は沈みがちに答えた。

車は途中渋滞もなく順調に浦東空港に到着した。田桜桜とその両親は空港のロビーに来ていた。ロビーはざわざわと多くの人々が網の目のように行き交っている。比較的来るのが早かったからか、搭乗手続きもスムーズに済み、手荷物も預け、搭乗券も受け取った。これは田桜桜が生まれてから初めての遠出である。彼女の胸中には思わず怯えの気持ちと、混乱と辛さと、何かが喉を塞ぎ目には涙が溢れていた。しかし、今度の留学は単なる留学ではない。両親の重要な任務と期待を担い、そしてやり遂げる使命がある。両親の正義を正し、天国の祖母に対しても何としても成し遂げる事を誓い、唇を噛み締めた。

田海盼はとても可愛がっていた田桜桜を見つめ、娘が自分のもとを離れ、遠く異国に旅立つ事を思うと、何とも言いがたい名残惜しさと切ない気持ちであった。娘が本当に日本で生活が出来るのか、学習に適応出来るのか、私の望む使命をまっとう出来るだろうか。彼は未だ揺れ動き落ち着かない気持ちを抑え、努めて平静さを装っていた。しかし目頭は熱く、いくら抑えようとしても涙は止まらずにいられなかった。張秀蘭も車に乗ってからもひっきりなしに涙をぬぐった。女の脆さ、女の溺愛、思わず涙が滝の如く溢れた。

「日本に着いたら注意しなさいよ」彼女は咽び泣きながらも娘を見つめて言った。

「お母さん！　言わなくてもわかっているから」

「覚えておきなさい、『急いては事を仕損じる』。何かあったら上村正義さんに教えをもらうのだよ」田海盼は気持ちを込めて言った。

「お父さん、わかっているから！」

「桜桜、どうか慎重にね！　体に気をつけるのよ！」母親はくどくどと話した。

「わかってるよ！　お母さんこそ仕事が終わってから無理してパートをしちゃダメよ！　それとお父さんも危ないから自転車で遠くまで釣りに行っちゃダメよ！」田桜桜は田海盼に念を押した。

田海盼と張秀蘭はうなずいた。

「お父さん、お母さん、借りたお金！　アルバイト代が入ったら必ず家に送金するからね！」田桜桜は言った。

「桜桜、それよりもあなたはまず勉強が第一、アルバイトは第二だからな！」田海盼が付け加えた。

「桜桜、くれぐれもテレビドラマの留学生みたいにバイトばかり夢中になったらダメよ！　体を壊すからね！　それにお金のためにしてはいけないアルバイトをしては絶対だめよ！」張秀蘭は気を揉みながら言った。

「もう！　わかってるから！」田桜桜は面倒くさそうに答えた。

この時一人の25歳前後の若い女性が包みを抱えて叫びながら駆け寄ってきた。

「おじさん、おばさん、桜桜！」

「あっ！　玲玲が来た！」田桜桜は意外な出来事に驚いた。

「どうしたの？　玲玲、あなたは来ないはずじゃなかったの？」張秀蘭は聞いた。

「でもよくよく考えて、やっぱり桜桜に渡したいものがあったので……」李玲玲は一袋の包みを手渡して言った。

「この袋の中のカシミヤのセーターは私から、ビニール袋の中のソーセージと鴨肝はママからのものよ！」

「どうもありがとう。わざわざ来ていただいて」田桜桜は包みを受け取りながらお礼を言った。

「そんなに気を遣わなくて良いのに」張秀蘭も言った。

「これはほんの気持ち。私のママが聞いた話では日本の食べ物はとても高いらしいから少しでも役に立てればいいって、それにこのセーターは桜桜がそれを着る時、私を思い出してくれるでしょう」そう言って李玲玲の話は終わり、また田桜桜を引っ張りそっと耳打ちした。

「玲玲、何を内緒話をしている？」田海盼が聞いた。

「彼女はきっと桜桜に良い日本人を紹介してくれるよう頼んだのよ」張秀蘭は言った。

李玲玲は優しく微笑んだ。

「玲玲、お前は未だ日本語もわからないだろう、桜桜に紹介してもらうのも慎重にしなさい」田海盼が言った。

「桜桜はまずは勉強してから、アルバイトもして……それに生まれてから今日まで日本人の事を知らないのよ。桜桜、あなたは誰か紹介出来るの？」秀蘭は言った。

「私はただ彼女にちょっとだけ気に留めておいてほしいだけなのよ」李玲玲は言った。

「玲玲、私もきっと忘れないから」田桜桜はその場をごまかした。

「ありがとう。桜桜！」李玲玲は興奮しながら前に出て田桜桜を抱きしめた。


ロビーの向こうから一人の四十代後半であろうか、おしゃれに着飾った女性が若い女性に付き添って手荷物を押しながら歩いて来る。

若い女性は22歳前後、まだまだ幼い感じの色白で、聡明な感じの眉と丸い瞳がみずみずしく澄んでいる。身長は高いとは言えないがとても均整がとれて美しい。

彼女の名前は林小燕、隣にいるのは母親の林麗娜である。林麗娜は今日のこの日をとても満足した様子で興奮していた。

「私はずーっとこの日を待ち望んでいたのよ！」林麗娜は紅潮しながら言った。

林小燕は口を尖らせ、怯えながらうなだれ、そしてこの母との気持ちの違いに大きな差を感じていた。

「ママ！　日本に留学なんかしたくない！」林小燕は突然歩くのを止めて言った。

「何⁉」林麗娜は呆気に取られ驚きのあまり目を見開いた。

「あなたの荷物は預けて搭乗券も受け取ったのよ！　冗談にもほどがあるわよ！」

「でもママ！　私本当に行きたくないのよ！　本当に怖いの……」林小燕はぼんやりした顔で母親を見つめながら言った。

「あなたは未だに夢中になっているの？　あのろくでなしの丁磊磊に？　どうしてあんな奴に……」

「ずーっと前に彼とは別れたわ！　彼との問題じゃないの！」

「ママを騙すんじゃありません！　あいつはたかがホテルのコックでしょう。そんな人が相手で何があると言うの？　あんなチンピラみたいな奴！」

「ひどい！　どうしてそんなに侮辱するの？」

「あいつはただのチンピラよ！

小燕！　こういう諺があるでしょう？　仏は一本の香を争い、人は否が応でも頑張らなければならない。あなたが日本に留学したら、必ずママに意地を見せてほしいのよ。そして、立派な日本人の旦那さんを見つけだしてママをどうか喜ばせて頂戴！」

「もし見つけだせなかったら？」

「いいえ、絶対あなたはママを失望させることはないと心から信じているから……。

小燕は小さい頃から何でも聞き入れてくれたのに、こんなに口答えをするなんて、成長したのか、それとも日本に留学させる事がそんなに嫌なのかしら？」林麗娜はためらいながら呟いた。

田桜桜は偶然林麗娜の後ろにしぶしぶ付いて歩いている林小燕を発見して驚いて大きな声を上げた。

「あの子は林小燕じゃない？　彼女も私と同じ便で日本に留学するの？」

「彼女は誰？」張秀蘭が聞いた。

「以前、日本語の授業で同じクラスだったの」

「そうか。一緒に行く人がいて良かったじゃないか」田海盼は林麗娜親子を見ながら言った。

「小燕！」田桜桜はいきなり大声で叫んだ。

「桜桜！」林小燕は叫んで走り寄った。

「彼女はどなた？」林麗娜が横で聞いた。

「以前一緒に日本語を学んでた同級生」小燕が答えた。

「見て！　他のお嬢さんはあんなに喜んで日本に行くのに……」林麗娜は呟いた。

「同じ便で一緒に行けるなんて想像もしてなかったわ」林小燕は田桜桜に駆け寄ると抱き合って言った。

「私の父と母、それから私の従姉妹、皆私を見送りに来てくれたの」田桜桜は林小燕に一緒にいる親戚を紹介した。

「こんにちは！　はじめまして」林小燕が挨拶した。

「私のママ、ママも私を見送りに来てくれたの」林小燕も呼びかけながら紹介した。

「小燕が友達と一緒に日本に行けるなんて本当に良かったです。これで私もひと安心です」林麗娜は言った。

「彼女達二人がお互いに仲良く行ってくれれば私も安心です」張秀蘭も相槌を打った。

「二人とも日本に着いてからも互いに助け合って頂けますか」田海盼が言った。

「今日から姉妹になったら」李玲玲が口をはさんだ。

「そう！　そう！　小燕は私が無理やり日本に留学させるって、さっきまでへそを曲げてたんですよ！　桜桜さん、どうか娘をご指導してやってください」林麗娜は田桜桜に向かって言った。

「はい！」田桜桜はうなずいた。

21世紀の初め、日本への留学生は殆どが中国の高校、大学を卒業したばかりの者で、留学の目的は学習や進学で、将来理想的な仕事に就くためだった。しかし田桜桜と林小燕が日本に留学する目的は一般的な考えとは違い、また二人の間でも全く違っていた。

田桜桜の日本への留学は特別な家庭の背景と特別な目的のためである。彼女は本来カナダであれば何の力もいらず、費用もかからずに留学することも出来たのだ。その事は彼女の彼氏である陸雲鵬とも語り合っていた。田桜桜は大学時代には、家庭の事情もあって恋愛には関心もなくひたすら学業に専念した。そのため、クラスの中でも成績が優秀でありクラス委員にいつも任命されていた。彼女は品行方正、秀麗、その上物静かなためか男子学生から誘われる事も少なくなかった。

その中の一人陸雲鵬は、たくましい体格と眉目秀麗、家庭環境にも恵まれ、父親は国内多国籍企業の総裁である。彼も田桜桜が好きであった。いつも授業中に問題にぶつかると、その理由を彼女に教えてもらったり、議論する事も度々で接触する機会も多かった。田桜桜はいつも明るい性格でとても好感の持てるタイプであった。また周りの人に対しても心優しく接し、彼に対しても好感を持ち恋愛話までするようになっていた。卒業した後は、陸雲鵬の父親の関係で上海でも北京でも自分の理想的な仕事を探すには全く問題がなかった。しかし田桜桜は一心に日本への留学を想っていた。そして日本の大学で大学院生として学ぶために、上海では日本語を専攻し日本語検定試験一級の資格を取得しようとしていた。

陸雲鵬はそんな彼女の想いに引かれ、上海で一緒に日本語を学ぶ事を決心していた。その学校では直接日本人教師から日本語を学び、二人の能力からすれば一年後には何の問題もなく一級の資格を取得出来ただろう。彼ら二人は同窓として学び、物と影のようにいつも一緒に離れることもなく、数カ月の月日が流れた……。

ある日、陸雲鵬は突然田桜桜に告げた。彼は日本語のクラスを辞めて英語のクラスに移ると言い出したのだ。「どうして?」田桜桜は訳を聞いた。彼の話では彼の父が暫くカナダの大手企業の総裁として転勤する事になり、両親は彼も一緒に留学させると言うのだ。そして彼はそんな両親に対し背くことは出来ない。田桜桜は聞き終えると思い切り腹を立てた。もともと二人は一緒に日本語を学び、一緒に日本に留学する事をいつも話し合っていたのだ。しかし陸雲鵬は気が変わってしまった。この事は二人の恋愛にも終止符を打ち、二人がそれぞれ別の道を歩む事を意味しているのだ。

「人には自分の志があります、私は何も無理強いをするつもりもありません。あなたは両親と一生カナダで過ごせばよいいんじゃありませんか?」彼女は怒って陸雲鵬にまくし立て、それ以降は陸雲鵬を相手にしようとしなかった。

陸雲鵬は他の学校に移り英語を学んでいた。しかしどうしても田桜桜のことが気にかかる。彼は放課後、田桜桜に会おうと食事に誘うのだが、田桜桜はそれを断っていた。

彼は田桜桜に電話をかけたが、田桜桜は携帯の画面から彼からの電話だと知ると全く出ようとはせず、時には電源までも切った。陸雲鵬は苦悩に陥り英語の授業中もうわの空であった。家に戻ってからも全く元気がなく、時には訳もなく怒りだした。

しばらくして陸雲鵬の父陸毅成はカナダ出向の総裁辞令を受けて、陸毅成と妻の朱晴茹が話し合っていた。カナダに移った後も陸雲鵬は英語が手につかないどころか精神的にもまいってしまうだろう。二人が一緒になってくれればよいのだが。そんな話をしながら田桜桜の留学に関する費用は全て持つから田桜桜とどうか一緒にカナダに留学してはどうだろうかと二人の考えをすぐに陸雲鵬に伝えた。

「本当に！　すぐに桜桜に伝えて来ます」陸雲鵬は立ち所に力が蘇り、思わず興奮しながら答えた。

彼は田桜桜に電話をかけた。しかし、田桜桜は電話に出ようとしない。彼はどうか会ってほしいとメールを送るのだが、田桜桜はいっこうに相手にしようとしない。そこで彼は日本語学校の正門で彼女を待つことにした。

ある寒風の吹く身の切れるような寒い日の夕方、陸雲鵬が日本語学校の正門で一時間近く待つと、田桜桜はやっと正門から出てきた。

「桜桜！」陸雲鵬は駆け寄って呼び止めた。

田桜桜はマフラーを巻いて立っている彼を見てもそ知らぬ顔で、脇目も振らずその前を急いで通り過ぎて行った。

「桜桜、あなたに大事な話があるんだ」駆け寄った雲鵬は彼女を引き止めた。

「私は何も聞きたくありません」田桜桜は冷たく言い放った。

「どうして？　とにかく私の話を聞いてもらえないか？　あなたは私の恋人でしょう？」陸雲鵬は言った。

「誰があなたの恋人なの？」

「桜桜、あなたに決まってるでしょう！」

「過去はね。でも今は違うわ！　私には今新しい彼氏がいるの」

「いえ、あなたの目は嘘をついています。私はあなたと一緒に日本語を学んで、一緒に留学しようとした約束を裏切りました。私が間違っていました。本当に申し訳ないです。でも、あなたも私の立場を理解して下さい。これは私ではなく両親の意思だという事を！」

「あなたは両親の言いなり！　いまさら私を捜して何をしようとしているの？」

「実は私の父は間もなくカナダに赴任します。両親も私を見て心配でならないようです。出来ればあなたも一緒にカナダに留学して頂けませんか？　両親はその費用を全て持つと言ってくれています」

「あなたのお父さんは何処からそんな大金が出てくるの？　おかしいわ！」

「あなたはそれを聞いてどうするのですか？　父は多国籍企業の総裁です」

「あなた達の好意に感謝します。でも私はカナダには行きません！」

「まさかカナダ留学は日本に比べて劣るというのですか？」

「私には他の国への留学は考えられません、日本だけです」

「どうして？」

「今は話す訳にはいきません」

「なぜそんなにもったいぶるんですか？　わかりました。話せる時が来たら教えてください。でもあなたにはわかってもらいたい。私はあなたに誠意をもってカナダ留学を勧めています。それ以外何の条件もありません！」

「ありがとう。でもカナダ留学はできません！」

二人はわずかな時間であったが、言い争いをしながら再び別れた。その後田桜桜の陸雲鵬に対する態度に変化が生じた。しかし以前のような情愛もロマンも戻らなかった。しかし、彼女は陸雲鵬の家族が心から好意を持ってカナダ留学を勧めてくれる事をわかっていた。でも彼女にはそれを受け止める事が出来ない。彼女はただ日本に留学することしか出来ないのだ。彼女と陸雲鵬はお互いに一つのものさしで感情をコントロールすることしか出来ず、これ以上発展する事はもはやなかった。

そして数カ月が過ぎたある日、陸雲鵬は田桜桜に会いに行った。彼は近いうちに母と暫くの間カナダに行く事を伝えた。一つは父の情況を見てくるため。二つ目は留学する大学院を選んでくるために。それから彼は田桜桜に日本への留学手続きの情況を尋ねていた。

「最初は簡単にビザが下りると思っていたけど、このまま下りてこないのかも知れないわ」と田桜桜は言った。

「もし許可が下りてこないとすれば、それは神様が一緒にカナダに行きなさいと言っているのではないでしょうか？」陸雲鵬は彼女の目を見つめながら優しく言った。

陸雲鵬がカナダに滞在している間、田桜桜の日本への留学ビザは下りた。もちろん、大学院への入学通知書はすでに受け取っていた。それ故、彼女は出発の準備を始め、彼女は上海の古くからの友人に一人ひとり別れを告げ、その友人達は彼女のために壮行会を開いて送ってくれた。彼女は陸雲鵬に一言声をかけようかと思ったが、思いとどまり声をかけるのを止めた。もうこれ以上お互いに傷つけ合いたくないと思い、静かに上海を離れる事を決意した。

陸雲鵬は一度旧友に電話をかけ、その会話の中で、田桜桜が日本行きのビザをすでに取得し、さらには3月28日9時10分のエアチケットまで購入していた事を知った。彼は田桜桜に何度も電話をかけたが繋がらない。彼はいてもたってもいられず昂る気持ちを抑えることは出来なかった。彼は両親に願い出た。すぐに上海に戻り、田桜桜の見送りの場に駆けつけ、出来ることなら田桜桜を説得し何とかカナダへ留学させたいと……陸雲鵬の両親は彼の思いつめた気持ちをくみそれを認めた。

そして彼はやっとの思いで上海行きのエアチケットを予約し、27日深夜に浦東国際空港に到着した。翌朝、朝食をとる時間までも惜しんで父親の専用車を運転し一路浦東空港に向け奔走した。田桜桜を見送る時間に間に合うために、そして田桜桜の驚く顔を見るために、彼はしっかりとハンドルを握りアクセルを踏み込む。車は風を切り浦東国際空港に向かって高速道路を疾走した。

空港の国際出発ロビーでは田桜桜と父、母、玲玲、一人ひとりが抱き合いながら別れを告げ、小燕もまた怯えながら母に手を振り別れを告げていた。

「桜桜！」その時、陸雲鵬が手に花束を握り息を切らせながら叫んで走って来た。

「雲鵬、あなたいつ戻って来たの？」桜桜は足を止め、一瞬驚きポカンとして、感激しながら言った。

「昨夜11時に浦東空港に着きました。ただ、あまりにも時間が遅かったのであなたには連絡しませんでした」雲鵬は花束を桜桜に渡しながら言った。

「どうして今日私が日本に発つ事を知っているの？」

「李成竜に電話をかけた時、彼が教えてくれて直ぐにチケットを予約しました。何とかやっとの思いで間に合いました」

「おじさん、おばさん、こんにちは！」陸雲鵬はまた慌てて海盼、秀蘭にも挨拶した。

「こちらは私の従姉妹の玲玲」田桜桜はまた紹介した。

「わざわざカナダから桜桜の為に駆けつけてくれるなんて！　本当に申し訳ないです」秀蘭が言った。

「桜桜、雲鵬はお前の友達だろう、日本へ行く事を連絡しなかったのか！」田海盼は言う。

「彼は海外だから、電話するには不便だったのよ」桜桜が言った。

「私が悪いんです。私が聞かなかったものですから」雲鵬が付け加えた。

「結婚相手にはこういう人を探さないとね！」玲玲は冗談を言った。

陸雲鵬は時計を見ながら言った。「桜桜、まだ少し時間があるだろう、その辺で話したいんだけど？」

「ええ、いいわ！」桜桜は答えた。


「今回カナダに行っただろう。とても素晴らしい所だよ。土地も広くて物も豊富だし、至る所に森林と緑地があってとても美しい環境なんだ。カナダ人の人柄も良いし、福祉面も整ってる。それに有名な大学院を二カ所程見学しました。二人が入学するにはそんなに難しいとは思いません。どうですか。ぜひ私と一緒にカナダに留学しましょう！」彼ら二人は傍らを歩きながら、雲鵬は興奮したように話した。

「何を冗談言ってるの、私は日東大学への入学手続きも終わって、半年の授業料も支払ったのよ。それにもうすぐ搭乗するのにどうしてあなたと一緒にカナダに行けるの？」

「日本に行って何日か遊んで来て下さい。支払った授業料、チケット代等の費用はすべて父が引き受けてくれますし、カナダへの留学費用も全て父が面倒見てくれます」

「あなたのお父さんとお母さんは承諾しているの？」

「当然です。両親がその辺の事情を承諾しているので、私は上海に来ました！」

「有難う、あなた方の好意はとても嬉しいです！　でも、あなたと一緒にカナダに行く事はやはり出来ません！」

「どうして？　私には全く理解できません。まさかあなたに対して誠意がないと？」

「あなたは本心からだと思います、私は信じています。それにすごく感激しています。ただ私が日本に留学するのは特別な使命があるからなんです」

「まさか国家安全局があなたに任務を遂行するよう命じている訳じゃないでしょう？　ありえない！」

「何をいい加減なことを！」

「私にわかるように説明してください。それによっては諦めます……」

「わかりました」田桜桜は少し考えながら答えた。

「私が日本に留学するのは父の為、いいえ、私達家族全員の願いなんです。私の父は混血児です。戦時中、祖母と一人の日本人が愛し合って父が生まれました。日本は敗戦し祖父は日本に引き揚げてしまいました。祖父は祖母に誓ったそうです。私は必ず戻って来てあなたと子供と一緒に暮らすと。しかし、彼が去ってからは全くの音信不通です。祖母は毎回政治運動の審査を受け、その文化大革命中に苦しみ抜いた挙句に自殺しました。父も子供時分には差別され、私までも子供の頃には心の中に暗い影を引きずっていました」

「今さらそんな薄情な人を捜して皆の気持ちが晴れるんですか？　そんな過去の事、捜す方法なんて無いでしょう？　どうして今になって？」

「父は数十年捜して、やっと一人の日本人を捜し当てました。その人は商社の社長でした。きっとその人だと思います」

「その人はあなたのお父さんを認知しているんですか」

「その人は認知していません」

「本当に卑怯な奴だ！」

「だから私は大学を卒業して日本に留学しようと決心しました。十分勉強もしたし、私は必ず父のために事実を突き止めます」

「それで理解しました。もう少し早く言ってくれれば良かったのに。私もあなたと一緒に日本留学を決心したのに」

「後の祭りだわ。もう遅い！」

「もし出来れば将来私も日本に行ってあなたの力になりたい、助けたい、一臂《いっぴ》の力を貸したい」

「ありがとう」


傍らに立っていた田海盼は桜桜と雲鵬の話に割って入り、決まり悪そうに、早めに入国審査を受けるよう田桜桜に催促した。彼は田桜桜の方から差し込む光を遮って手を伸ばしながら腕時計の針を指差した。

田桜桜は彼の気持ちを察しながらその腕時計を見て「ごめんなさい、もうイミグレに入らないと、ありがとう見送ってくれて！」と言った。

「あなたの成功をお祈りします」陸雲鵬はしっかりと田桜桜の手を握り締めて言った。

「有難う！」桜桜は感謝の気持ちを込めて答えた。

田桜桜と林小燕はイミグレの入口から別れを惜しみ手を振っていた。

「桜桜、十分気を付けるのよ！」張秀蘭は涙に咽びながらも手を振りながら叫んだ。

「忘れるなよ、到着したら必ず電話をかけるんだぞ！」田海盼も続けて叫んだ。

林麗娜は娘小燕をじっと見て「小燕、ママはずっとあなたを見ているから。ママはあなたからの良い知らせを待っているからね！」と言った。

陸雲鵬は田桜桜に別れの投げキッスを一つ投げた……。

田桜桜は人混みに埋もれながらも一瞬陸雲鵬の姿を捉え、彼女は感激していた。陸雲鵬が遠く離れたカナダからはるばる彼女を見送る為に駆けつけてくれた事。そして再三にわたりカナダへの留学を誘ってくれた事。彼の真心が心に沁みた。

しかし、父と母の願い、一家何代もの想いに決着を付けなければならない。彼女は辛さに耐えながらも彼との愛を断ち切り、大きな犠牲を払わなければならなかった。

彼女がそうした事はいささか無情でもあり、義理を欠くものであった。しかし彼女にはそうするしか術がなかった。彼女の胸の中は後ろめたさと詫びたい気持ちと苦痛でいっぱいになり、それを堪えようとしても涙は瞳の中から滲《にじ》み出てくる。ついには握り締めたパスポートの上に零れ落ちた……。

イミグレの前で見送る人々の中、田海盼夫婦と林麗娜は別れを惜しみながらもその場を去った。

「ありがとうございます。桜桜を見送って頂いて！」田海盼は陸雲鵬の手を握りながら言った。

「もし今日桜桜が日本に行く事を少しでも早く知っていればもう少し早く帰って来たのですが」陸雲鵬は残念そうに言った。

「桜桜にこんなに良い友達がいたなんて、私達にとって本当に幸せです。もし、あなたと桜桜が一緒に日本に留学していたら本当に良かったのに」張秀蘭は陸雲鵬の手を引きながら言った。

「おばさん……」雲鵬は何か言おうとしたが止めた。そして話題を変えて言った。

「おじさん、おばさん、私が送ります」

「あなた車で来てるの？」李玲玲が聞いた。

「はい」陸雲鵬は答えた。

「それじゃ面倒お掛けします」田海盼が言う。

彼らは駐車場に来ると、李玲玲は助手席に座り、田海盼夫婦は後部座席に座った。陸雲鵬は慣れた運転で車は高速道路を走っていた。

「雲鵬、先程のロビーで、ちょっと話を聞いてしまったけど、あなたは桜桜をカナダへ留学させたかったの？」張秀蘭は話し始めた。

「以前から彼女にはカナダへ一緒に留学するよう説得していました。父も彼女の留学費用を面倒見てくれると言っているのですが、彼女は承知してくれません。どうしても日本留学でなければならないと。それがどんな理由なのかさえ教えてくれませんでした」陸雲鵬が言う。

「桜桜からはそんな話を聞いた事がなかった！」田海盼は不思議そうに言った。

「桜桜は本当にバカだわ、こんな良い話どこを探してもないのに！」李玲玲は言った。

「彼女には彼女の考えがあるのだろう、私達も無理強いはすまい」田海盼は言った。

「今日やっと私はわかりました。どうして彼女がそこまでして日本に行きたかったのか」陸雲鵬が言った。

「雲鵬！　桜桜の話では、元々あなたと桜桜は一緒に日本語を学んで一緒に日本に留学するつもりだったんでしょう。それが出来ていれば本当に良かったのに！」張秀蘭が言う。

「元々私と桜桜は一緒に日本に留学するつもりでした。その後、父がカナダの総裁に任命され、派遣される事になりました。両親から私も一緒にカナダに留学するようにと説得されて、私はそれを断る事が出来ませんでした。その為、私は日本に行く事を断念せざるをえなかったんです」陸雲鵬が答えた。

「そうでしたか！」海盼と秀蘭は互いに顔を見合わせ残念としか言いようがないようだった。

「もし雲鵬と桜桜が一緒に日本に行くのであれば、気遣いだけでなく桜桜も助けてもらう事も出来たでしょうに。それに行く行くは一緒に成っていたでしょう。しかし今は夫々東西に別れる羽目になってしまった。悔しいですね！」張秀蘭は溜息を吐きながら言った。

「あなたのお父さんはカナダの大手企業の総裁ですか？」李玲玲は聞いた。

「そうです。北京の一部門から派遣されました！」陸雲鵬が答えた。

「わー！」李玲玲は驚きの声を上げ、度々頭を上げては陸雲鵬を見た。彼はセンスも良く家庭の環境にも恵まれている、思わず無比に羨んだ。

田桜桜と林小燕は出国手続きと手荷物検査を終えると直ぐに機内に搭乗した。林小燕は一人の旅客と席を交換し田桜桜の隣に座った。

林小燕はこれまで母親から離れた事も無く遠出など全くない、ましてや外国など行った事はなかった。心中は気が気でなく落ち着かず、ただ桜桜のする事を真似るのみである。

飛行機は飛び立ち、彼女は自分の気持ちをありのまま桜桜に話した。「私は本当に日本留学はしたくないんです！」

「まさかあなたのお母さんが強制的に行かせようとしてるの？」田桜桜は聞いた。

「はい！　母は一切かまわずに有頂天になっています」林小燕は両目から涙をこぼして、田桜桜に日本留学までの経緯を話した。

元々、林小燕の母親、林麗娜は文化大革命の中、中学校を卒業すると直ぐに江西省の農家で働かねば成らなかった。彼女は器量も良く、歌も踊りも長けていた。その為、八、九歳年上の曽援朝に見初められ、二人はすぐに恋に落ち、間もなく結婚をした。知識青年の曽援朝は都会から戻ると林麗娜に国営企業の会計を任せ、曽援朝は国有企業の副総経理に就き、後には総経理を務めた。1978年林小燕がおぎゃーと生まれた頃、曽援朝と秘書王某の間には不倫の恋が生まれていた。

林麗娜は耐えるに耐えかねて、夫と協議の末離婚した。当時、彼女は腹を立てていて家と娘だけ要求し、その他は何も要求しなかった。その後は、いくら後悔しても後の祭りだった。曽援朝は離婚後、電撃的に女性秘書と結婚し、間もなく女の子を産んだ。

曽援朝は再婚後、商売に専念し、国際貿易、株取引に成功し、金を貯め、更には不動産にまでも手を出し、商売は益々繁盛し、民間企業の中では資産家となっていた。

林麗娜は夫との離婚後、傍らに娘が居てくれたお蔭で少しでも自分への慰めになった。そして彼女は適った男性が現れない限り一生結婚すまいと誓っていた。

彼女は全ての精力を娘に注ぎ込んで育て、全ての望みを娘に託した。

林小燕がまだ幼稚園児の頃には自ら歌やダンスを教え、それ以外にも教師を付けてバイオリンを習わせた。林小燕が小学生の時には、真剣に学習に取り組ませ、宿題にも付き添い、試験では常にクラスの中で5位以内を維持するよう命じ、そのように徹底して教え込んだ。

林小燕が中学、専門学校生の時には、彼女は林小燕に対して厳しく管理し、平日下校後は許可無く外出も許さず、祝日や休日の外出は先に許可を得るようにさせた。帰ってからも何処で何をしてたのか、どんな友達か、男子生徒の存在などを聞いていた。彼女は普段から小燕に教え込むように言って聞かせた。「今は未だ男の子と恋愛の必要はありませんからね、未だ幼いし、将来成長したら必ず前途ある外国人に嫁ぐのよ。あなたの器量とスタイルなら良い旦那さんを探し出せないはずがありませんから！」小燕は母の手一つで育ち、母に護られ、寵愛を受け、全てに従っていた。このように林麗娜は娘の将来のために苦心に苦心を重ね成長を見守ってきた。これは林小燕の人生にとって遺憾であり悲哀であった。諺では「誰知る、性に目覚めぬ少女」、林小燕の心中でも思春期を迎えていた。愛情に火が点いた時、林麗娜は無情にも冷や水をかけ燃え上がる愛の炎を消した。

　林小燕は上海の或る専門学校の卒業前夜、クラスメートの丁磊磊にとても良くしてもらった。丁磊磊は特にハンサムではないが、温厚篤実《おんこうとくじつ》で質実である。これは母の躾なのか、小燕は丁との交際がどんなに進んでも一定の線を越える勇気はなかった。

　一度、林小燕は丁と他のクラスメート数人で近郊に在るホテルで実習を受けた。早朝に出て夜遅い帰りであった。彼らが実習を終え郊外の停留所で車を待っていた時、チンピラらしい二人が可愛い林小燕を見ると、寄って来て絡んで来たのだ。林小燕はそれを一方で避け、一方で罵倒した。しかしチンピラは尚も遣りたい放題に近づいて来る。丁磊磊は構わずに突進し彼らを押し退け「止めてください！」と大声を発した。二人のチンピラは一向に止めようとはしない。一人のチンピラは丁磊磊に対し殴ったり蹴ったりと、一方のチンピラは林小燕に対し相変わらずからかい続ける。

丁磊磊はありっ丈の力で抵抗し小燕を必死に守った。他の二人のクラスメートは怯えて助けようとはしなかった。この時、幸運にも一台のパトカーが来て二人のチンピラは驚き逃げ去った。丁磊磊は鼻を殴られ、頬は青く腫れ、衣服は破けていた。「災難の中で本心を知った」林小燕と丁磊磊は互いに助け合い感激していた。この事があって以来、彼女は母の禁令を顧みず丁磊磊に対する愛の扉を開けてしまった。

その後、彼女はこっそり丁磊磊と映画を見たり、町をぶらつき、コーヒーを飲んだり……。

ある日の夕方、林小燕と丁磊磊が手を繋ぎ淮海路の町をぶらついていた時、偶然にも林麗娜に見られてしまった。「彼はどなた？」林麗娜は恐ろしい形相で近づきながら尋ねてきた。「彼は同級生の丁磊磊」小燕は答えた。

「おばさん、こんにちは」丁磊磊は小燕の母親である事を察知し、礼儀正しく挨拶をした。林麗娜は目を光らせ念入りに上から下まで丁磊磊を眺めながら「あなたはどちらにお住まいですか？」と聞いた。

「彭浦新村です」

「あなたの御両親は何をなさっているの？」

「父は環境衛生の労働者で、母はリストラされました」

林麗娜は軽蔑した眼差しで丁磊磊に「小燕は未だ子供ですので恋愛は許していません」と言った。

「私達は恋人ではなく普通の友達です」丁磊磊はバツが悪かった。

「普通の友達も許しません」林麗娜はそう言うと、林小燕をグイッと引きながら歩き出し、歩きながら説教をした。

丁磊磊は彼女達の離れていく姿を見てどうしたらいいものかと悄然としていたのであった……。

林麗娜は林小燕を家に連れ帰るとこっぴどく叱った。

卒業後、丁磊磊はあるホテルのコックとして配属されたが1カ月も勤めずに退職し、その後は上海にある某日本語学校で日本語を学んでいた。母は彼女に日本で語学を学ばせようとしていたのだ。彼女が日本語学校に入学すると丁磊磊との関係は途絶えた。

ただ彼女が丁磊磊に対し気にならないはずがなかった。彼女にとって丁磊磊が初めての恋人であり、彼は曾て彼女をかばいチンピラに絡まれ負傷したのだ。ハンサムではないが、しかし質実で誠実、実直な丁磊磊は彼女の心の中で忘れられない存在となり、彼女の胸に秘めた恋する思いは消えず、平静ではいられなかった。しかし、その思いも心の奥底に仕舞い込んだ。時に彼女はあどけなく想い、もし天の神様が二人を結び付けるなら、何の躊躇いも動揺もないだろう。

林小燕は上海の某日本語学校終了後、留学斡旋会社に依頼し速やかに日本への留学手続きを済ませた。どうして日本へ留学するの？　留学後はどうするの？　彼女の頭の中は空白だった。それは彼女が日本に行くのは全て母の意思であり、計画であり、母からの強制であったからであった。それ故、空港のロビーで全ての搭乗手続きが終了した時、彼女は「私は日本になんか留学したくない！」と本音を吐き出したのだ。母は驚き、泣くにも泣けず笑うにも笑えなかった。

確かに婚約者を探させたり、外国人に嫁がせる目的で国外に留学させるような動機の人間は極めて少ないだろう。しかし林小燕がそうであった。林麗娜は娘を飛び立たせようとしているのだ。しかし、燕を無形の籠の中に放し、永久に精神的なプレッシャーと束縛から脱却させなかった。

林小燕は機内で田桜桜に対して滔々《とうとう》と絶え間なく過去と今の自分のことを話した。飛行機は既に日本の領空に入り、彼女達は異国の地に入った。

「あなたに出会えて日本留学が少しだけ怖くなくなったわ！」と林小燕は不安そうに話した。

田桜桜は彼女の取り留めの無い可笑しな話を聞いて、同情し、そして感慨深く言った。「あなたのお母さんはめちゃくちゃだけど、でも安心して、日本に着いたら必ずあなたに協力するから」

「ありがとう」

林小燕は気持ちがとても軽くなり無邪気に「桜桜、あなたはどうして日本に留学するの？　空港に送りに来てた人はあなたの彼氏でしょう？　どうして彼と一緒にカナダに留学しなかったの？　彼はとても素敵だし、とても思いやりもあるし、どうして別れなければならないの？」と尋ねた。

「一言で話せないの。もうすぐ成田空港に着くわ、これからゆっくり教えるから」

第二章

田桜桜と小燕は成田空港のイミグレを抜けて出ると日東大学のマイクロバスに乗り込んだ。バスの中は空いている席も多かったため、田桜桜は運転手に頼み込んで林小燕もマイクロバスに乗せてもらった。

マイクロバスは、高速道路を電光石火の如く走る。道路の両脇には草木が青々と茂っている。田畑には縦横にあぜ道が走り、煙突は空に聳え立ち、整然と高圧線塔が並んでいる。一棟一棟が低い一風変わった日本式の住宅が異国風情絵巻をなしている。

東京市街地に入った。立体高架線が縦横に交差し、電車は巨大な龍のように遊弋疾走している。市街地には珍しい建築が摩天楼のように建ち、あまり見掛けた事のないような10階以下のビルが斬新に、整然と林立している。各々の素晴らしい広告と、往来を行き交う人々が賑やかに、その様子はさすが国際大都会にふさわしい。田桜桜と林小燕は目に入る全てを好奇心と新鮮な眼差しで感じ取っていた。

マイクロバスは東京文京区の一角、緑の生い茂った場所に止まった。林小燕は荷物を持ち車を降りながら運転手に挨拶し、田桜桜に電話で連絡する事を伝えた。田桜桜も彼女に十分気を付けるよう付け加えた。

マイクロバスは田桜桜を乗せ日東大学留学生用のマンションに着いた。彼女は１０５号室に案内され、台湾から来た鄭嵐と同室になった。彼女が荷物を持って部屋に入ると、鄭嵐自ら自己紹介をして来た。

「私は鄭嵐、台湾から来ました。どうぞよろしくお願いします」

「私は田桜桜、上海から来ました。どうぞよろしくお願いします」

「私達は一つ部屋で家族同然ですので、お互いに協力しましょう」彼女達二人は互いに挨拶を交わした。田桜桜はぐるりと部屋を見渡すと、大よそ20㎡もあると思われる部屋には二台のベッドが置かれ、二つの机とロッカー、冷蔵庫、ガスコンロ、洗面所とトイレが分かれて付いていた。彼女が想像していた学生寮よりも遥かに素晴らしい。

彼女は荷物を整理した後、急いで寮の公衆電話の所に行き、カードを使って両親に電話をかけ、無事二人とも東京に着いた事を伝えた。


林小燕は田桜桜と別れた後、タクシーを呼び、母の友人が手配したアパートに辿り着いた。部屋は二階にあり外階段から出入りする。部屋は古く、大よそ10㎡を超える程度の部屋に、ガスコンロと洗面台があり、浴室はなかった。入浴するにはここから大よそ100m先の銭湯に行かなければならない。

彼女が入居するためには礼金と保証金を支払い、幾つかの手続きをしなければならず、田桜桜のように簡単には済まなかった。住まいの条件は少し劣るがそれでも我慢して辛抱するしかない。しかし、この寂しく不気味で薄暗くぞっとするような住まいでの生活はいつまで続けられるだろうか。母と常に一緒だった生活を思い出し、暖衣飽食の生活がとても名残惜しく、日本留学を悔やんでいた。彼女は部屋の荷物を整理すると近くの公衆電話ボックスまで歩き、カードを使って母に電話をかけた。

「お母さん、もう着いたから」

「順調にいってる？」

「まずまずじゃない……」小燕は一言言い終わると涙にむせいだ。

「頑張るよ！」

「ママが何度も言い聞かせたでしょう？　よく覚えておくのよ！」林麗娜は娘が無事到着した事を知ると電話代を気にして直ぐに切ってしまった。

彼女は電話の向こうの娘の咽び声を聞き腹を立て「本当にだらしないんだから！」と呟いた。

田桜桜は翌日、到着した事を大学に報告し授業を受けた。学舎は留学生寮から歩いて約20分の所にあった。彼女の専攻は日東大学大学院の国際経済研究科である。彼女は既に上海で日本語検定試験1級に合格しており、大学院での学習には特に苦労する事もなかった。クラスには二十人の学生が学び、中国から一人、台湾から二人、韓国から二人、残りは全て日本人学生である。教授は当然日本人であり、講義は日本語であった。彼女は聡明、かつ勤勉であり、大学院の学習には急速に適応していった。彼女が気にかかっていた事は、いかに早くアルバイト先を探し、授業とバイトを両立し、両親への借金を返すかだった。また、生活費と下半期の授業料の支払いのためにも少しの蓄えは必要である。

林小燕は、田桜桜のように快適ではなく思い通りにはならなかった。彼女も日本語学校に通っているが、その学校は住まいから歩いて10分先の地下鉄駅から40分程乗り、さらにそこから歩いて十数分先にあった。言い換えれば彼女の住まいから少なく見積もっても1時間はかかる。彼女のクラスには二十人余りの生徒がいたが、皆中国全土から集まって来ており、大部分が彼女よりも年上であった。彼女はすでに上海の日本語学校で日本語を学び、その上教師は日本人であったため、開始早々の授業では苦労する事はなかった。彼女が最も適応出来ない事と言えば、孤独と寂しさと母からのプレッシャーであった。

林小燕が東京に着いて待ち望んでいた初めての連休がやっと来た。彼女と田桜桜が電話で約束したのは、土曜日の午前9時30分に地下鉄秋葉原駅出口での待ち合わせであった。彼女達二人は顔を見合わせるなり、久しぶりの再会のように抱擁し、瞼には涙を潤ませた。郷愁の思いや、家族の優しさ、愛慕の情が湧き上がり、二人には話したい事が山程あるようだ。

田桜桜が口火を切って「どう、変わりない？」と話し掛けた。

林小燕は苦笑しながら「まあまあじゃない！　あなたは？」と首を横に振って心にも無い事を言った。

「まずまずよ！」田桜桜が答えた。

林小燕は「私は二階の部屋に一人だからいつも怯えているわ！」と意気沮喪した。

「聞いた話だけど、日本の社会は治安がいいらしいわよ！」田桜桜は慰めるように言った。

「将来、私達二人で浴室のある部屋を借りましょう。いいでしょ？」と林小燕は言った。

「いいわよ！　ただ六カ月間は学生寮があるからそれまで待ってて」と田桜桜は言った。

「六カ月後には必ず守ってよ！」林小燕は言った。

「もしかしたら六カ月後にあなたは日本人の旦那さんの家に越しているかも知れないじゃない？」と田桜桜は冗談を言った。

彼女たちは手をつなぎ秋葉原の電気街を見て歩いた。彼女達は上海で早くから、秋葉原に日本最大の電気街がある事を聞いていた。一般に東京を訪れる外国人は少なからずここで日本の電気製品を買う。やはりここは名実相伴って、全てが電気の世界で、それぞれの店舗の内外には各自の様式で電気製品が陳列され、新製品の液晶テレビ、デジタルカメラ、ビデオカメラ、パソコン、デジタルラジオ、ビデオデッキ、各種小型家電製品が多種多様あらゆるものが並び、人目を引く。中には中国市場には出ていない新商品もある。

田桜桜は「わー！　見渡す限り電気製品だ！」と驚いて叫んだ。

小燕は溜息を吐いて「あ～私のポケットは空だわ！　お札なんてないし、私達には目の保養だけだわ」と言った。

二人は電気街をあちらこちらと顔を出し、店の外から店の中、下の階から上の階、未だ見たことのない新製品をしきりに何度も見たり、触ったりと羨ましく賛嘆の声を上げていた。

三月下旬から四月初めにかけ東京の桜は満開の時期である。彼女達二人は電気街をぶらついていたのだが、桜の花も見たかった。東京の地図を開き、上野公園がこの近くである事を知った。彼女達は上野公園が最も花見に適した場所だと聞いていた。

「上野公園で桜を見ない訳にはいかないでしょ？」田桜桜が提案した。

「もちろん！　見にいこう！」林小燕は興味津々に言葉を返した。

二人は雑談しながら上野公園までやって来た。公園は今を盛りと桜の花は満開に、整然と並んでいる。それぞれの木の枝が剪定され幾重にも四方に伸び、それは巨大にそして精緻な芸術品を造り上げている。枝の上には次から次へと満開に咲き、一塊、一塊の桜の花が色鮮やかに、ピンクや白と遥か遠くまで花の海原のように、天空の彩雲が人々に降り注ぐように、春風が吹く度に清々しい香りが漂ってくる。

田桜桜は「本当に別天地だわ！」と感情を抑えきれずに称賛した。

桜の花は日本の国花、日本の至る所にあり、毎年南から北に向かって開花する。往々に大人も子供も家族全員が一斉に飛び出しピクニックや桜を観賞し、潮の如く人が群れる。それは日本各地の明るい風景だ。

「本当に美しい」林小燕が一片一片の花びらを見て感慨を込めて言った。

突然彼女は目を輝かせて「ねえ、あなたの名前は田桜桜でしょう？　本当に桜の花と一緒で綺麗で、同じように明るくて鮮やかで！」と言った。

田桜桜は顔を赤らめ恥ずかしそうにうな垂れた。そして顔の表情が次第に沈んだ。

「ねえ、教えて、どうしてあなたの名前は田桜桜なの？　これって何かあなたの過去と関係があるんじゃないの？」小燕が続けて尋ねた。

「あなたが聞きたいなら話すわ。それと何で私が日本に留学したのかも聞きたいでしょう？」田桜桜は長い長い思い出を、一ページ一ページ人生の歴史絵巻を解き始めた。


1940年代初め、上海四川北路からあまり離れていない蘇州川岸に数多く商店が立ち並ぶ。その中の一軒、大きくもないが小さくもない仕立屋に「田記裁縫店」の額が掛かっている。その店の入口は行き交う人々でとても賑わっていた。

夕方時分、仕立屋の中には一組の夫婦が頭を垂れ、神経を集中しながら衣服を縫っていた。男の名前は田奉山、女の名前は孫金娣、数年前上海に移り住み、寧波から来た請裁縫だが、商売の方はまずまずである。

田奉山は裁縫の手を止め、突然頭を上げ「恵敏は？」と妻の金娣に聞いた。

「私は部屋で宿題をしているわよ！」娘が部屋の中から大声で答えた。

田恵敏は田奉山の娘で、上海のある高校の一年生である。

「宿題をしているんならいいわ！」孫金娣は縫い物をしながら言った。

この時、一人、二十歳前後の青年が店に入って来た。彼は中肉中背で丸顔、両頬にはあまり長くないもみあげと、頭には青色の鳥打帽を被り、狡猾な両目で部屋を見まわしながら、「こちらで背広を作って頂けますか？」とぎこちない中国語で尋ねた。

田奉山夫婦は彼のぎこちない訛りと身なりから日本人と判断した。日本人の態度はそっけないが、田奉山は慌てて「いいよ！」と答えた。

「どんな生地がお好みですか？」田奉山は棚の上の生地を指差して「自分で選んで持って来て下さい」と言った。

青年は紺色の生地を指差し「これでお願いします」と言った。

「かしこまりました。寸法を測らせてください」

田奉山はメジャーを手に持ち、青年はその前に立ち腕を垂らし、腰を伸ばして直立した。田奉山は寸法を測りながら尋ねた。「あなたは日本人ですか？」

「はい！　その通りです。私は父の随行で上海の大学に通っています」

田恵敏は部屋の中から日本人が背広を作りたいと言うのを聞き付け、好奇心で飛び出した。彼女はスラリとした身体からセーラー服を脱ぎ去り、胸は少し丸みを帯び、しなやかな曲線美である。皮膚は白く、丸みの帯びた整った顔立ちに瞳が明るく美しい。初々しく、婀娜っぽく明るい彼女が現れると、日本人のその青年は恵敏を一目見るなり釘付けになってしまった。

田奉山夫婦は驚きのあまりぼんやりしている日本の青年を見ていた。孫金娣は田恵敏を厳しい目で睨んで「まだ宿題が終わってないのに何してるの、早く部屋に戻りなさい」と言った。

「字を書きすぎて手がしびれてるの、少し休憩させて！」田恵敏は手を伸ばしながら、茶目っ気たっぷりに言った。

「勝手でお湯でも沸かしてくれ！」田奉山は娘に言い付けながら巻尺を持つ手が少し震えていた。

「二つの魔法瓶ともいっぱいよ！　沸かす必要ないでしょ？」恵敏は構わずに言った。

その後、彼女は寸法を測っている日本の青年に対して「あなたは日本人ですか？」と好奇心から尋ねた。

「はい、私は棚橋道夫と言います。どうぞよろしくお願いします」

日本の青年は目の前の美人に問われて嬉しくてどうしたらいいのか戸惑った。

孫金娣は娘がこれ以上日本の青年に愛想を振りまく事を恐れ、さらにはこの日本の青年が娘に付き纏ってはと思い、縫い物の手を止めて買い物籠を持ち、「そう、今晩の野菜がないのよ、恵敏、ママと一緒に八百屋さんに付き合ってちょうだい」と田恵敏の手を取りながら言った。

田恵敏は母の手に引かれながら店を出て、好奇心とも思わず日本の青年に向かってひょうきんに微笑みながらその場を離れた。棚橋道夫は胸をドキドキさせながら魂が引き付けられるように、孫金娣に付いて離れて行く彼女の姿をじっと見つめていた。

田奉山はほっと一息吐いて、紙の上に鉛筆で寸法を書き留めながら、棚橋に向かって「五日後に仮合わせをします」と言った。

「全部でおいくらですか？」

「現金で二元になります」

棚橋道夫は田奉山に向かってお礼を告げるとその場を去った。田奉山はほっと一息吐いた。しかし、彼の胸の内はやはり不安だった。この日本の若者は娘の恵敏を気にいったようだ。妻に注意をさせようと思った。

間もなく孫金娣は買い物籠を提げて娘の田恵敏と一緒に店に戻ってきた。田奉山は娘に向かって戒めた。「お前はわかっているだろう？　どうして日本人の寸法を測っている時に出てくるんだ？」

「日本人は何をするかわからないってこと？」田恵敏は軽蔑した口調で言った。

「あなた、あなたはまさか知らないの？　今は、日本の畜生共が中国を侵略してるのよ。何を仕出かすかわからないでしょう？　パパもママもあなたの事が心配で」孫金娣が言った。「見た感じでは日本人皆が悪い訳じゃないんじゃないの。そんなに神経質になることないと思うけど！」田恵敏が言い返した。

「もう部屋に入って宿題でもしなさい！　次にこんな事は許さんからな！」田奉山は手で追い払い、また針仕事を始めた。

五日後、田奉山は棚橋道夫の仮合わせの当日に娘と鉢合わせになる事を恐れて、妻に田恵敏の通う校舎の門で待って、娘を南京路にでも連れて行き、ぶらぶらしながらワンタンでも食べてゆっくり帰って来るように話した。

偶然なのか、それとも棚橋道夫は先に恵敏が未だ帰っていない事を偵察していたのか、当の田恵敏がカバンを背負い母と一緒に南京路でワンタンを食べ終え玄関に入ろうとした時、突然店に現れ、彼は田恵敏に対し真っ先に笑顔で「こんにちは！」と挨拶した。

田奉山夫妻は心の底で少し慌てた。孫金娣は恵敏の手を引き家の中に入ろうとしたが、田恵敏の脚は床に貼り付いたように動かず、彼女は自由気ままに「あなたの名前は棚、何でしたっけ……」と棚橋道夫に声を掛けた。

「私の名前は棚橋道夫です」

「あなた、どうしてそんなに中国語がお上手なの？」と田恵敏は称賛した。

「私の父は上海で日本語を教えていますし、私は上海の大学で二年が経ちました」

「そお？」田恵敏は半分冗談に「ねえ、私に少し日本語を教えてくれない？」と聞いた。

「いいですよ！　あなたがそう願うんなら」

「恵敏……お前はなんて事を言うんだ！」田奉山はじろりと彼女を睨み、その後妻に向かって目配せをした。

孫金娣はそれを察して娘の手を強く引き、彼女を奥の部屋に連れて行った。孫金娣は娘の額を指で突き「どうしてあなたはわからないの！」とひそひそと言い聞かせた。

「大げさに騒ぎすぎよ！」田恵敏は口を尖らせながら負けずに言った。

孫金娣は電気スタンドを点け「宿題をしなさい！」と押し付けがましく言った。

店の方では、棚橋道夫が仮合わせの最中で、田奉山がチャコを使って印を付けている。

「とてもいいですね。身体にぴったりです」棚橋道夫は満足そうに話した。

彼は仮縫いの背広を脱ぎながら「背広は何時頃取りに来ればよいですか？」と尋ねた。

「明日でも明後日でも結構ですよ！」

「わかりました。それじゃ明後日取りに来ます。それじゃ失礼します。そうだ、お嬢さんにもよろしくお伝え下さい」

「そんな必要はないですよ！」

田恵敏は部屋の中からそれを聞き付けて、母の気付かないうちに外に駆け出し棚橋道夫に向かって手を振りながら「さよなら！」と言った。

棚橋道夫はしみじみと彼女を見つめ、それから田奉山に向かって丁寧に礼をして店を離れていった。

「お前は何をしに出て来たんだ、部屋で宿題をしていたんじゃないのか！」田奉山は叱り付けた。

「人様が私にいとまを告げているのに、私が出てこないのは失礼じゃないの？」と田恵敏が反論した。

「お前は本当にふしだらで教養が無いんだから！」

田奉山は腹を立て、奥の部屋から出て来た妻の孫金娣に向かって「何で娘を見ていないんだ！」と叱った。

「私は服をたたんでて、知らないうちに飛び出したのよ！」

「本当にのろまなんだから！」

「あなたも疑い過ぎじゃないの？　若い人が新しい事に好奇心を持つのは不思議な事じゃないでしょう？　あの日本の青年だって、上海の大学に通って礼儀も正しいし、悪い事をするようには見えませんけど」孫金娣が言った。

「お前に何がわかるんだ！」

「わかったわ！　恵敏あなたは宿題をしていなさい。私はお父さんにうどんを用意して来ますから」金娣は一言告げて、この些細な出来事を終わらせた。

二日後、田奉山は棚橋が背広を取りに来た時、また田恵敏に出くわすのではないかと心配して、すぐに妻の孫金娣を呼び付けて学校が引けたら田恵敏を連れて城隍廟の近くの叔母の家に行くよう伝えた。

夕方時分、棚橋道夫は背広を取りに来て、周りをきょろきょろと見まわしていたが田恵敏の姿が見当たらず、ちょっとがっかりした様子であった。彼は背広を試着して代金を払い、不機嫌そうに立ち去った。

夜九時を回った頃、孫金娣は娘の恵敏を連れて帰って来て、玄関を入るなり直ぐに「あの日本人は背広を取りに来た？」と聞いた。

「持って帰ったよ、ありがたやありがたや！」田奉山はほっと息を吐いて言った。

「奴は家に来た時、きょろきょろして明らかに恵敏を捜してる感じだった」

「お父さん達には見識っていうものが無いんじゃないの？　私がどうしたの？　私がそんなに魅力有るの？」田恵敏は腹を立てて言った。

「女の子は品良自重しなさい！」金娣は窘めた。

「ふん……」恵敏は軽蔑の眼差しで睨みつけ、向きを変えてその場を去った。

翌日の夕方、丁度田奉山一家三人が雑談しながら食事をしていた時、棚橋道夫が一人の日本人青年を連れて店に入って来た。田恵敏は熱を込めて「棚橋さん、こんにちは！　いらっしゃい！」と叫んだ。田奉山夫婦は、娘が一方的に棚橋道夫を歓迎している様子を見て、互いに顔を見合わせながら、心中では腹立たしさと心配があった。

「こんにちは！」棚橋は一礼してから紹介した。「こちらは友人の松本です。彼もまた上海の大学に通っています。私の仕立てた背広を見て、彼も作りたくなったようなんです」

「そうですか？　生地は自分で選んでください！」田奉山は憂い顔で笑みを浮かべ、棚の上の生地を指差して言った。

「お世話になります！　私は松本孝夫と言います」作り笑いを浮かべ、田奉山に向かってお辞儀をしてから言った。

「生地ですか？　棚橋と同じ物にして下さい」

田奉山は松本の寸法を測っていた。棚橋道夫はこの隙に田恵敏に話題を持ちかけた。

「上海の仕立て屋さんの中でもあなたのお父さんの腕はとても素晴らしい。尊敬します！　あなたもわかるでしょう？　縫製の素晴らしさ！」

田恵敏は聞きながら少し驚いた。

「知ってる！」

棚橋道夫は話題を変えて「上海料理も好きだけど、揚州の淮揚州料理も美味いね。安徽料理も美味いけど、ちょっと味付けが濃いからもう少しあっさりしてたらもっと美味しいのに。南翔の小龍包は特徴があって、寧波の湯丸や餅も好きですね！」と話した。

「あなたは中国通ですね！」恵敏は誉めたたえた。

「あなたは中国のいろんな地域に行かれているんですか？」

「上海だけです！」

孫金娣は娘と棚橋を見ながら話す機会を狙っていた。彼女には願っていない状況で、急いで娘を離れさせようとして「恵敏、勝手の水が沸いたか見て来て」と言った。

「たった今、魔法瓶に入れて来たわよ！」

「お父さんのタバコ買って来て」

恵敏は振り返って布切れの間から1箱タバコを取り出して「ここにまだあるわよ！」と言った。

彼女はすぐに棚橋と松本にタバコを差し出した。

「ありがとう。私達は吸えないんです」棚橋道夫と松本孝夫は一言お礼を言った。

田奉山は素早く松本孝夫の採寸を終え、五日後に仮合わせに来るよう話した。

棚橋道夫は田奉山に向かって数言感謝の気持ちを伝え、視線を変え「私達と一緒に近くでコーヒーでも飲みませんか？」と田恵敏に向かって言った。

田恵敏は慌てて視線を両親に向け同意を求めた。

「ありがとう。でも未だ娘の宿題が終わっていませんので！」孫金娣は遠まわしに断った。

「私……」田恵敏は父の鋭い視線を感じ、言おうとしたが止めた。棚橋道夫はバツが悪そうに、田奉山に向かって「わかりました。私達は失礼します」と一礼しながら言った。

彼はまた、帰る前にじっくりと恵敏を見つめた。


「棚橋が来たのはもしかして……」田奉山は心配と不安から言った。

「あの人が友達に紹介してくれた事がよくないの？」田恵敏は父を咎めるように言った。

「もし他に意図がなければいいけど！」孫金娣は言った。


棚橋は松本と四川路橋まで歩いて来て「あの女の子どう思う？」松本に向かって聞いた。

「本当に絶世の美人だ。お前の眼力も本当に凄いよ！」松本が言った。

「でも彼女を物に出来るかどうかわからない。俺は本当に美人と上海で思いやりのあるロマンチックな生活を送りたいんだ」と棚橋は言った。

「お前は西洋人から学んだ方がいいよ！　何か良い手段があるよ！」松本が言った。

「俺は必ず彼女を妻にしてみせる。それが叶うまではいつまでも上海の大学に通うよ」

「お前がそうなった時には必ず祝い酒を飲ませろよ！」

「その時には知らせるよ！」

「お前の両親は同意してくれるのか？」

「構わない！　西洋人は皆自由恋愛なんだよ！」


棚橋道夫は策を巡らし奥の手を出した。二日が過ぎて、彼は未だ松本孝夫の仮合わせの日ではなかったが、また二人の日本人青年を連れ背広を作りにやって来た。

田奉山は商売人であり、自然にこれ幸いと気持ちとは裏腹に応対した。棚橋はこれからも他の日本人にも紹介して背広を作るつもりだと話し、田奉山夫婦は次第に棚橋に対する疑念と警戒心が薄れて賓客として接待した。またお客さんなの、と恵敏と棚橋は何気兼ねなく雑談をしていた。その後、棚橋は日本人のみならず何人か、金持ちの中国人にも紹介し背広を作らせた。一部の上海人によると多くの日本人が田裁縫店で背広を新調し、田裁縫店は目標なく追い風に乗り来客で賑わっていた。商売は益々繁盛し、大急ぎで仕立てる。田奉山は寧波の田舎に戻り数人の中年女性に声をかけ助けてもらった。銅貨銭は次から次と絶え間なく懐に飛び込んでくる。

而して娘の田恵敏と棚橋の関係はますます接近し、微妙な変化が生まれていた。彼女はいつも同級生と一緒に宿題をしているとか、クラスでの活動を理由にしながら下校後もなかなか家に戻らず、日曜日の外出も頻繁になった。実際、彼女は両親の目をごまかしては蘇州河畔を棚橋と散歩したり、黄浦公園の林の中で寄り添っていた。棚橋はある時、両親の不在をよいことに、家に誘い、二人は禁断の木の実を盗み食いしてしまった。

田奉山夫婦は一日中忙しく夜遅くまで仕立てに掛かりきりで、娘に構う暇もなく、二人は今、娘が異国の愛情の渦に陥っている事は少しも知る由もなかった。

ある日、恵敏と棚橋は親しそうに手を繋ぎ城隍廟の人の流れの中を歩いていた。丁度その時、田恵敏の叔母の奉蓉がそれを見つけてしまった。彼女は耐えきれず、次の日の昼前、田恵敏が登校して留守の間に田奉山の家に行き、田奉山夫婦に彼女が城隍廟で見かけた一部始終を話した。もし娘がこの日本人に翻弄されているのであれば、何か仕出かすに違いない。もしこの日本人のもとに嫁に出すような事になったら、日本の畜生が中国を侵略したとどれだけの中国人から後ろ指を指されるかわからない。

この日、田恵敏は学校が引けてからまた遅く帰ってきた。田奉山夫婦は部屋に娘を呼び、ドアを閉め

「どうして戻りが今なの？」と孫金娣が尋ねた。

「友達と一緒に宿題をしてたのよ！」

「違うだろ！　棚橋と一緒に街をぶらついていたんだろう！」田奉山は強引にたたみかけた。

「お前はますます話にならん！」奉山は彼女に平手打ちをした。

「あの人が紹介してくれたおかげで商売も繁盛したんでしょう。それでも不服なの？」田恵敏が言い返

した。

「ろくでなしが！　俺はむしろ商売なんか紹介してほしくない、それにこんなはした金なんかいらん！」田奉山は憤慨した。

「あんたは学生でしょう？　今は勉強しなさい！　学生が恋愛なんかして良いわけないでしょう？　もう一度言うけど、あの人は一人の日本人よ！　何が有ってもあの人との恋愛は認める訳にはいかないから！」金娣は忠告した。

「日本人がまたどうしたって言うの？　日本人の全部が悪い訳じゃないわ！」田恵敏は構わずに言った。

「棚橋さんが言っていたけど、西洋では青年同士の同棲は珍しく無いのよ！」

「ここは中国よ、古来男女は別なの！」孫金娣が叱責した。

「今日以降はどうであろうと棚橋とはきっぱり断ち切りなさい。俺も奴の紹介で僅かな金を儲けさせてもらったが、娘を犠牲にしてまで金は要らん！」田奉山は悲しそうに言った。

「許さないからね、彼との付き合いは！」金娣は命令するように言った。

「しないったらしない、たいした事じゃないわよ。でも……」恵敏は何か言おうとして止めた。

「言わなくていいわ。足を洗って早く寝なさい！」孫金娣はやっと今夜の叱責に終止符を打った。

二日、三日、数日と、田恵敏は下校後は部屋に戻り、ドアを閉め本を読み宿題をする日が続いていた。彼女は言葉少なく変わっていった。田奉山夫婦は娘が心を入れ替えて棚橋との交際を止めたと思い、人知れず喜んでいた。ところが思いもよらず、ある日の夕方、棚橋が突然店に現れた。

彼はドアを開けると「恵敏は戻られましたか？」と単刀直入に尋ねた。

「戻ったよ。娘は部屋で宿題をしているよ。邪魔しないでください！」奉山は横暴に答えた。

「棚橋さん、以前はたくさんのお客さんを紹介して頂きましてありがとうございました。話してよいのかわかりませんが、娘は未だ学生です。学生の本分に努めなければいけないんです。今後、娘に会わないでやって頂けませんか。それに遊びに連れ出すような事はもっと困ります！」孫金娣は遠慮がちに言った。

「私は心から彼女を愛しています。そして彼女を娶って、出来ることなら私の妻にしたいと思っています！」棚橋は本心を吐いた。

田恵敏は部屋の中から棚橋の話を聞いて胸をときめかせていた。棚橋が彼女へ求婚しているのだ。見たところ棚橋は本心から彼女を愛している。彼女はすでに部屋のドアを開けていた。今すぐにでも棚橋に会いたい。しかし、彼女は仕方なくドアを閉めた。彼女は両親とも棚橋とも正面衝突したくはなかった。両親に心配をかけ辛い思いをさせるのは忍びない。しかし、棚橋の求婚は耳にまつわり付き、無知で無邪気な心の奥底で何かが思わず動き、愛の涙が瞼の中を動いた。彼女は耐え切れなくもう一度ドアを引き開け棚橋に会おうと思ったが、それも理性で抑えた。

「そんな事出来るか！」奉山は大声で厳しく言った。

「棚橋さん、上海には綺麗な女性は沢山いますよ。お願いします。恵敏を悩ませないでやってください。終わりにして下さいな！」金娣は哀願の口調で話した。

「私は無理強いをするつもりはありません。ただ恵敏さん本人が夫婦に成りたいと言ったら？」棚橋は問うた。

「そう言う事はありえません！」孫金娣が言った。

「もし娘があんたに嫁ぎたいと言い出したら、私は娘の足をぶった切って叩き出してやる」奉山は憤慨し、興奮のあまり首筋に青筋が立っていた。

この後から棚橋道夫が田裁縫店に足を運ぶ事はずっとなかった。田恵敏はいつも言葉少なく、下校後は時間通りに帰り宿題をしている。田奉山夫婦は娘が心を入れ替え、棚橋との交際を止めたと思っていた。しかし、二人は知らなかったのだ。娘と棚橋は密かに依然として付き合っていた事を。棚橋は一通、また一通と求愛の手紙を学校に送っていた。恵敏は棚橋の手紙に非常な感激と、同時に彼女は棚橋の愛に耽溺し、その愛から抜け出す事が出来なくなっていた。

ある朝、恵敏がカバンを背負って学校に着いて間もない頃、棚橋は突然、沮喪な様子で店に現れた。彼は依然として「こんにちは！」と礼儀正しく挨拶をした。

田奉山夫婦は久しく見なかった棚橋が店に現れ、胡散臭く嫌な感じだった。孫金娣は面倒くさそうに「恵敏は早めに登校しましたよ！」と言った。

「私は彼女に会いに来た訳じゃありません」棚橋は言った。

「仕立ての注文ですか？」田奉山が尋ねた。

「いいえ、私が伺ったのはあなた達に暇乞いを言いに来ました。私は徴兵され日本に戻ります。その後、また派遣されて中国に来ます」

田奉山は心中ひそかに喜んだ。天の神様の助けだ。こいつが上海を離れるんなら早ければ早いほどいい、遠ければ遠いほどいい。彼は「そりゃー本当に残念だ。それで上海には後どれくらいいますか？」と親切ごかしに言った。

「すぐにでも上海を離れます。そしてすぐに従軍して中国に来ます。もしかしたら上海のこの辺りかも知れません」

「えー！」奉山と金娣は息を呑んで、緩んだ眉にしわを寄せた。

「あんたが紹介して下さった商売も少なくありません。どうですか、今日、昼食に酒と肴でも準備をしますから送別の宴を開こうじゃありませんか？」田奉山は遠慮気味に言った。

「結構です。昨日命令を受け取った所ですが、今日の昼には出発しなければなりません」

「本当に残念だ！」田奉山は心にもない事を言った。

「今日は暇乞いを言いに来ましたが、他にも私の気持ちを伝えておこうと思います。私は本心から恵敏を愛しています。将来妻に娶りたいと思っています」

田奉山は聞いて思わずギョッとした。「冬の葱は根が断たれ、葉が枯れても死なず」、彼は全くこの譬えどおり、戦場でも生死を恐れないだろう。まだ恵敏を終始心にかけているとは。

「ありがとうございます。そこまで娘を慕って頂きまして。ただ娘は未だ学生です。あなたは今帰国します。帰国すればどうしたものかわかりません。この事はまた後で話しましょう！」奉山は時間稼ぎに言った。

棚橋は田奉山の口ぶりが以前と変わっている事に気が付いていた。彼は自らを慰めた。希望がなくなった訳じゃない！「どうかお体をお大事に、恵敏にもよろしく伝えてください！さようなら！」彼はもう一度別れの挨拶をした。

田恵敏が学校から戻って来た時、田奉山は生地を仕入れに出かけ、孫金娣は街に惣菜を買いに出掛ける所だった。二人の手伝いが恵敏に告げた。「棚橋は午前中別れを言いに店に来たよ。徴兵されて国に帰ったよ」恵敏は一言聞くと全身が感電したように、顔色が青ざめ、目が眩み気が遠くなった。彼女は急いで部屋に入り頭から布団に倒れ込み、しくしくと涙を流した。彼女は棚橋を恨んだ。どうして一声もかけず帰ってしまったのか。まさか責任を逃れた？　近頃吐き気を催し、彼女は妊娠を心配していた。「この馬鹿やろう！」彼女は心の中で罵倒した。もしかしたら私に声をかける時間もなかったのか！　彼女は良いように考え、自分を慰めた。

田奉山は生地を買い、運搬夫に送ってもらいながら帰って来た。ついでに紹興酒を二本買った。孫金娣も野菜をたくさん買い、叔母の田奉蓉が特別に招待された。その夜、彼ら一家は何人かの手伝人を呼び、祝いの席を設け酒を空けた。

「日本の厄介者が帰った。心中の厄介も消えたぞ！　皆、痛快だ、痛快だ、食べて、飲んで！」田奉山は祝いの杯を挙げ言った。

田奉山夫婦と田奉蓉は飲み食いをし、楽しんだ。唯一恵敏はうつうつと憂鬱な感じで、上手に箸が動かず、僅かしか食べようとしない。酒も一滴も口にしなかった。

「恵敏、お前も嬉しいだろう！」と奉山が言った。

田奉蓉は心配して「恵敏、箸があまり進まないようだけどまさかどこか気分でも悪いんじゃないの？」と聞いた。

恵敏は首を横に振った。

孫金娣が「もしかしたらあれが来たの？」と憶測で言った。

田奉山は杯を挙げ「皆、今日の食事は愉快だ、気持ち良く飲もう！」と喜んで言った。

棚橋は日本に引き揚げ、田奉山夫婦は心の重荷が取れた。以前程の商売はないが、それでも悪くはない。二人は夢にも想わなかった。黙りこくっている娘の原因が人目を盗み、禁断の実を食べて孕み、お腹が日に日に隆起していることであるなんて。

ある晩、恵敏がシャワーを終えて足早に床についた時、金娣は娘に作ったズボンを試させるために呼んだ。当然ズボンを穿いた時、孫金娣は忽然と田恵敏の異常に突出したお腹に気づいた。子供を産んだ経験から娘が身籠もっている事を察し、すぐに恵敏のお腹に手を当てようとした。恵敏は驚き後ずさりして全身を震わせている。孫金娣は彼女のお腹に手を当て、突然電撃が走った。目の前が真っ暗になり、全身が麻痺し、立っていられない。

「妊娠しているの!?」彼女は涙を潤ませ震えながら聞いた。

「私もわからないのよ……」田恵敏は両手で頭を抱え、震え出した。

「どうして早く言わないの?」

「二人とも叱るでしょう!」

「道理で顔色も悪いし、近頃食欲が無かったのね」

「棚橋は妊娠している事を知ってるの?」孫金娣はまた問い質した。

「知ってる」

「道理で挨拶にまで来て嫁に欲しいと言ったのね!」

「彼は本当に私を愛しているわ。出発前にも手紙を送ってくれて……私に……」

「あんたは幼稚でお人よしなのよ!」

孫金娣は涙を流しながら部屋を出て行き店の中に入った。彼女は田奉山の耳元でこそこそと話した。

田奉山はたちまち顔色を変え、怒りを抑えきれず部屋に入って来るなり「恥さらしが、俺はこの後どうすればいいんだ！」と叱り付けた。

「どうしたらいいのよ」金娣は心配でいても立ってもいられない様子で、すすり泣きながら聞いた。

「早めにおろすしかないだろう！」奉山はすぐさまに言った。

「ダメ！　したくない！　栅橋は子供が欲しいって、将来戻ってきて一緒に暮らすって」

　恵敏はすすり泣きながら言った。

「こういう事だってあるんだ！　彼は戦場に行って戦死するかもしれない。もう一度言うが、やつは中国を侵略した日本の畜生兵だ、お前を奴の嫁に出せば非国民として後ろ指差される。御先祖様にも立つ瀬がない！」田奉山は興奮しながら言った。

「彼は強制的に軍隊に入れられたのよ。彼は中国人に対して友好的だし！」恵敏は弁解した。

「ちぇ！　お前に何がわかる！」田奉山は弁解させず、「明日奉蓉を呼べ！　一緒に紅家産婦人科に行っておろして来なさい！」と孫金娣に言い付けた。

「私……おろさない！」恵敏は強情であった。

「したくなくてもするんだ！」田奉山は腹を立て、ぷいと立ち去った。

　この日の夜、家族誰もが眠らなかった。

　次の日の朝、孫金娣は田恵敏の叔母田奉蓉を呼んできて、彼女ら二人で田恵敏を説得するのだが、しかし少女の愛は往々にして衝動に駆られ、真摯であり無知である。

　彼女はどうあってもおろすことに同意しない。田奉山は一束の紐を持って部屋に走り、娘に向かって「祝杯を断って罰杯を飲むような事をするんじゃない！　お前が同意しなくても俺はお前を縛りつけてでも病院に連れて行くからな！　もう人力車が玄関で待ってるんだ。早く起きて着替えなさい！」と厳しく言った。

「私はおろさない！　棚橋は本当に愛してくれているんだから……」

田奉山は弁解を許さずに、縛りつけようと紐を持って恵敏の前に行ったのだが、田恵敏は金切り声で叫びながら必死にもがき、部屋の中は大騒ぎであった。

丁度この時一人の手伝いが入って来た。「御主人、日本の青年があなたを捜していますよ。服を作りたいらしく改めて来るってさ！　奴は棚橋の知り合いで松何とか……そうだ、松本、奴があんたを捜してるよ！」

奉山はぽかんとして、縛り付けた紐を放して孫金娣と田奉蓉に向かって目配せをした。

彼女達を呼び恵敏を看させた。

「田さん、こんにちは！」松本は一礼した。

「松本さん、久しぶりです。どんな風の吹き回しで来たんです？　背広でも新調しますか？　おかけください！」田奉山は長椅子を引っ張っぱりながら言った。

「私が今日来たのは背広を新調する訳じゃなく、棚橋からの頼まれ事で来ました。棚橋が日本に戻ってから届いた手紙を届けに来ました。彼は徴兵の後、多分今頃は南京に着いた頃だと思います」

「おう！」田奉山は一つ冷気を吸い込んだ。

「棚橋の代わりに私からあなたに伝えてほしいと。彼は恵敏さんを愛しています。恵敏さんが身籠もった子供も欲しいと。そして戦争が終わったらすぐにでも上海に戻って一緒に暮らしたいと。それに見舞金として五元銀貨を恵敏さんに渡してくれと頼まれました」

「このお金は何があっても受け取れません。私達はお金に困っている訳じゃありません！」田奉山が言った。

「恵敏さんがもし今日、登校していないようでしたら彼女に会いたいのですが」

松本が言った。

奥の部屋のベッドの上に寝ていた田恵敏は、松本の話を聞き透かさず這い出し飛び出そうとしたが、田奉蓉は両手を押さえ付け、孫金娣はタオルで口を押さえ、どうやっても身動き出来ず、叫ぶ事も出来なかった。

「あいにくですが、今日娘は登校しています！」田奉山は落ち着き払って言った。

「わかりました。私はこの近くに用事があります！　それじゃよろしくお願いします！」

松本が言った。

「このお金は必ずあなたが持って帰って下さい！」田奉山はそう言うと、現金を松本のカバンに押し込んだ。

「承諾して頂けないんでしたらそのように棚橋に伝えます。また機会がありましたらお会いしましょう」松本は一礼して去った。

田奉山は部屋に入ると「あんた達も聞いていただろう。別な問題が出てきた」と金娣、奉蓉に対して気落ちしながら話した。

「お父さん、慎重に考えてよ！　勝手に決めないで！」田恵敏は泣きながら言った。

「お前は口を出すな、お前には口を出す資格なんてないんだ！」田奉山は窘めた。

「棚橋はもう南京に着いたわ。もし恵敏のお腹の赤ん坊をおろした後で、あの人が南京から上海に戻って、子供を要求したらどうしよう？　あの人は刀も拳銃も持っている畜生よ！」孫金娣はどきどきしながら心配そうに話した。

「私は慎重に考えた方が良いと思うわ！　もう生米は炊けてしまったのよ、もしこの棚橋が本当に良い人だったら、恵敏にとっても良い話じゃないの？　将来ここに留まって恵敏と一緒になってくれるんなら、成り行きに任せた方が……」田奉蓉は考え込むように話した。

「ダメだ！　恵敏を煅払ってやる。何なら家も煅払ってやる。俺にやらせてくれ！　今日は何が何でも子供をおろさせる！」田奉山は田奉蓉の話を断ち切って言った。

「お父さん、棚橋が報復して来ても怖くないの？　きっとけりを付けるわ！」

「怖いもんか！　恵敏、お前の将来のために子供をおろそう！　遅いより早いに越した事ないぞ！」田奉山は温かみのある口ぶりで説得した。

「ダメ！　私はダメ……」

田奉山はまた紐を持ち出し恵敏を縛った。恵敏は突然向きを変え枕元の引き出しからハサミを取り出し「どうしても私を病院に連れて行って子供をおろそうとするなら、私は皆の目の前で死んでやるわ」と脅すように言った。

田奉山夫婦と田奉蓉は驚いて立ち止まった。田奉山は紐を放し「御先祖様、どうしてこんなふうに成ってしまったんでしょう！」と涙を流しながら悲しそうに言った。

田奉蓉はハサミを奪い取り「恵敏、こんな事したらダメよ！」と悲しそうに言った。

「私達の家は一生罰当たりよ！」孫金娣は咽び泣きながら言った。

田奉蓉は辛抱強く田恵敏に話し、田奉山夫婦は腹を立てながら外を盗み見て涙を流した。

昼時、田奉山夫婦と田奉蓉はひそひそと相談していた。田恵敏には今のところ無理やりおろさせる事は出来まい、さもなければ命までも危ぶまれる。まずは子供を産んで、状況によっては孤児院に送る事も出来るだろう。松本からも逃れられるし、棚橋に付きまとわれる事もなくなる。田奉山は店舗を売ってしまう事を決心した。提籠橋付近にレンガ造りの家を買って、その近くに裁縫店舗を借りよう。彼らは田奉蓉を呼び纏まった考えを田恵敏に話した。子供はおろさない事にした。但し新しい家で休んで、棚橋と松本との付き合いは許さない。「お前は学校にも行くな、家で裁縫を覚えろ」と言いつけた。田恵敏は棚橋に対するひたむきな愛情からこの決定を承諾したのかも知れない。

レンガ造りの家に移って間もなく小さな命が、「おぎゃー」と生まれた。男の子である。田恵敏自ら、母として子供に盼盼と名付けた。一日も早く父親が戻って来るようにとの思いから付けた名であった。田奉山夫婦は色々な思いがあるのだが如何せん口に出せない。店はもう移ってしまったのだ。松本も捜せないだろうし、田恵敏も棚橋と付き合う事は出来ないだろう。もう彼らに脅かされる事はないのだ。そこである夜、田恵敏が熟睡しているのを見計らって、そっと子供を孤児院に連れて行った。田恵敏が目を覚ますと子供が見当たらず、死ぬの生きるのと泣き喚き騒ぎ、仕方なく金娣は子供を連れ帰るしかなかった。田奉山夫婦はどうしようもなく産後一カ月を待ち改めて子供を送る事にした。

田盼盼が間もなく生後一カ月のお祝いを迎えようとしていた時、中国では驚天動地の騒ぎが起こった。日本が敗戦を布告し、街のあちらこちらで銅鑼や太鼓が鳴り、抗日戦争に勝利したことを歓呼していた。

田奉山夫婦も心の中で喜び「日本の畜生が降伏した、棚橋ももしかしたら戦場で戦死しているかも知れないな、たとえ生きていたとしてもお前を捜しに来ることはあり得ないだろう。出来る限り早めに子供を誰かに委ねた方が良い。将来面倒な事にならないですむだろう」と田恵敏を励まして言った。

田恵敏は頑として譲ろうとはせず「子供は私の骨肉を分けた間柄よ、私は譲らない。私は信じている。棚橋が戻って来て必ず私を捜し出すわ！」と泣きながら言った。

案の定、田恵敏の予想通り、ある日の夕方、松本は棚橋を連れレンガ造りの門をくぐって家に入って来た。田奉山夫婦はびっくり仰天した。どうやってこの住まいを聞き出し、どの道を通って辿り着いたのか。

田恵敏は喜びを抑えきれず「あなたはやっと来てくれたのね！」と涙ながらに棚橋の胸に抱きついて言った。

「私は四六時中あなたと子供の事を気に掛けていたのよ！」棚橋は顔を上げ、田奉山、孫金娣に向かって言った。

「恵敏を面倒見て頂き感謝します！」この奥の部屋から赤ん坊の泣き声が聞こえ、棚橋は感激して耳を傾けて「私の子供ですか！」と聞いた。

恵敏は急いで奥の部屋から子供を抱き抱えて来た。棚橋は子供を受け取り、抱き抱え、あちらこちらと眺めては頬擦りし「男の子だ、立派だ！　本当に有難う！　この子の名前は？」と興奮して聞いた。

「盼盼、待ち望みの意味、盼のお父さんが帰ったよ、やっと盼の所に戻ったよ！」田恵敏が言った。

「子供が生まれまして、色々と御迷惑をおかけ致します。もう一度お礼を言います！」

棚橋は田奉山夫婦、田恵敏に向かって一礼した。

「おめでとう！」松本は棚橋に対して言った。

「世話になったな。ありがとう！」棚橋は松本に向かって一礼しながら言った。

田奉山夫婦は以前、棚橋と松本から世話になった事を考え、簡単な料理を作り、ご馳走した。食後、田奉山が「棚橋、戦争は終わった。ここに残って恵敏と一緒に暮らせるのか？」と尋ねた。

棚橋は幾分肩を落としながら「私はどんなにか残って、恵敏と子供と一緒に生活したいと思っています。私は三年以上上海で生活しています。上海が好きです。しかし、今は出来ません。私は先に戦友と日本に帰らなければなりません。帰った後、なるべく早く上海に戻ります」と答えた。

「私達はこの上海で学ぶ者ですがやはり帰らねばなりません。私達は上海には遅かれ早かれ必ず戻ります！」松本も話に割って入った。

田奉山は心の内を理解していた。日本は敗戦したのだ。棚橋らがそんなに簡単にいくと思っていない。彼は思案しながら「盼盼はあなたと恵敏の子供だ。それに恵敏はあなたの妻です。中国の古い教えに従って婚礼を執り行いましょう。明日、私は何人か親類の者を招待しますから松本さんも来てください。とにかく婚礼に松本さんと私の親戚の者を呼び婚礼の立会人とします。そしてこれを結婚の儀として恵敏に納得させましょう」と言った。「良いでしょう！　ありがとうございます」棚橋は二つ返事で答えた。

次の日、田奉山は自分の家であるレンガ造りの家に婚礼の支度を整えた。上海に住む何人かの親類を招き、松本も来た。宴会の料理は盛大に用意したのだが、しかし空気は低く沈みがちだった。

食後、棚橋は皆に別れを告げ「私は必ず戻って恵敏、盼盼と一緒に暮らします！　安心してください」と心に誓って言った。

彼は田恵敏と子供を名残惜しそうに見詰め「恵敏、必ず子供を大事にしてくれよ！」と田恵敏に付け加えて言った。

田恵敏は頷きながら子供を抱き抱え、彼を門の外まで送った。彼女の瞳は棚橋が離れて行くまで見送り、胸は抉られるような思いに駆られ涙は雨の如く流れた。

この別れが最後の別れになる事を誰も知らない。棚橋は田恵敏の一生を破滅させ、挙句に彼ら一家を引き割いたのだ。

恵敏は毎日棚橋からの手紙を待ち望み、早く戻ってくる事を待ち望んでいた。しかし、一向に梨の礫、音沙汰も無く……。

上野公園では桜の花が春風に乗って漂い、飄々と気ままに、ふわりふわりと舞い落ちて、林小燕の頭の上に顔にと落ちた。彼女は田桜桜の叙述を聞き、感情を抑えることが出来ず「本当に心打たれる話で、こんなにも悲惨な人生なんて。私が思うにこの恵敏はあなたのお祖母さんで、この盼盼がお父さんなんでしょう！」と話を断ち切って言った。

田桜桜は涙を拭いた。「あなたの言う通りよ！」彼女は時計を見て、「もう遅いわ、私達帰りましょう」

第三章

田海盼夫婦は娘の田桜桜を見送った後、何か気の抜けたような感じと、やり切れなさで何も話す気になれなかった。

その日、田海盼は空港から戻り自宅に着くなり、レンガ造りの古い屋敷をぼんやり眺めていた。世紀を跨ぐ激しい変化と苦難の日々の末にやっと娘の日本留学を決心した。歴史的な決着に白黒を付け、正義を貫き、祖父、祖母、母のためにも憂さを晴らし、この家にうららかな日和を齎してくれる事を願っていた。妻の張秀蘭は夫の運命的な不幸に同情し契りを結び、難儀、運命を共にして難関を乗り越えて来た。彼女は夫が父を捜そうとしている事を理解し夫の支えとなってきた。また彼女も娘が日本に留学し、自分達の正道を正してくれる事を願っていた。しかし、目に入れても痛くないほど可愛がっていた娘が異国に行く事を考えると、母性愛と脆弱さがしきりに彼女を苦しめた。家に戻ってからも彼女は声を潜めて涙を流し食事も二口ほどしか喉を通らなかった。彼女は気持ちは落ち着かなかったが、夕方桜桜からの電話を受け、無事東京に着いた事を聞くと、ほっと息を吐き、肩の荷を下ろしたような気持ちであった。

夕方になると、住民委員会の李小母さんが明日の朝9時から町内の住民会議を開く事を知らせて来た。内容は住宅の立ち退きに関する事であった。

「どんな政策なんですか？」張秀蘭が尋ねた。

「聞いた話だと、立ち退きの政策には二種類あって、一つはあなた達の屋敷の面積に合わせて現金が支給されるようです。また、少しお金を足せば市内で新築住宅か中古住宅も購入できるようですよ。もう一つは立ち退き者に対して代わりに割り当てられた住宅があるようです」

「わかりました！　ありがとうございます」田海盼が答えた。

李小母が去った後、田海盼と張秀蘭は議論をし始めた。立ち退きに関する事はどの家庭にとっても重要な事であり、皆が非常に関心を持っている事である。

「このレンガ造りの屋敷に住み始めてからもう50年以上が経つのか。ここを立ち退くのはやはり名残惜しいな！」田海盼はタバコに火をつけてしみじみと言った。

「この家はもう古くて傷みもひどいし、べつに名残惜しくもないわよ！」張秀蘭は気にも留めず話した。

「俺達一家四代はここで過ごしたんだ、感銘を受けた事も本当に多いよ」

「新しい家に住めるならこの古い屋敷よりずっとましよ！」

「新しい家は当然いいだろう。しかし割り当てられる家は郊外だぞ、越して行くにしても不便だ。それなら取り壊し料を貰って、そこに少し足して市街地にでも新築住宅を買った方がずっとましだろう！」

「そんな、私達の貯金は全て桜桜の留学費用に充てたでしょう。その上人様から借金もしてるのよ！桜桜がもし日本に留学しなければ、貯金を充てて家も買えたんでしょう。もし桜桜と雲鵬がカナダにでも留学していれば、日本への留学費用もかからなかったし、他人からの借金もする必要がなかったわ！」張秀蘭は少し後悔気味に話した。

「はー！　何度も繰り返すようだけど、俺もわかっているよ。桜桜までも巻き添えにしてしまったし、桜桜があの雲鵬を好きだった事も、そして俺の代わりに証明しようとしてくれている事も。彼女は雲鵬の愛まで犠牲にして成し遂げようとしてくれているんだ！」田海盼は一つ溜息を吐いて言った。

「あの若者は本当によかった。人柄的にも、将来性もあり、人からも好かれ、家庭の条件にも恵まれていたわ！　桜桜はもう一度よりを戻せるのかしらね……」張秀蘭は羨ましそうに言った。

「これは彼ら自身の縁だ、今回は夫々が自分の道を選んだんだし、十分考えた末の事だろう！」田海盼は言った。

「本当に惜しかったわね！」張秀蘭は溜息ながらに、心中は非常に無念でいっぱいであった。

「そうだ、俺は上村正義さんに手紙を書こう！」田海盼はそう言いながら部屋に入って、筆を取り書き始めた。


上村正義氏は日本の戦争孤児後援会の会長だ。彼は旧日本軍の兵士で正義と良識を持ち、後には日本反戦同盟に参加して、日本軍に対し国民革命第八路軍に加わり中国人民と一緒に抵抗し反撃をしたのだ。日本が敗戦した後も、彼は中国人民解放戦争に参加して北へ南へと転戦し軍功を成し遂げた。彼は解放軍の軍服を着た日本人の一人であり大隊長であった。１９５４年に、彼は日本に戻った後、全力を尽くし日中友好のために尽力してきた。また彼は数多くの日本人孤児の身内を捜し、日本での定住手続きに協力し、家族との団欒を支援した。

田海盼は媒体の中で上村正義が日本人孤児のために身内を捜しているニュースを見て、無礼とは思いながらも日本にいる実の父親捜しに協力して頂けるよう手紙を出した。彼からはすぐに返事が届き、積極的に協力するというものであった。その上幾らかの手がかりもあると言うのだ。田海盼は心から感激し、わざわざ豫園まで行き、翡翠彫りの花瓶を購入すると日本に留学している田桜桜に対して上村正義を訪問する際の贈り物にするよう言い付けた。

田海盼は上村正義宛ての手紙を出した。娘のために協力、指導してもらえる事を強く願い、娘がしっかり勉強し、本領を発揮し使命をまっとうしてほしいと願った。

陸雲鵬は田桜桜を見送った後、五臓六腑でもなくなったか病人のように再起不能の状態であった。彼はカナダから戻り、田桜桜に一緒にカナダ留学を勧めたのだが、しかし田桜桜の意志は強く日本に留学してしまったのだ。空港で別れる時、桜桜は日本に行く目的と使命のすべてを話してくれた。彼は桜桜の話を理解しているのだが、桜桜はどうして彼を理解しようとしないのか？　あー、陸雲鵬はただただ自分の運の悪さを恨んだ。

両親は家を空け不在であった。豪華な住宅は広く、いかにもひっそりと静まり返っている。嘗て母はカナダへの留学生活のために、よく家の中では英語を勉強するように言い付けていた。彼は昼の間は数枚の英語のＤＶＤを観ていたのだが、夜には退屈で部屋を抜け出し、一軒の料理屋でサッカーの試合を観ながら憂さ晴らしに酒を飲んでいた。

おおよそ夜九時頃だろうか、李玲玲は彼女より十歳くらい年上の男性と食事を終え出て行こうとした時、一人酒を飲んでいる陸雲鵬を発見して、目を輝かせながら「王社長、先に帰って頂けませんでしょうか？　ちょっと親戚の人を見かけたので、ちょっと挨拶してから帰ります……」とその男性に話した。

李玲玲は王氏を送り出すと陸雲鵬のテーブルの前に座り「雲鵬、お兄さん、私を覚えていらっしゃいますか？」と甘い声で話しかけた。

「知らない訳ないでしょ？　あなたは桜桜の従姉妹でしょう。ここに座って一緒に飲みましょう」陸雲鵬は言った。

「ハイ、いいですわ！」李玲玲は願ってもない事でそこに腰をかけると、興味深く尋ねた。

「酒を飲んでてお帰りの運転は怖くないのですか？　警察に捕まったら大変ですよ！」

「最初から酒を飲みに来たんだ。タクシーで来たから大丈夫だよ！」

「桜桜のことを考えていたんでしょ？　ここでお酒を飲みながら憂さ晴らし？」李玲玲が囁いた。

「そうだ！　俺はとても彼女を愛してる。しかしこんなに想っているのに俺はまるで磯のあわびの片思いだよ！」雲鵬は少し酔いが回っているのか感傷的になり、玲玲にワインを一杯注ぎ彼女に勧めた。

「上海には綺麗な女性がたくさんいるでしょ？　何も一本の木にしがみつく必要ないんじゃないかしら！」玲玲はワインを流し込みながら言った。

「いや、周りの女性は桜桜に匹敵しないよ。俺の気持ちの中には今も桜桜だけなんだ！」

「本当に惚れた人の目には西施に見えるんだわ、そんなことなら日本に追って行けばよかったのに！」

「しかし、両親はカナダへの留学じゃなきゃ絶対にダメと言うんだ。大切な両親には背けないよ！」

「桜桜は日本に行ってしまって、もうあなたとの繋がりは断たれたのよ！」

「いいえ違う、俺は信じている。桜桜も俺を愛しているんだ！」

「確かに桜桜は綺麗だし、頭も良いのよ、でも日本で彼女に付き纏う人が上海より少ないとでも思っているの？」

「将来必ず俺もいつかは日本に行くよ！」

「そうかな？　彼女だって、その時にはきっと他の人のいい奥さんになってるわよ！」

玲玲は火に油を注ぐように言うと、雲鵬は更に哀しさが増したのか、一杯、更に一杯とあっという間に酒を空けた。

「お兄さんの幸運と上海で気に入った素敵な彼女が見つけられますように……」玲玲は甘えるような声でワインを飲みながら言った。

「いらないよ。そうなる筈がないじゃないか！」雲鵬は酒の酔いで顔中真っ赤に染まり、ろれつも回らなくなっていた。

「あんたが……もし……桜桜だったらいいのに、俺に……付き合って飲んでくれ、愁いを消してくれ……」彼は酔いながら言った。

玲玲は失恋した雲鵬に乗じて上着を脱ぎ、胸元をあらわに色っぽく近づきながら「私の事どう想う？」と聞いた。

「とても……綺麗だ！　うん、本当に綺麗だ！」

玲玲は彼が酔っている事を知りながら、更に二杯の酒を勧め、彼女は雲鵬がふらついている事を確かめ、勘定を済ませ、彼を支えながらエレベーターに乗せて階下に下り、一台のタクシーを止めて彼を家まで送ろうとしていた。雲鵬は朦朧とし拒否する事もなかった。


タクシーは徐家汇の高級マンションの前で止まり、玲玲は雲鵬を支えながらビルに入り、エレベーターに乗せ雲鵬の部屋に入って行った。雲鵬は玲玲を呼びソファーに案内した。玲玲は豪華な部屋をぐるりと見渡しながら思わず呆然としていた。２００㎡を超える広さに五、六室の部屋があり、中には高級な家具や、高い天井にはシャンデリア、雅やかな骨董品と装飾品等、彼女には未だかつて見たことのないものもある。彼女は羨ましくてたまらなかった。

「桜桜はここに来たことがあるの？」としきりに尋ねた。

「うん、来……ましたよ！」

「彼女は本当に馬鹿ね！　こんなにすばらしい男性に心を動かさないなんて信じられないわ！」玲玲は呟いた。

「この家はそんなに大した事はないよ！」雲鵬が言った。

「わー、これでもたいした事ないって、まさか皇宮と比べて冗談言っている訳じゃないでしょ！」

「上海にはこの程度の家はいくらでもあるよ」雲鵬は言いながら、少し苦しそうだった。

玲玲は急いで水を一杯持って来て彼の口元に添えた。彼が大きく一口飲むと、彼女は彼の胸を可愛くてとても綺麗な手でそっと撫でた。雲鵬の両目は彼女をじっと見つめ「もし、あんたが桜桜だったらいいのに、あんたさえよければ今晩僕に付き合ってもらえないか……桜桜！」と自分に言い聞かせるように元の言葉を繰り返した。

玲玲にとって今晩は彼に近づく絶好のチャンスだった。彼女は上着を急いで脱ぎ、近づきながら「雲鵬、私を桜桜だと思って……」といきなり雲鵬に抱きついた。

「桜桜……僕は本当に愛しているんだ。日本になんか留学しないでくれ、いいだろう？」雲鵬はまた酔った目つきで玲玲を桜桜に見立て抱きしめながら、玲玲と唇を絡ませていた。

「いいわよ！　いいわよ！　私は日本に行かずに、死ぬまであなたと一緒にいるわ！」玲玲の芝居はいかにも真実味があり益々狂ったようにエスカレートした。そして彼女は雲鵬をソファーに押し倒し、口づけをしながら舌は彼の口の中を激しく動き、片方の手は上から下へと彼の胸を弄り、雲鵬の欲望を激しく駆り立てた。彼女の情欲は燃え上がり彼の全てを飲み込もうとしていた……。

ちょうどその時電話のベルが鳴った。玲玲は手を止め、少しうろたえていた。

雲鵬は朦朧としながら身体を返し受話器を掴んだ。「もしもし、何方ですか？」

「ママよ、今晩何度もあんたに電話をしたのに。家には誰もいないし、携帯も電源が切れているし、いったいどういう事なの？」

「俺……出掛けてたんだよ！」

「どうせ酒でも飲みに行ったんでしょう。また酔っぱらって、若いんだから程々にしなさいよ！」

その時、玲玲が不注意にも湯呑み茶碗をひっくり返し、「ごとん」と音を立てた。

「今の!? 何の音？」母は敏感に尋ねた。

「ゴメンゴメン、湯呑みをひっくり返した」

「うそ！　家の中に誰か居るんじゃないの？」

「なんてことを言うんだ！　いな……いよ！」

「雲鵬、ママを騙すんじゃないよ！　夜は誰も家に連れて来る事は許さないからね！」

「うん……」

「あと五日過ぎたら帰るのよ。李叔母さんを呼んで片付けさせるから」

「わかった」

「雲鵬、酒と女には注意するのよ！」

雲鵬は受話器を置き、幾分酔いも醒め、バツの悪そうな玲玲を見て「そうか？　あんたは桜桜じゃないのか？　ごめん！」と先程の一幕を思い出して言った。

「どうして？　私は桜桜じゃないけど私達二人が楽しんじゃいけないの？　男性の喜びは女性を愛することでしょ！」

「いえ……出来ません！」

「ねえ見て、どう私？」玲玲はズボンを脱ごうとした。

「だめだ！　どんな事があってもだめなんだ!!」雲鵬は自分の心に逆らうように顔を背けた。

突然、玲玲の携帯電話がりんりんと鳴り、彼女はそわそわしながら電話に出た。母親からの電話だった。

「玲玲、あんたいったい何処にいるのよ！　こんなに遅いのにどうして戻って来ないの？　ママは胃が痛くて、早く戻って病院に付き添ってちょうだい！」

「わかったわ！」玲玲は機嫌悪そうに携帯を切り「雲鵬、あんたは女の心のわからない本当に本の虫だわ！」と上着を着ながらぶつぶつ言った。

「そうじゃないんだ。ただ僕は自分の意思に背きたくないだけ！」

「かっこつけないでよ！　いつの時代よ！　何をそんなに護りたいの！」

「気を悪くさせてごめん！　僕には桜桜しかいない」

「雲鵬、私は桜桜の癖も性格もわかっているわ！　だから彼女は永遠にあなたの元には戻らないわ。あなたは永遠に彼女を得ることは出来ないのよ！　私を彼女にした方がずっといいと思うけど。私だったらあなたの心の中の失ったものをすべて補ってあげられるのに……」

「永遠に不可能だ！　愛は憐憫とは違う！　愛は至上最高なんだ！」

「本当に間抜けよ！」玲玲はぷんぷんしながら歩いて入口まで来た時やっぱり我慢出来ずに振り返り「私もあきらめない！　あなたが私を必要とした時には何時でも駆け付けるから」と言った。

「ありがとう」雲鵬は玲玲がドアを出るまで目送した。

田海盼は町内の立ち退き動員大会に参加した。住民委員会の李小母さんが言うように、立ち退きの条件は立ち退き住宅の面積によって現金が支給されるか、または建物を取り壊し、郊外に適当な場所を用意するのでそこに引っ越すかであった。田海盼は、市街地に新築か中古マンションを買うための金も足りなく用意された場所に移ることにした。

田海盼の住むレンガ造りの旧宅はかつて何代か前の記憶を奮い起こし、歴史的な痕跡を残した。だが、思いもよらなかったのは幸運にも立ち退きが日本の父親捜しに予想外な証拠をもたらしたことだ。

林麗娜は娘の林小燕を日本に留学させた後は、長い間背負っていた重い荷物を下ろしたように、とても気持ちが軽くなったような感じであった。

ある日、林麗娜が淮海路をぶらついている時、誰かが「おばさん！」と呼んだ。彼女が振り向くと林小燕の中学時の同級生で王艶美だった。彼女は日本的なファッションで、綺麗な洋服を着た男の子の手を引いていた。

「あら、艶美じゃない？　益々立派で綺麗になって。小燕が言ってたけど二年前日本人に嫁いだって。あなたは何も話さないで。皆あなたを日本人だと思っているわ！」林麗娜は王艶美をじろじろ見ながら言った。

「私は親戚に会いに帰って来ました」

「あなたのお子さん？　幸せそうで本当に可愛いわ！」

「早くおばさんに挨拶して！」

「おばさん、こんにちは！」男の子はぽかんとして瞬きをしながらぎこちない中国語で挨拶した。

「あそこに真鍋喫茶店がありますから、少し休んでいきませんか？」

「いいわよ。私もあなたの日本人に嫁いだ話を聞かせてほしいわ！」

喫茶店に入ると「小燕はお変わりありませんか？」王艶美は興味ありげに聞いた。

「小燕は日本に留学したわ。まだ行って間もないけど……」

「本当に彼女は志があって素晴らしいですね！」

「何が志か？　小燕は元々日本に留学したくなかったの。私が追い払ったのよ！」

「おばさん、どうして彼女を日本へ追い払ったの？」

「小燕を日本に留学させて、そこで金持ちの日本人の旦那を探して帰るように！」

「どうして日本人の旦那さんを探すの？」

「あなたにはわからないでしょうけど、小燕の父親は小燕が生まれると間もなく私達を捨てたのよ。私は小燕に外国人の夫を探させてロクデナシの父親に意地を見せたいの！」

「上海の女性が日本人を旦那さんに持ってすべて上手く行っている訳じゃないですよ！」

「あなたは今どうなの？　沢山のお金を母親に送って、お子さんと遊んで、それにすっかり垢抜けて……」

「私はまあまあいいですけど、でも自分も努力もしましたし……」

「ふ～ん、どう努力したの？」

「一人の日本人仲介者がそれほど辺ぴでもない田舎の農家を紹介してくれました。夫は近くの町に会社員として勤めていますけど、舅、姑はその土地で農業をしています。彼の家に嫁いだばかりの時は規則だらけで、普通の家事仕事はすべて私が熟して、料理、飯炊き、掃除は言うまでもなく時には野良仕事にまで出かけたわ！　その他、舅、姑や夫の世話はいいですけど、お風呂はどうしても我慢が出来なくて、他の人が先に一人ひとり入って最後に私がその木製の浴槽に入る時は本当に気持ち悪くて吐き気がする思いでした。それから私は毎日、彼に両親と別居してくれるようにうるさく言いました。でも彼は譲ろうとはしてくれません。仕方なく私は彼にシャワーを取り付けてくれるよう頼んでやっと苦しみから逃れられました。それからは、彼は酒代とタバコ代だけの一部を残して、給料は全て私が受け取るようになりました。彼は退社後には家に戻って家事や食後の洗い物まで手伝ってくれて、夫は本当にやさしくて何でも言う事を聞いてくれます」王艶美はちょっと得意げに話した。

「あら、これは上海の女性が夫を躾けるやり方をそのまま日本に持って行った感じじゃない？」林麗娜は誉め称えた。

「なるほど、皆が言うように上海の女性は頭が切れるわ！　小燕はあなたの旦那さんのようなやさしい人を探し出せるかしら？」

「もしかしたら私よりも素敵な日本人男性を探し出すかも知れません。でも、私の知る所では中国の女性が少なからず日本に嫁いで思いどおりになっている訳じゃないですし、別に日本に嫁ぐ事だけが天国という訳でもないです。ある中国の女性は日本の山間に嫁いで、毎日毎日農家の夫と喧嘩をして耐え切れずに逃げ出したとか……本当に結婚という名の墓場ですよ！」

「小燕に相手探しは十分注意した方がいいと言っておくわ。特に辺ぴな田舎の農家は探さない事！」

「街の中がよいとは限りませんけど……」

「小燕にあなたから色々教えてもらうように言っておくから、日本に戻ったらどうか面倒見てあげて下さい」

「わかりました。おばさん、小燕は日本に留学して、それにアルバイトはとても大変でしょう！」

「艶美、あなたは以前小燕のいい友達だったでしょう。誰か適当な日本人の彼氏を紹介してあげてくれない？」

「おばさん、私の知り合いの中では適当な日本人はいませんよ！」

「あなたの旦那さんにお願いしてよ！」

「はい、聞いてみます。でもうまく行くかはわかりませんよ！」

「これは小燕の電話番号なの。戻ったら娘に連絡してくれない？　お願いね！」

「私は半月したら日本に帰りますので、時間のある時にでも連絡してみます」

「ありがとう、艶美！」


林小燕が日本に留学して十日以上が過ぎた。彼女は寂しさと、孤独と、虚しさとで茫然としていた。ある時は部屋の中で退屈にぼんやりしながら里心に駆られ涙を流していた。林小燕は食費を節約するために、上海から沢山の食べ物を持って来ていた。インスタントラーメン、醤油漬け、腸詰、ベーコン類……しかし、それらはすべて食べつくしてしまい、お金も買い物に費やし、持って来ていたお金は早くも使い果たしてしまった。そのためアルバイトを探さなければならない。

ある日授業が終わってから大通りの飲食店街まで歩いて行き、飲食店の募集広告を見て回った。歩いて四軒目の料理屋で募集の広告を見つけた。しかし男性の募集だった。多分、体力を必要とする仕事なのだろう。その後、一軒の料理屋で女性の店員を一人募集している広告を見つけて、彼女の目元は明るく輝いた。急いで面接をお願いすると「ごめんなさい、一歩遅かったわ！　たった今彼女を採用したところなのよ！」店主は一目彼女を見るなり広告を破りながら傍らの一人の中国人女性を指しながら言った。

「本当についていない……」彼女はぶつぶつ言いながらそこを離れた。

彼女はまたぶらぶらしながら一軒のスーパーに入ると、中には色々な軽食店があり、その中の一つに女性店員募集の広告を見つけた。彼女は思いがけない気持ちで中に入った。女将は彼女を見るなり容姿も言葉にも問題がないと感じ「時給は８００円ですよ！」と言った。林小燕は何も要求する事もなく一瞬で即答した。女将は店員の模範を示し、他の女子店員の一人がどのような仕事をしているかを心に留めさせた。

林小燕はやっとの事でアルバイトを見つけて気持ちは弾んでいるが、一方で緊張しながら一人のお客さんの前に水平を保ちながらタン麺を届けようとした時、気持ちが焦り、碗も少し熱かったこともあって不注意にもタン麺が「ゴトン」と音を立て床に落ちてしまった。スープはお客さんのズボンや靴下にかかり、彼女は驚きのあまりどうすればいいのかうろたえていた。

「あなたは何してんの!?」すぐに女将は彼女を睨みつけ厳しく叱った。その後お客さんに向かって「申し訳ございません！」と言った。

このお客さんは大変素養のある方か、笑いながら「いやいや、別にたいした事じゃありませんから」と言い、一方ナプキンでズボンと靴にかかったスープを拭いていた。別の女性店員は急いで箒とちりとりを持ち、麺と割れた碗を片付けながら床も綺麗に拭き取り「あんまり緊張しなくていいよ！」と林小燕を慰めて言った。

林小燕はバツが悪く、涙がすーっと流れた。しかしお客さんに謝らなくてはと思いすぐに「申し訳ございません」と謝った。また、女将に向かっても「申し訳ございません。私のせいでご迷惑をかけました」と失態を謝った。

「すぐに仕事をしなさい！」女将は価値のないものでも見るように彼女を一瞥した。

また、作り直したタン麺が出来上がると、女将は注意を促した。林小燕は先程のお客さんの前に今度は慎重に差し出した。お客さんが麺を食べ終えレジで勘定を済ませようとした時「御代は頂けません。先程は本当に申し訳ございませんでした。ご勘弁ください！」女将は遠慮した。その客は遠慮なくお金を仕舞い、その場を離れた。

忙しかった三時間も過ぎ、客も次第に少なくなり、女将は林小燕に対して「あなたもう帰っていいわ！　はい、1600円！」とレジに呼びアルバイト代を手渡した。小燕は数えたが800円少ない。

「あなたが碗をひっくり返したのよ！　お客さんからお金を受け取っていないからこれはあなたが弁償すべきでしょ!?」女将が林小燕に言った。

林小燕はどうしようもなかった。彼女は以前、日本人でも冷たい人がいると聞いていた。彼女は今日それを知った。

「私は帰っていいんですか？」彼女は女将に尋ねた。

「帰っていいわよ！　もう明日は来なくていいから！」女将は彼女を首にした。

林小燕は帰る途中、うな垂れ、時折涙を流し、母を恨んだ。小さい時から大きくなるまで母に甘やかされた、寵愛、何もせずともすべて出来ていたのだ。日本人の元へ嫁ぐために彼女は日本に留学したが、なぜ苦い経験をしなくてはいけないのか、なぜ苛めに遭わなくてはいけないのか、彼女は激しく怒り、激しく恨み、それらをいっぺんに母に向けてぶちまけようと母に電話をかけた。

「お母さん、もう私は帰るわ！　私は日本になんかいたくない！」と泣きながら言った。

「何⁉」林麗娜は驚きのあまり何も言えなかった。

「何か嫌な事でもあったの？」

「今日初めてアルバイトをしたの！　でもすごく腹が立って！」

「何事も手始めは難しいのよ、まだ日本に着いた所で悔しい思いもあったでしょうけど、仕方ないし、たいした事じゃないでしょう！」

「お母さん、愛してくれているんでしょう！　お母さん、私本当に怖いのよ！」

「ママは娘のことが大好きよ！」

「愛しているなら私は日本に来るべきじゃなかったのよ！　私はすぐに帰るべきよ！」

「だめ！　一度放った矢は戻らないわ！　意地でも頑張るのよ！」

「帰らせないつもり？　死ぬまで日本にいるの？」

「小燕、どんな事があっても軽はずみな事をしちゃダメよ、万が一にでも何かあったらお母さんは生きていられると思う？　そうだ、一昨日あなたの同級生だった艶美とばったり会って、コーヒーまで御馳走になったのよ。彼女は日本人の優しい旦那さんに嫁いだらしくて、もうすぐ日本に戻り次第あなたに連絡してくれるから、きっと助けになるわ！　今は我慢してもうちょっとママの言う事を聞いて！」

林小燕はとても不愉快な気持ちで受話器を置き、疲労と、憤慨さと、怨恨さが胸の中で入り混じり疲れきっていた。彼女は畳に倒れこみ頭から布団を被った……。

田桜桜も小燕と同じで、早くアルバイトを見つけて安心したかった。彼女は十数軒の飲食店を歩き回ってやっとラーメン屋の店員として時給800円で雇ってもらった。何日かが過ぎ思いがけない事に出くわした。一人の客からスペアリブ卵麺のオーダーを受け、彼女は伝票に書き込み、声を上げて厨房に依頼した。出来上がって客の前に出すと、その客が注文したのは素麺だと言った。田桜桜は伝票を客に見せたが客は否定した。店長が走って来て訳も問わずに彼女を叱った。店長はもう一度厨房に素麺を作り直すように指示し田桜桜にスペアリブ卵麺を厨房に引き下げさせた。田桜桜は弁解も出来ずに切ない思いであった。ちょうどその日は月末で、桜桜が給与を計算するとスペアリブ卵麺の代金700円が引かれていた。

田桜桜は店長に「あのスペアリブ卵麺は厨房に引き下げて無駄にしていません」と言った。

「ここの決まりだ。この後ここで続けてもいいし、辞めてもいい。どうぞあなたの自由にして下さい！」店長は言った。

「さようなら！」彼女は一言でこの店を辞めた。

田桜桜はその後すぐにまた一軒のレストランを探し出し、アルバイトをする事になった。ここでもウエイトレスとして時給は1000円であった。店長はとうに五十を過ぎ、顔中にはもじゃもじゃに髭を生やしている。店長は田桜桜を見ると魅惑的な美人であることから、いやらしそうな目つきで見つめていた。田桜桜は何事にも慎重でありあらゆる所で注意をした。店長は彼女の仕事に対し十分に満足していた。特に若い客は田桜桜のその外見の美しさに惑わされ、知らず知らず心に留め食事に来るようになった。店の中は益々繁盛し、店長も当たり前のように喜び、時には店が終わってから彼女と一緒に食事をとりながら、彼女の碗の中に美味しい料理を摘んで入れた。

ある日、仕事を終え田桜桜が更衣室で着替えていた時、店長が突然飢えた狼のように飛び込んで来て、貪欲な目つきで彼女を見詰めていた。田桜桜は咄嗟に身をかわしたが、店長は彼女の前に飛びかかって来た。田桜桜は両手で抵抗しながら「いや！　店長、止めて下さい！」と叫んだ。

「もう店のドアは閉めたから、お酒くらい付き合ってもらえないか、絶対変な事はしないよ！」店長はそう言いながら一万円の札二枚を取り出して渡そうとした。

「どういうこと？　私はアルバイトに来ているだけで、身売りに来ている訳じゃない！」田桜桜は厳しい口調で言った。

「ある女の子は僕と遊びたがっているのに思うように行かないね。田さん、あなたは奥ゆかしいし、とても魅力的でセクシーだ。僕はあなたのことがとても好きだよ」

「店長、お願いだから自重してください！」

「ああ、なんなんだ！　本当に残念だ！」店長はバツが悪そうに言った。

田桜桜は素早く着替えを済ませるとぷんぷんしながら振り返りもせず店から駆け出していた。彼女は憤慨し、やりきれない思いと、生まれて初めて味わう侮辱であった。しかし彼女は日本に留学して、こんなにも苦い思いをしたが少しも悲観もしり込みもせず、宿怨を晴らすために力いっぱい戦い抜き、父の念願のために粘り強く奮闘して行く……。

第四章

田桜桜は危うくあの店長から屈辱を受けそうになった当日、店長から給与を受け取ると毅然と仕事を辞め、引き続き新しいレストランでのアルバイトを探そうとしていた。

金曜日の深夜、彼女が眠りに就いている時、突然電話の音で目が覚めた。彼女は受話器を掴み「誰？」と聞いた。

「私、小燕！」

「真夜中に何かあったの？」

「私、この何日か眠っていないの、睡眠薬を飲んでも眠れないし、本当に辛くて、私生きていたくない……」林小燕は電話の中で泣きながら話した。

「小燕、未だ日本に来たばかりでしょう。この後きっと良くなるわよ！　万が一にも軽はずみな事をしちゃダメよ！」

「私、本当に辛くて。こっちに来られない？」

「この時間じゃ電車もないでしょう。少し待って。明るくなったらすぐに行くから！」

「ありがとう！」

林小燕は幼い頃から親元を離れた事がなく、日本に着いてからはとりわけ孤独を感じていた。アルバイト先では度々挫け、母からもまたプレッシャーをかけられ、地面から生え出したばかりの早苗のような彼女には、嵐に耐えるだけの力もなく、精神面は断ち切られたように崩壊寸前であった。もし相談相手がいなければ、この後どうなるかわからないだろう。

暁の光が東から差し込み、幾筋もの朝焼けは静謐な大通りにも路地にも降り注ぐ。田桜桜は長い道のりを経て、林小燕の住むアパートの部屋のドアをノックした。小燕はドアを開けると、そこに立っている桜桜が救いの神のように見えて飛びついて抱きしめた。

「昨晩一睡もしていないの？」桜桜は尋ねた。

「うん！　眠れないの！　三万円貸してもらえない？　私帰りたいの！」小燕は涙を拭きながら言った。

「いい訳ないでしょう。お母さんはあなたのために沢山お金を遣ったのよ！　もしあなたが帰ったら、経済的な損失だけじゃなく、お母さんも許してくれないでしょう！」

「私は本当に耐えられそうにないのよ。バイト先では苛められ、部屋に帰れば棺桶の中のような煩悶とした生活。こんなの虐待よ、ひどい災難だわ！　帰って母から罵られた方がよっぽどましよ。もうここで辛い目に遭いたくないの！」

「小燕、私の上海での先生は日本に留学した事があったらしいの。彼が言うには、留学に関して重要な事が三つあるって。一つ目は言葉の難関、言葉は基本で言葉に係わらずしては何事も出来ず、身動きが取れない。二つ目は寂しさの克服、ホームシックや親しい人への思いを越える事。三つ目は生活上の困難、日々の生活はアルバイトでしか成り立たない事。また、この三つの難関に最も重要な事は『忍』の一字『小さい事に耐えられずむやみに大事を企てる』、三つの難関を乗り越えるには少なくても三カ月、多くても六カ月は必要なのよ」

「問題ないわ！」

「そうしましょう。どのみち連休だし。でも、昨夜一睡もしてないんでしょう？」田桜桜はまた尋ねた。

「ラーメンを食べたらこの付近でもぶらぶらしましょう」小燕が桜桜に向かって言った。

小燕の感情は変わり、自分自身に言い聞かせ自分自身でコントロールする事を覚えた。彼女は顔を洗い、化粧をし、二袋のインスタントラーメンを取り出して、夫々の碗にお湯を注いだ。

小燕は桜桜の話を聞いて心の中のもやもやが晴れ、そして彼女はまた信じるように言った。

「わかった。あなたの言う通りだわ。私は三つの難関を乗り越えて頑張ってみるわ！」

「小燕、もう帰国しようなんて考えは止めよう！」桜桜は励ました。

小燕はうなだれ、深く考え込んだ。

「もう日本に来たのよ。運命を握っているのは自分で、自分で見極めるべきでしょう！」桜桜が言った。

せようなんて、もし嫁ぐ相手が悪かったら私は生き地獄よ！」

「私はアルバイトも上手く行かないし、母は無理やり日本に来させて、残酷よ！　それに日本人に嫁が

言った。

耐えられなくてそこを辞めたわ。本当に悲しくて話にもならない。冤罪だわ！」桜桜は少し興奮気味に

が間違っているのに店からは弁償させられた。その後は色情店長がちょっかいを出そうとするし、もう

ているわ。この何日か私も遣り切れない思いをしているの。最初のアルバイト先では明らかにお客さん

「本当よ！　これは多くの日本留学を果たした人達の経験談なのよ！　私もこの三項目の問題に直面し

「本当？」小燕はいぶかしげに聞いた。

二人は舗装された道路を横切って気ままに歩いた。路肩の一軒一軒の庭先には花木が青々と茂り、塀の上のみかんの木には一粒一粒の果実が輝いている。また、夫々の門の表札は戸主の名字が大理石に刻まれ人目を引いている。小路には取り取りの看板が店の軒先に掛けてあり、のれんが下がり、赤提灯が軒下で風に揺れている。入口では時々呼び込みの声が聞こえる。

「どうぞ、お入りください」「いらっしゃいませ！」の呼び声だ。二人は募集の広告の貼り出しにも注意しているのだが何処にも見当たらなかった。

彼女達二人はまた公園をぶらついた。大木は空に聳え、木の葉が茂り、地上には色取り取りの花が鮮やかに花壇いっぱいに咲き乱れ、春の陽気を感じさせている。通行人はそれらの花を眺めながら歩く。暫くして二人は疲れを感じながらベンチに座ろうとして、綺麗好きな小燕が椅子の上の埃を手で払おうとしたが、意外にも埃はなかった。

「日本は本当に清潔で評判通りね！」彼女は誉め称えた。

「以前聞いた話だと、東京では半月程革靴を磨かなくても大丈夫だと聞いていたわ。ここに来てそれが証明出来たわね！」桜桜が言った。

「東京は本当に綺麗ね。でも私達二人にとっては春の中の真冬ね」小燕が言った。

「冬が過ぎるまで辛抱しましょう。春は必ず来るものよ！」桜桜は季節に譬えて言った。

「そうだ、桜桜、この前の話まだ終わっていないでしょう、続きを聞かせて、いいでしょう？」

「いいわ」田桜桜はまた話し始めた。

棚橋道夫が中国を離れた後、恵敏は無邪気にもあれこれと中国に戻って来る事を考えていた。彼女は棚橋と一緒に撮った蘇州河畔での写真を繰り返し見ながら、棚橋から貰った指輪をいとおしそうに撫でていた。

「お父さんは必ず帰ってくるからね、お父さんは日本から玩具を沢山持って来てくれるからね」彼女はまたひそひそと時々盼盼に言っていた。

彼女は田盼盼の名前を田海盼に変えていた。意味は上海で父の帰りを待ち望む気持ちからで、海辺りから日本を眺めつつ父の帰りを待ち望んでいた。しかし誰知らずか、彼女達が望んでも望んでも、望みは永遠に叶えられない夢になっていた！　恵敏には棚橋からの手紙さえも届かず、彼女達の待ち望む思いは次第に恨みへと変わっていき、そして一回また一回と棚橋の行方を尋ねたり頼んで回った。結果は全てざるで水をすくうようなものであった。

田奉山夫婦は娘を見ながら期待と心配から涙を流し、心中はいつも血を流す思いで、娘以上に辛かった。

田恵敏は子供を産むと、学校を中退し、子供の面倒を見ながら父のために針仕事を手伝い、また両親も彼女に裁縫を教え込んだ。彼女は覚えも早く彼女の技巧はなかなかのものであった。

一度、田奉山は叔母の田奉蓉を呼び、恵敏再婚の説得を頼んだ。

「恵敏、棚橋はもう戻れないでしょう！　あなたを見ていて思ったんだけど、やはり新しい旦那を探して結婚した方がいいんじゃないのかしら。あなたにも子供のためにもその方がいいでしょう」叔母の田奉蓉が言った。

「いや！」田恵敏は正直な気持ちで言った。「考えたけど、海盼と一緒に生きていく。もう二度と結婚しません！」

「あなたはそれでいいの？」田奉蓉が言った。

「叔母さん、無理に励まさなくてもいいわよ。もう決めた事だから！」恵敏は頑なに言った。

田奉蓉は恵敏との話の内容を田奉山と孫金娣に告げた。二人は失望しながら同時に悲しみを覚え、将来どのようになるのか心配でもあった。

海盼は次第に成長し、友達には皆父親がいる事を知り「お母さん、僕のお父さんは？」と恵敏に尋ねた。

「あなたのお父さんは早くに亡くなったのよ！」恵敏は誤魔化した。

１９４９年、中国に大変革が起こり中華人民共和国が成立した。それに続いて「公私合弁」が義務付けられ、田奉山の裁縫店も合弁の縫製工場となり、彼と田恵敏は縫製工場の社員となっていた。さらに中国では「三反五反運動」に発展し、反革命分子や扇動者らの鎮圧に動いた。鎮圧運動の最中、彼と日本人との関係を調べ出し、強制的に執行し釈明を迫り、田奉山はいつも恐怖心に駆られた挙句、突然の心筋梗塞で病院に運ばれ、やがて息を引き取った。この事実は彼らの家族にとって青天の霹靂であった。

田恵敏と一人の日本人が結婚し畜生の子を産んだ事は、縫製工場の中では誰一人知らぬ者はいなかった。彼女はいつも周りの冷ややかな眼差しを受けながらも、家族の生活のために耐え忍び逃げ出す事はなかった。彼女のデザインに対する評価も高く、加えて父の田奉山は運動の最中に他界した事もあるため、工場側もなんの処置も取らなかった。

月日の経つのも早く田海盼は小学生になっていた。レンガ造りの門の前の小路で、田海盼と数人の子供が遊んでいると、いつも彼は「獣の子」「畜生の子」と罵られた。

初めは何にも気にかけなかったが、一度宝成という子が彼を罵った。

「お前はやっぱり獣の子供だ。お前、帰って母に聞いてみろ、お前の母と日本人が生んだ畜生だ！」

田海盼はそれを聞いて頭に血が上り、宝成を拳で殴るとその子供は鼻血を出した。丁度この子の母親がこちらに向かって来て「どうして殴るの？」と彼を掴みながら叱った。

「あいつが僕を日本の獣の子、畜生って言うからだ！」

「あんたは日本の獣の子だよ、畜生だ！　信じないなら母に聞いてみな、祖母に聞きな！」その子の母親は言い終わると彼を平手で打ち、大手を振って去って行った。

田海盼は打たれた顔を覆い泣きながら家に帰ると、「どうしたの？」祖母の金娣が尋ねた。「宝成が僕を日本の獣の子って言うから一発殴ってやった。そしたらあいつのお母さんが来て僕をビンタして、僕を日本の獣の子だって。馬鹿にして！」田海盼は泣きながら言った。

「そんな奴は構わないで我慢するのよ！」孫金娣は慰めた。

「おばあちゃん、僕は本当に日本人が生んだ子供なの！」海盼は聞き返した。

「未だ小さいから大きくなったら教えるよ！」

「やっぱり本当に日本人の子なんだ、日本の畜生は中国を侵略したんだ、憎らしい！」祖母の話から田海盼は大よそ察した。

「僕はどうして日本の畜生の子供に生まれたんだ！　お母さんは、お父さんは早く死んだって言ってたのに、僕を騙したんだ！」彼の幼くあどけない心に深い深い影を落とし、彼は他人に比べて自分は最低だと思い込み、この日から無口になり、心の中に微妙な変化が生じた。それは中学、高校と続いて……。

1960年代初め、中国の都市では知識青年が農山村へ行く事がブームになり、田海盼も高校を卒業したが、彼らの家庭には過去に政治的問題があった事で、江西省の辺ぴな山奥に回され、谷間の中の貧しい農民として再教育を受けた。出身が良くないため、そこでも二等公民となった。

1966年、中国では嘗てない災禍である文化大革命が起きた。いわゆる「旧地主、旧資本家、権威者の一掃」である。田恵敏は日本の畜生と結婚して一人の日本人の血を引く獣を産んだ。それは悪質な分子とみなされて攻撃の的となり、災難の中容易ならぬ事であった。縫製工場の造反派と街中の紅衛兵が交代で出陣し、日中には、彼女は工場の中で批判を受けながらも労働を強制的に執行させられ、晩には看板を下げられ街中を引きずり回された。また造反派と紅衛兵は彼女らの家中を徹底的に探し回り、箪笥や箱をひっくり返し、書籍箱、新聞、領収書を没収し、罪証を集め戦果を挙げようと企てていた。

しかし彼らは何の証拠品も見つけ出す事は出来ず、田恵敏を呼び出し石の上に土下座させムチで叩き、彼女の髪を掴んで詰問した。

「お前はどんな悪事をしたんだ？」

「私は何も悪い事はしていません！」

「お前はあの日本の畜生と結婚していながら罪証を隠したんだろう？」

「していません！」

「正直に答えろ」ごつん！　一人の紅衛兵頭が命令を下し他の紅衛兵が雨霰の如く彼女の頭を拳で打ち続けた。彼女の身体はきりきりと痛む。

田恵敏はこれらの虐待に耐えきれなかった。ある日、夜も更けて寝静まる頃、彼女はそっと以前に住んでいた蘇州河岸に向かい、自ら川の中に身を沈め命を絶った。

次の日の朝、人々は蘇州の河岸で恵敏の遺体を発見した。造反派と紅衛兵らは彼女に対し反革命者による自殺と罪を着せた。

田海盼は江西省から戻ると母の葬儀を無事済ませ固く心に誓った。江西省には戻ろうとはせず祖母の傍らで世話を焼きながら互いに助け合っていた。彼は上海市内で一人の失業青年となった。

四年後、縫製工場は田家の状況を考え、田海盼を正社員に招き貯蔵運送課に配属させ倉庫管理の責任者とした。

縫製工場では誰もが田海盼が「日本の獣の子」で、工場の中では頭が上がらない事を知っていた。彼はあらゆる所で万事が慎重で、心の中では必ずいつの日か環境も変わり、何時かは中国の政治も落ち着いて、日本との国交が回復すると信じ、日本の父親を捜し出せる事を待ち望んでいた。

田海盼にやっと希望の兆しが見えてきた。１９７２年中日両国が正常な関係を取り戻し、１９７６年、「四人組」が逮捕された。海盼の母、田恵敏の無実の罪も見直され、汚名を返上し、冤罪は晴れた。田海盼と祖母は感激し目に涙を浮かべ、彼らは田奉山と田恵敏の墓前に蠟燭を点し、焼香をし、天にまします霊に向けて吉報を報告した。田海盼の人生は次第に変化していった。

中国は改革解放を実行し、海外の商工業は潮の満ち引きと同じく中国との取引、投資、貿易の商談、日本の家電製品まで輸入が開始され、庶民の家庭まで普及した。人々の田海盼への見方も大きく変わった。

田海盼は三十数歳になるものの未だ独身であった。これまで、未婚の若い女性は彼を疫病神のように避けたが、今はすっかり変わった。幾人かの女性は彼に会うといつも一瞥し、声も掛けた。

もしかしたら縁があったのかも知れない、彼は工場に異動して来た張秀蘭に一目惚れして、一年も経たずに結婚した。彼らは結婚して二年目に愛の結晶に恵まれ、女の子田桜桜を出産したのだ。どうして女の子に桜桜と名付けたのだろうか？　桜の花は日本を象徴する花で、彼ら一家には日本の血が流れていて、娘には桜の花と同じように煌びやかに輝いてほしいと願いを込めたのだ。

中国改革解放後は田海盼一家三世代が一緒に暮らし、食べる物にも着る物にも何ら困らなかった。しかし、彼の心の中は何かが満たされていなかった。海盼に欠けているものは父と子の情であった。彼はいつも黄浦江岸で思いに耽り、黄浦江の水の如く想いが湧き上がってくる。

「親父よ、何処にいるんだよ、もう中日の国交は正常化しただろうが。親父が俺を捜しに来る時が来たんだよ！　俺もあなたを捜したいと想っているよ、でもこの広い人の海の中で何処を捜せばいいいんだよ……」

田海盼は祖母を呼んで、母が生前に親父を捜す手掛かりになるようなものをどんな些細な事でもいいから残していなかったかを尋ねた。

「あなたのお母さんは生前何も残さなかったわ。たとえ残していたとしても文化大革命中に造反派が没収して行ったでしょう」

「父は何処の人かも覚えていないのか？」

「多分宮城の何とか……」祖母が言った。

田海盼は思い掛けない気持ちを抱き、日本の宮城県警に日本の父親棚橋道夫の行方を捜してもらえるよう手紙を書いた。しかし宮城県警からは該当がないとの返信が届いたのだ。

その後、彼はまた中国の赤十字会にも手紙を書いた。赤十字会からも暫くして返事が届き、その内容は日本の赤十字会と連絡を取ったが、大変遺憾だがこの人物を捜す事が出来なかったということだった。田海盼は失望と落胆の思いだった。しかし曾て新聞を読んだ時に、ある中国東北の日本孤児が日本戦争孤児後援会会長上村正義の援助によって、巡りめぐって最後はとうとう日本の両親を捜し当てたという記事を覚えていた。その後日本に渡り、東京で両親と面会し、抱き合いながら大粒の涙を流したというのだ。

自分も何らかの援助が得られればと思い、日本戦争孤児後援会会長上村正義宛てに手紙を書き、父親捜しの援助をお願いした。上村正義からの返事は思いがけなくすぐにあった。彼の手紙の内容は、より細かい状況を知りたい事と、あまり焦らないで下さいとの慰めの言葉だった。

「どんな手がかりで何処を捜せば良いんだ？」田海盼は失望の中にも期待をし、期待の中にも失望を感じていた。

田桜桜は日に日に育ち、彼女が幼稚園の時に祖父が日本人である事を知った。小学校に入学した後、父親が日本の祖父を捜している事を知り、父は常に手紙を書き、苦心に苦心を重ねていたことを理解した。

また暫く時間が過ぎてから、上村正義から田海盼宛てに一通の手紙が届いた。

「私は日本の身上調書に目を通し、一人、あなたの父親の経歴に似た方を発見しました。恐らくあなたの父親だと思われます。それに彼の戸籍は宮城ではなく宮崎です。私が思いますには、彼は日本に戻り名前を変えていますので、あなたからの証拠類が十分揃っていない限り本人はあなたを承認しないでしょう」という手紙の内容であった。

田海盼は上村正義からの手紙を受け取り、突然の意外な事実を知った。元々日本の父親は恩義を忘れてしまった奴だ！　彼は死にたい程の気持ちを抑えた。父親、父親よ、あなたも人の親だろう？　世界にこんな父親がいるのかよ？

彼は失望と、悲痛と、憤慨とで、涙が泉のように湧き出た……。

妻の秀蘭はこの手紙を見て「今、私達の生活は先ず先ずよ、こんな父親なんか忘れましょう！」と慰めて言った。

「小さな事じゃないんだよ。俺は鬱憤を晴らして、正義を取り戻してやる！」田海盼は泣きながら言った。

「それじゃ決着をつけましょうよ。古い帳簿も新しい帳簿も一緒に清算しましょう！」

張秀蘭は興奮しながら言った。

「私がお父さんの代わりに日本に行くわ。そして彼を捜し出して正当を証明しましょうよ！」丁度大学に通っている田桜桜が頭を上げ、本気で言った。

田桜桜は青年期を迎え、立派に成長していた。これが祖父が父親に対してする事なのか、自分の実の子に対して残酷すぎると感じ、あまりにも情が無いと思い、父のために応えたいと思ってのことだった。

「ありがとう！」田海盼は彼女を一目見て少し疑うように聞いた。「桜桜、お前出来るのか？」

「どうして無理なのよ！　大学もすぐに卒業よ、私は第二外国語は日本語だし卒業後にもう一年日本語を勉強すれば一級も取得出来るわ。直接日本の大学院に入学すれば勉強しながらでも機会を見つけて捜し出すわ」

「あんなならず者の所へなんか、お母さんは行かせたくないわ、自分の言葉に責任の持てない人なのよ？」張秀蘭が言った。

「私は彼を訴えたいのよ。日本は法治国家で文明国家よ。自分の道理も正義も信じたいし、法律の尊厳も信じたい。更にマスコミだって完全に自由だから……」田桜桜が言った。

「好し、好し、好し！」田海盼は娘を凝視しながら続けて言った。彼は自分が行くのは無理であり、老けたと感じ、娘の桜桜も成長し物事が十分理解できるようになった。彼は娘に託そうと考えた。

東京の街頭にある花壇の中で、一つの鮮やかな風船が田桜桜と林小燕のところに飛ばされてきた。一人の子供が風船を拾うと彼女らに向かって走って来たので桜桜の話はそこで止まった。

「すっかり話に聞き入ってしまったわ。感心している。桜桜、あなたが留学した意味と目的が何なのかわかったわ！」小燕は感動を覚えて言った。

「私は日本に来て大学院に入学したけど、これは第一歩にしか過ぎないの。これから先にはきっと辛い日々があると思うけど、もう心の準備が出来ているわ！」桜桜が言った。

「私はあなたに比べたら目の前の苦労だけで、何も大した事じゃないわね！　あなたの話を聞いて思ったわ。日本に来たからもっと気持ちを引き締めてかからないとね！　そうだ、お父さんは戦争孤児後援会の会長と連絡を取りあっているんでしょう？　そこを訪ねればいいのに。もしかしたらアルバイト先も紹介してくれるかも知れないでしょう！」小燕が言った。

「アルバイト探しまであの方に頼れないわよ。でも祖父捜しについては必ずあの方に会いに行く。彼は未だ私が日本に留学している事も知らないし」桜桜は答えた。

「その方の所に行くべきよ！」小燕が言った。
彼女達はまた一筋の道を前に向いて雑談をしながら歩いた。歩き続けて午後になり、腹も空いていた。お金を節約するため小燕のアパートに戻り二杯のカップ麺を食べた。

この後、田桜桜は余った時間を利用して出来る限りアルバイト先探しに費やしたが見つからない。ある日の放課後に、上海の同級生に出会った。その同級生はアルバイト先が見つかったかどうかを彼女に尋ねてきた。桜桜は見つからないと答えると、更に同級生が言った。「私は大学を卒業したら横浜に勤める事になったの、私の代わりにホールの仕事をしてくれない？」桜桜は願ってもない事で、本当に血眼になっても探せなかったのに苦労いらずで舞い込んで来たのだ。その同級生は桜桜を東京目黒区にある尾山料理店に連れて来た。そのお店は小さくなかった。彼女は桜桜を店長に紹介すると、店長は桜桜を見るなり申し分ないと感じ、同時に大学院生である事から時給９００円、毎日午後六時から十時までと一息に言った。桜桜は心から喜び同級生には大変感謝した。

田桜桜は日本に来てやっと落ち着き、父から頼まれた贈り物を持って戦争孤児後援会会長の上村正義氏を訪問し、他の件の指導を請おうと思い電話を入れた。
金曜日の昼前、彼女は短めの髪の毛を梳かし、軽く化粧し、グレーのスーツを着て少し上品におしゃれをした。彼女は電車に乗り幾つか駅を過ぎて下車した。二筋の通りを過ぎ、一棟のビルに辿り着いて、そのビルのエレベーターを昇り八階の事務所の前に来た。入口には「戦争孤児後援会」の看板が掛けてある。彼女はブザーを鳴らすと一人七十を過ぎた老人がドアを開けた。彼は健康そうな中肉中背の体つきで優しく尋ねてきた。「私は上村ですが、あなたが田桜桜さんでしょうか。どうぞお入り下さい」

「上村さん、こんにちは。ご迷惑をおかけいたします！」田桜桜は上村氏に向かって一礼した。

「おかけください！　あなたが日本に留学していたとは思いませんでした」彼はお茶を入れながら話した。

「私が日本に留学を決意しましたのは父の件なんです！」田桜桜は率直に話した。

「何処の大学に入学しましたか？」

「日東大学大学院国際経済専攻です！」

「いい所ですね！　日本への留学は大変でしょう！」上村は誉め、同時に気遣うように言った。

「おっしゃる通りです。でも、心の準備はしております」

「聞いた話ですけど、一部の若い中国の方はアルバイトで金を稼ぐのが目的で留学するとか……」上村は遠回しな言い方で桜桜に話した。

「もちろん私もアルバイトはします。それは留学中生活するためですし、留学の目的は父の正道を取り戻すためです。どうぞよろしくお願いします」田桜桜は十分理解しながら言った。

「あなたの考えはわかりました。またあなたのお父さんについての状況も少しわかりました。本当に同情しますしそれに関心も持っています。ただ正直に話しますと、日本の場合、全ての事実に対して根拠が必要です。現在あなたの父親の場合、証拠が不足しています」上村正義は思案しながら話しだした。

「父から聞いた話では、私の祖父の可能性のある人物を捜し出したと伺っておりますが、まさかその方が認知しないとか……」

「あなたのお父さんの証言に基づいて、祖父と思われる方の身辺や経歴を、私の友人に頼んで保管書類を見せてもらいました」

「結果はどうだったんですか？」

「南京に向かった兵役名簿の中には棚橋道夫という人物はいませんでした。でも棚田信夫という人物が南京で服役していました。日本が敗戦した後上海から日本に帰還しました。それに彼は宮城出身ではなく、宮崎の人でした」

「棚橋道夫という人物は捜し出すことが出来ませんでしたか？」

「私は棚田信夫と棚橋道夫は同じ人物ではないかと疑っています。もしかしたら彼は帰国後、棚橋道夫から棚田信夫に改名したのかも知れません」

「棚田信夫という人物に、上海で中国人女性と結婚し子供を出産したかどうか尋ねられましたか？」

「棚田信夫は日本の敗戦後宮崎に戻り、その後、山豊市で日本人女性と結婚し今は二人の息子と一人の娘がいます。彼は舅の財産を受け継ぎ大手のアパレル企業の社長の座を手に入れました。経済的にも実力を有し、地域に対しても影響力は大きく、地位も身分もある方に直接そう簡単には中国人と結婚し子供もいるかどうかなど尋ねられません」

「その方は棚橋道夫、私の祖父の可能性はありますか？」

「肯定する事は出来ません。しかし今は疑いを持って進めています。もう一度言いますが、棚田の戸籍は宮崎で棚橋の戸籍は宮城、宮崎は九州、北の宮城まではかなり離れています」

「彼の本籍は元々宮崎で、彼は故意に宮城と祖母に言ったのかも知れません。それとも祖母が聞き違えて覚えていたのか」

「その可能性を除外する事は出来ません。しかしこれはあくまで推測に過ぎません」

「それでは祖父を捜す希望がなくなりそうですね！」

「違います！　今は手掛かりがない訳じゃありません。証拠不足なのです」

「上村さんがこれまで苦労を惜しまずにたくさんの孤児の親類を捜し出して頂いたことはよく知っております し、そのことは生涯忘れません。ただ私がどうして日本に留学し祖父を捜し出そうとしているか？　私は彼から何か得ようと思っている訳じゃありません。ただ父の正道を取り戻したいだけです！　知って頂けますか、私の祖母は棚橋のために人生の大半を費やしました。再婚もせずただ、ただ棚橋の帰りを待ち続け、父の名を海盼と付けました。遠く離れた日本の父の帰りを待ち望むという意味です。祖母は棚橋のために父を出産し、彼女は文化大革命の最中拷問とも言えるしごきに耐え切れず蘇州河に飛び込み自殺しました。私の曽祖父は娘が日本人の妻である事から、その度に政治運動の審査を受け、やがてはそれらに耐え切れず、挙句には心臓病の発作で亡くなりました。私の父は小さい頃、『日本の獣の子』と罵られ差別を受けてきました……彼らは不幸に遭遇し、私も小さい頃から気持ちの中には暗い影が残っています。上村さん、私達一家は棚橋のために重い代価を払って来ました。もし彼が避け続けようと姓名を変えたり、身を隠そうとしたりしているのなら、その過去への責任に対しては絶対に見逃せません！」田桜桜は益々興奮し、益々腹が立ち、涙が彼女の瞼を潤ませ、怒りが彼女の心中に蘇った。

上村は桜桜の話を聞いて深く感動し、なだめるように話した。

「あなたの祖母は本当に貞操の固い女性です。彼女と家族は棚橋に多くの代価を払って来ました。もしかしたら棚橋という人物は薄情者かもしれません。もし彼がこういう人物だったら余計に確実な証拠を突きつけない限り認めないでしょう。はっきり言わせて頂けば、証拠を探し出せない限りあまり刺激させないほうがよい。祖父捜しは二の次にして、先ずあなたは勉学に励んでください。それにお父さんとお母さんには引き続き証拠探しをするように伝えてください！」

「ありがとうございます！　私の祖父捜しにご協力頂き本当にありがとうございます！　できることなら棚田の住所を教えて頂けませんか？」田桜桜が言った。

「住所はあなたに教えましょう。しかし今はその人があなたの祖父である棚橋道夫かどうかわかりません。忠告しておきますが、未だ準備が出来ている訳ではありません。勝手な行動で本人や家族に会わないで下さい。それにあなたが日本に留学している事は何があっても棚田には教えないように」上村は躊躇しながら棚田信夫の住所の書いた小さな紙切れを持って来て、桜桜に手渡しながら付け加えて言った。

「いろいろと助言ありがとうございます！」

「それからあなたのお父さんとお母さんにも、あなたが日本に留学している事はくれぐれも親しい人にも秘密にして頂きますよう伝えておいて下さい。出来るだけ知っている方は少なければ少ないほうが好都合です。不測に備えたほうがいいです」

「わかりました、ありがとうございます！」

「それから何か他に手伝う事はありますか？」

「いいえ、ご親切にありがとうございます。これは父からのささやかな贈り物です」桜桜は持って来ていた花瓶を取り出して言った。

「ありがとう。お父さんによろしく伝えてください！」

上村は花瓶を受け取ると、引き出しから二枚のカードを取り出して「何もあなたへのプレゼントがありません。これは五千円のカードで地下鉄に乗れます。これは五千円の図書カードで書店で本を買うことが出来ます」と言った。

「ありがとうございます！」桜桜は上村のお返しを受け取り一礼した。

上村はエレベーターの前まで送り、桜桜は日中友好に尽力されてきた上村に対し感謝の気持ちでいっぱいだった。

桜桜は地下鉄の入口にある公衆電話に向かいすぐに実家に連絡をした。「お父さん、お母さん、先程上村さんに会って来ました！」

「どうだった？」

「その人の名前は棚田信夫で棚橋道夫かどうかはっきりしませんでした」

「その人の所に行って聞く事は出来ないの？」

「上村さんが言うには、確かな証拠が揃ってからその人に連絡するって！」

「まさか証拠が揃わなかったら永遠に連絡できないということか？　何時まで待てばいいんだ！　これ以上待っていたら俺は火葬場に行ってしまうよ！」田海盼は面倒くさそうに言った。

「お父さん、そんなに焦らないでよ。上村さんは正義感が強く、真面目で責任感のある方だから。私達の家族に対して関心も同情も持ってくれているし、彼を信じましょう。きっと私達のために尽くして下さるから！」

「もし俺が日本に行けるんだったら、棚田を捜し出して、必ず親子の証明をさせてみせるのに！　彼は言い逃れられる訳がない！」

「お父さん、上村さんの指示も聞いて。証拠がないんだから。それに上村さんが再三言ってたけど、私が日本に留学している事を皆に言い触らさないでよ。棚田には知られたくないから」

「まさか彼がお前を暗殺するのか！」

「注意するに越した事ないのよ、未だ力が足りないんだから。先ずは我慢して！　お父さんは体を大事にしてね。ところでいつ頃引っ越すの？」

「今、ちょうど手続きしているところだ」

「お父さん、お母さん、私が日本に留学するために節約していたんでしょう。本当は立ち退き費用を足せば市内に越せたのに！　でもあまり悲しまないで、これが済んだら必ずお金を稼いで市内に新しい家を買ってあげるから！」

「桜桜、余計な事を考えないで、アルバイトもし過ぎないように、体に気を付けるのよ！　棚橋を捜す事に関しては上村さんに相談してね！」

「わかってるよ！」桜桜は受話器を置き、この後どうすれば良いのか思案していた。

第五章

東京から約２００㎞離れた山豊市の中心部の幹線道路を一台のオープンカーが走っていた。車の上には一人の七十を過ぎた色艶の良い老人が立ち、赤色のタスキを掛け手を振っている。彼は中肉中背で丸々とした顔に満面の笑顔を浮かべている。彼は棚田信夫である。山豊市市長選の遊説の真っ最中であり、大通りにも路地にも鮮やかなポスターが貼られていた。

棚田信夫は貪欲な人物であった。棚田信夫の元の名前は棚橋道夫である。旧日本軍の兵士であったが服役後間もなく日本軍は投降した。彼は中国から日本の本籍に戻ると棚田信夫に改名した。改名した理由は本人のみが知っている。彼は日本に戻り別天地での生活を送っていた。父の古くからの億万長者の友人が、娘の加代を彼に嫁がせたためだ。加代は典型的な日本美人であり、その上一人娘である事から、言うまでもなく加代の父親が亡くなると巨万の富を加代が受け継ぐ事になる。双方の両親が取り仕切り彼と加代は速やかに婚礼を済ませた。結婚すると間もなくして加代の両親は他界してしまい、加代は自然と巨万の富を受け継いだ。そのため棚田もその恩恵にあずかることになった。彼は山豊市で紡績を経営し、縫製、編み立て加工工場等を数十年営み、資産と実力を一層増大させながら経営範囲を更に拡大させて行った。製品は東京ばかりではなく、横浜などの日本の大都市に向けて出荷され、さらにはカナダ、アメリカにも出荷された。棚田信夫は社長であり、息子の棚田健一が副社長として、いくつかの実務管理業務を受け持っていた。彼の貪欲さは金銭だけでは十分に満たされず、名誉を手に入れようと山豊市市長選に立候補したのだ。彼は独りよがりの性格で、妻の忠告も顧みず市長選に財力と力を注ぎ込んだ。

今日は連休で市民の多くが外出している。彼は票獲得のために精を出し、運転手を呼び付けオープンカーを走らせ自らの公約を訴えた。

オープンカーは山豊市を一回りした後、彼の大邸宅の敷地に入って行った。敷地内には三階建ての建物が二棟あり豪華な造りである。庭の中には貴重な盆栽や珍しい石が適度に据えられ花や木が青々と茂っている。

棚田が車から降りると、加代は出迎えながら嘲るように「あなた、お疲れじゃありませんか？」と尋ねた。

「疲れていない！」棚田は心ここに在らずで答えた。

「もし市長選で敗れたらこれだけの大金も無駄遣いでしょう？」

「構わない、金はまた稼げばよい。墓までは持って行けまい。俺は意地でも頑張らなければならない。俺は棚田の名を山豊市の芳名録に残したいんだ！」

「こんなに歳を取って。あなたは穏やかな日々を過ごした方がいいでしょう！」

「俺が市長になればお前だって光栄だろう！」

「そんな光栄はいらないわ、ただあなたが恥をさらすような事にならなければいいけど！」

「ふん、お前は軽蔑しているのか？」

「東京から手紙が届いている、書斎に置いてあるわ！」

「わかった！」棚田は歩いて家に入り、着替えをしてから自分の書斎に入った。彼は一封の見知らぬ人からの手紙に気が付き、好奇心を駆り立てすぐに封を開けた。手紙は美しい筆跡で端正に中国語で書かれ、内容は以下の通りであった。

棚田信夫様へ

失礼ながら手紙を書きました事、どうぞお許しください。

棚田様は棚橋道夫という方をご存知ではないでしょうか。その方は若い時に父親について上海に行かれ、その後、上海の田恵敏という女性と知り合い相愛の関係になったのではありませんでしょうか？　お二人の間には盼盼という男の子が生まれました。棚橋さんが中国を離れる時にはとても誠実で信頼の出来る方でした。そして将来は必ず戻り、妻と息子と一緒に暮らすと約束しましたが、その後とんとして音沙汰がありません。彼の妻は涙の涸れるまで待ち続け、息子もいろいろと知恵を絞りながら関連機関に手紙を書き捜しました……もしかして棚橋さんは彼らを捜し出す方法がないのでしょうか、それとも今は心変わりしてしまい過去の責任から逃れ現実に直面する勇気がないのでしょうか？　棚橋さんがもし実の子に会いたいと思いますようでしたら住所はこちらになります。

中国上海市虹口区西三大路356号　田海盼。

古来人を殺せば命を以て償い、借金は返済しなければなりません。棚橋道夫さんはこの道理を理解して頂けるものと信じておりますので、恐れ入りますが、棚橋さんにお伝え頂けますようよろしくお願いいたします。

呉明思より

この封書は、この部屋に投げ込まれた手榴弾のようなものである。彼の目はびっくりして見開き、顔は青ざめ、額には冷や汗が滲み出ていた。彼の自信に満ちた市長選への気持ちはたちまち烏有に帰してしまった。彼が正に当時の棚橋道夫であり、五十数年前には日本が敗戦するなどとは夢にも思っていなかった。彼は中国から戻るとすぐに姓名を変えた。だがその事実を知る人間が現れ、尋ねて来たのだ。彼の過去を知る人間が決着を付けようとしている。市長選の「近接戦」の最中に呉明思からの手紙を受け取った事は、頭から冷水をかけられたようなもので、もし誰かが隠匿した中国での婚姻を暴きだしたとすればメディアへの格好の的になるだろう。それは選挙戦ばかりか選挙戦に費やした大金までもが水の泡と化してしまい、地位も名誉も失ってしまう。彼には他にも心配な事があった。もし妻や子供たちに中国での事が知れたとなれば、家の中は震度7並みの地震が発生したも同然の騒ぎになるだろう。彼はソファーにもたれかかり、不安に戦いていた。

「昼御飯よ！」妻の加代が階下から催促した。

「先に食べてくれ！」棚田信夫は妻に向かって怒鳴った。彼は立ち上がると部屋の中をそぞろ歩き、水を飲んだかと思うとタバコを吸い、焦るばかりでいても立ってもいられず、思案し、推測し、この呉明思は一体誰なんだ？　私の住所を知っているからには家に押しかけて来る気か？　騒ぎはいかん！　彼は心配と恐怖と面倒事が同時に頭に浮かんでくる。彼はどうすれば良いのかわからない。忽然としてその年の難儀を共にした友人である松本孝夫を思い出した。彼も今は一企業の社長である。棚田はすぐに電話をかけた。

「松本君ですか？」

「そうです。棚田君、この数日選挙演説で大変でしょう。是非とも市長には当選して下さい！」松本が言った。

「ありがとう。でも当選出来るかどうか心配だ」

「必ず当選するよ！」松本は励まして言った。

「ちょっと面倒な事に出くわしてね、出来るだけ早く会いたいけど！」

「明日はどう？」

「いや、どうしても今日中に会いたいけど！」

「それじゃ、今日の3時にシェラトンホテル一階の喫茶店で会いましょう」松本は棚田の要望に応えた。

「わかった。ありがとう！」


棚田加代は料理をテーブルに並べていたが、いくら待っても夫は下りて来ない。どうも様子がおかしいので上の階に上がって行き尋ねた。

「何か困った事でも起きたの？」

「何にもない！」棚田は用心深く答えた。

「何だか顔色が悪いような気がするけど、どこか具合でも悪いんじゃないの？」

「何もないよ！」

「下りて来てご飯食べましょうよ！　料理が冷めちゃうわよ！」

「腹減っていないんだ！」棚田はセカンドバッグを抱えながら言った。「ちょっと用事があるから出かけて来る。お前は先に食べておいてくれ！」

棚田信夫は高速道路の上を心ここに在らず車を疾走させていた。車はシェラトンホテルを通り過ぎて、車の向きを変えながら一回りしてホテルの駐車場に止めた。彼は喫茶店に走って行くと松本孝夫は既に待っていた。松本は五十数年前、父親について上海の大学に入学し、彼と棚田は物と影でもあるかのようにいつも一緒にいる仲間であった。当時棚田と恵敏がひそかに逢引していた事は全て知っていて、棚田のために助けた事も少なくなかった。日本に戻ってからも彼は棚田の秘密を守って来た。それには棚田が彼に対して大きな貸しが二度あるからだ。一度目は彼らが日本に戻ってから間もなくの事で、松本の両親が亡くなって何も手に付かない状況の時、棚田の舅から大金を借金して商売を世話してもらったのだ。松本の商売は順調に繁盛した。二度目は松本の商売がある程度の規模で繁盛していた時、親しい友人の保証人になり、その友人の倒産の影響を受け彼もまた倒産したのだ。その時もまた棚田が再起させるためにその保証人となり、銀行から多額の借金をし起死回生を成し遂げた。会社は日に日に上向き、彼も何時しか実力者としての社長になっていた。今回は棚田が突然彼に会いたいと言って来たのだが、松本は少し胡散臭さを感じながらも来た。

「兄貴、何そんなに慌てて、またつまんない事で大騒ぎしてるんじゃないの？」松本は出会い頭に尋ねた。

「非常に重要な事なんだ！」棚田は座るとバッグを開け、呉明思からの手紙を取り出した。

「先ずはこの手紙を見てくれ！」

松本は手紙を見終わって思わず驚いた表情で「そういう事か！」と言った。

「君は簡単に言うけどこれで焦らない訳には行かないだろう？　今、俺の頭の中は混乱しているんだ！」棚田が言った。

「手紙を書いた人間はどうして君の元の名前を知ったんだ？　何で過去がわかったんだ？　それにどう

して今の住所までわかったんだ？　本当に不思議だ！」松本の心裏にはどんどん疑惑が湧いてきて口に出した。

「そうなんだ！　どうにも理解出来ない！　だから急いで君に会いたかったんだ！」

「こんな状況で今回の選挙運動に影響しなければいいけど……」松本は深謀遠慮の心境で心配しながら言った。

「これは俺の家庭にまで関係するんだ！」棚田は言う。

「加代さんはこの手紙の事を知ってるのか？」

「知らない。ただ、彼女がこの手紙を郵便受けから取り出し俺の書斎に置いたんだ」

「手紙の差出人は誰だ？　見た感じでは恵敏の家族が書いたんだろう」松本は暫く思案してから決め付けたように言った。

「差出人が誰かに頼んで東京から出したのか、それとも差出人自ら東京に来て出したのか？」棚田が言った。

「どちらも可能性はある。もし差出人から頼まれて東京から出したという事だったらいいけど、もし東京に住んでいるとしたらこれは面倒だ」松本は分析するように言った。

「まさかそいつがここを探し出して来る気じゃないだろうな！」

「その可能性はないとは言えないな」

「どうすればいいんだよ！　何か名案をだしてくれ、こんな事が世間にでも知れたら社会の大ニュースだ。市長選への努力も水の泡になってしまうよ！」棚田は落ち着いていられなかった。

「もうこれには取り合わない方がいいんじゃないのか？」松本は計略的に話した。

「奴らが捜しに来たらどうするんだよ！」

「口を割らなければ問題ないよ。証拠があれば持って来ればよい！　奴らにはきっと証拠がないんだと思うよ。証拠があるんならもうさっさと来ているだろうさ！」

「多分そうかも知れない。ありがとう、君の言う通りだ！」

「問題にはならないよ、ちょっと考えればわかる事だ！」

棚田は松本の言った事を考えると、心の中の恐怖心と憂いから解きほぐされた。彼は力を奮い起こして家に帰ると妻は何も察した様子もなく、全てが普段のままに戻り、さらに棚田は今まで通り積極的に市長選へ立ち向かった。


この手紙は一体誰が書いたのか？　疑いもなく田桜桜であった。あの日、戦争孤児後援会会長上村正義氏と面談後、口酸っぱく上村正義氏からくれぐれも棚田信夫には連絡を取らないよう注意を受けていた。また彼女は日本に留学している事はどんな事があっても暴露しないと上村氏に答えていたのだが、寮に戻ると彼女の胸の中には抑えきれない感情が大河の如く湧き上がり、どうしても鎮めることが出来なかった。上村さんが言うように名前を変えたのは過去から逃れるためだったのか、それとも単なる思い違いなのか？　それともあの人はあらゆる方法で私達を捜しているとしたら？　失礼だが父の住所を連絡するために手紙を差し出してみよう。もし本当にあの棚橋道夫であるなら私の祖父でもあり、良識ある人間であれば必ず父に連絡するだろう。もしその人間が棚橋道夫でなければ私の祖父でもなく、その人は心を動かすはずはない。しかしそれ以外の状況も考えられる。その人が棚橋道夫で私の祖父ではあるが、名前を変えた理由が過去の事実を隠すためであった場合、罪からの逃避であり、手紙を受け取れば怒り狂い、びくびくしながらも報復してくるだろう。しかしこの手紙は誰が書いたのか一切わかるはずもなく、住所もわからない。報復する事は事実上不可能なのだ。彼女は手紙を出して一息ついた感じを覚えながら得意になった。これで何らかの反応を見る事も出来るだろうし、自身を守ることも出来る。

田桜桜は毎日夕方六時から十時まで料理店で接客し、注文書に書き込み、料理を運びながらも翌日には何の疲れも残さずに授業を受けていた。尾山料理店は比較的東京の賑やかな場所に位置し、来客も多く賑わっていた。この料理店の社長は他にも幾つかの店を経営していてあまり店には顔を出す事もなく、店で招いた店長に全権を任せていた。社長の娘の松本雅子は常にここで食事を取り、時には同級生を連れてくる。

ある日の夕方、雅子が二十五、六歳の男性を店に案内した。雅子は日頃から田桜桜の仕事振りを見ていて、二人とも気が合うのではないかと思ったからだ。

「こんばんは！」彼女は桜桜に向かって上品にお辞儀をした。雅子は二十四歳で淑やかでスッキリした感じの大学の院生だ。

「どうぞ、いらっしゃいませ！」桜桜は雅子とその青年を座席に案内した。その青年は座るなり桜桜をじっと見詰めていた。

「注文はお決まりですか？」桜桜はメニューを差し出し注文を伺った。

雅子は青年に注文を聞いた。

「ラーメンを下さい！」青年が答えた。

「私もラーメンを下さい！」雅子も言った。

青年は田桜桜をじろじろと眺めながら尋ねた。「どこかでお会いしましたよね！」

「彼女は中国からの留学生で大学の院生なの！」雅子は青年に向かって紹介した。

「私は田桜桜と言います。どうぞよろしくお願いします！」

「あ〜、思い出した！」青年は立ち上がって言った。

「学校の図書館で本を重ねて貸し出し手続きしている時、一冊落としてしまって、その時あなたが拾って手の上に載せてくれたんですよね。私の名前は中山一郎、日東大学大学院法学研究科修士課程です。ありがとうございました」

「そんな事？　手を煩わした訳じゃありません、大した事じゃありません！」桜桜はにこやかに笑いながら言った。

「あなた達は学友だったの？」雅子は思いもよらず桜桜に向かって紹介した。「中山一郎さんは私の中学時代のクラスメートなの！」

中山一郎は身長が１７５㎝で背筋が伸び、色白で輪郭のハッキリした顔立ちに瞳がキラキラと輝き、笑うと愛嬌のある生粋の二枚目であり、雅子も美人である。彼らは生まれながらのカップルで、桜桜は羨ましく感じていた。

桜桜は仕事中のため、注文を伝票に書き込むとその場を去って行った。

中山一郎は桜桜が離れて行く姿を目送し、彼女のしなやかなスタイルに一種飄逸な舞踊家のような愛慕う想いを抱いた。

「今、彼女を見ていたでしょ！　彼女を好きなら譲っても良いよ！」雅子は肘で彼を突きながら冗談を言った。

「どこ！　どこ！」中山一郎は顔を赤くしながらはにかんで言った。

暫くして田桜桜は二杯のラーメンを持って来ると二人の前に置いて「ごゆっくりどうぞ！」と一言言った。

彼女がその場を去ろうとした時、中山一郎が尋ねた。「田桜桜さん、どの教室で授業を受けているか教えてもらえませんか？」

「B棟の302号教室ですが」

「あなたは留学生寮に住んでいるんですか？」

田桜桜はちょっと躊躇いながら「はい、そうです」と答えた。

「わかりました！　機会がありましたら連絡します！」

雅子は中山一郎を一目見て「まさか本当に彼女に引かれたの？」と不機嫌そうに言った。

「俺達は同じ大学の院生だ、互いに知っておいても悪くないだろう。お前、考え過ぎだろう！」中山一郎は弁解して言った。

「いいわよ！　でもいつもあなたを監視しているから！　もし不埕な事でもしたら罰するけどいいわよね？」雅子は駄々をこねるように言った。

「OK！」

次の日の昼、桜桜は授業が終わりバッグを背負って階段を下りると、中山一郎がそこで彼女を待っていた。

「田さん、こんにちは！」

「中山さん、こんにちは！」田桜桜は彼に向かって答えた。

「丁度良かった。今日、私達は5階で授業を受けたんです。３０２号教室を通り過ぎた時、あなたを見かけたんでここで待っていたんです」

「ありがとう！」

「一緒に食堂で昼食を取りましょう！」中山一郎が誘った。

「ええ、いいわ！」桜桜もこの青年とは話をしたいと思っていたし、日本の状況を知るためにも、日本語の上達にも役に立つと思った。


学内の古木は空高く聳え、花壇には色取り取りの花が競い合い咲き乱れ、小枝には小鳥が遊び戯れていた。学生達は三々五々バッグを背負って並木道を歩いていた。


中山一郎も田桜桜と雑談をしながら歩いていた。

「中国上海の学生？」

「そうですけど、どうしてわかるの？」

「化粧やファッションの感じから」

「ずいぶん具体的に言うのね！」

「上海の女性は肌も比較的白いし、化粧をするでしょう」

「中国人をよく研究していますね！」

「研究とまでは言えないですが面白いでしょう。もしかしたら母親の影響かも知れません。私の母は中国に対してすごく好印象を持っています。とりわけ上海には興味があるようですし、祖父からいろいろ聞いているようです」

「お母さんは上海に行った事があるんですか？」

「いいえ、ありません。ただ聞いている話では、上海の外灘は非常に綺麗だとか、また东方明珠タワーは壮大で、豫园の小龍包はとても美味しく、上海蟹はとても風味があると聞いています」

「あなたは上海に行った事があるんですか？」

「私も行った事がありませんが、でもとても行ってみたいです」中山一郎はつぶやくように逆に尋ねた。

「東京の印象はどうですか？」

「東京はとても賑やかで、美しく、道路はごみ一つなく綺麗です。また国民性は非常に勤勉だと思います」

「誉めて頂いて嬉しいです。愚問ですが、どんな目的で日本に留学したんですか？」

「まず、上海には数多くの日系企業があります。日本に留学後上海に戻れば仕事面でも便利ですし、その他、ハイテク技術や管理面も世界一です。もし可能であればそれらについて学んで生かす事が出来ます。それと……」田桜桜はちょっと躊躇しながら、半ば冗談気味に言った。「ごめんね、ノーコメントよ！」

「日本人の彼氏を見つけて結婚しようと思っている？」中山一郎は冗談めかして言った。

「いいえ、思わないわ！　私は一生日本人と結婚するつもりはありませんから！」

「そんなに絶対なんて言わないでよ！　結婚は縁の問題でしょう。もしかしたら運命によって日本人男性と結婚する事になっているかも知れないでしょう！」

「絶対にありえません！」

二人は歩きながら雑談しているうちに食堂に着いた。田桜桜はメニューを見て一番安い定食を選んだ。

中山は笑いながら言った。「随分と節約しますね。栄養にも少しは注意した方がいいですよ！」

「私は野菜料理が好きなんです。この定食は安いし美味しいのよ！」田桜桜は言った。

「美味しい定食を選んであげますよ」

「いいえ、自分でしますから」田桜桜は３００円を支払った。

中山一郎は５００円の焼肉定食を選び田桜桜の横で雑談しながら食べた。


田桜桜と中山は次第によい友達になり、度々学内の図書館で会ったり、校庭内でも二人の姿を見かけるようになった。中山一郎は彼女にお勧めの書籍を選び、彼女に手っ取り早い学習方法を教え、日本での法律に関する知識を教授し、彼女も興味津々に聞き入った。

ある日、田桜桜は中山に冗談めかして「将来もしも私が日本人相手に訴訟を起こしたら助けてくれる？」と尋ねた。

「もちろん助けるよ。ただし、日本の弁護士費用はすごく高いよ！」

「あなたが弁護士だったら特恵の条件にしてくれるんでしょ！」

「当然特別にするよ！　でもそんなに簡単には弁護士になれないよ。弁護士の資格を取るのはそれ一筋でも非常に困難だ」

「将来更に二年勉強して法学修士号を取ろうと思うけど、どう？」

「いいけど、でも外国人にとってはいくら日本で法律を学んでも弁護士の資格を取得出来るのはほんの一握りの人なんでしょう」
「日本で法律を学ぶことは無縁だと思うけど、今はただ国際経済専門だけに一心に頑張るわ！」
「日中経済貿易はずーっと発展し続けるから、国際経済専門に学べば無論日本でなくとも中国でも役立つよ！」

中山一郎は田桜桜と一緒にいる時間が多くなり、反対に雅子と会う機会は少なくなった。雅子は彼に会おうと何度か電話をかけるのだが中山はいつも断っていた。

一度雅子は電話で「あの上海の女性に迷っているんでしょう！　いつも彼女と一緒じゃないの？」と遠慮なく口に出した。

「ないよ、そんな事ないよ！」中山は弁解しながら嘘をついた。

ある水曜日の午後、雅子は中山に呼ばれた訳ではないが、こっそりと日東大学の女性友達に資料を借りにやってきた。資料を受け取り帰る途中、中山と田桜桜が一本の桜の下で、椅子に座って雑談をしている所を見てしまった。彼らはあんなにも気が合って楽しそうなんだ！　彼女の心中には嫉妬心が燃え上がり、バケツで頭から水をぶっかけてやりたかった。暫くして、理性を取り戻してその場を離れ、涙を流しながら重い足取りで歩いていた。また暫く歩き、携帯電話を取り出して中山に電話をした。

「もしもし、雅子、俺今忙しいんだ……」
「ごまかすの、嘘つき、いつもいつも私を騙して、あなたはいつも忙しい、時間がない、もし私がこの目で見ていなかったら、もう私は信じないから……」雅子は興奮しながら言った。
「何を見たって言うんだ？」

「私は見たのよ、あなたとあの上海女性が学校の花壇の椅子に座ってた所を。意気投合して凄く楽しそうだったじゃない!?」

「あ〜、俺達はただ普通の会話をしてただけだよ。お前どこにいるんだよ、一緒に話をしよう！」

「行かないわ！　私を怒らせたいだけでしょ！」

「雅子、お前誤解だよ！」

「ふん！」雅子は不快な気持ちで携帯を切り、ぷんぷんしながらその場を去った。

暫くしてまた中山の携帯が鳴った。携帯のディスプレイに表示された番号が雅子からだと知ると、彼は立ち上がって桜桜から少し距離を置いて電話を受けた。その後はすっきりしない様子で桜桜の近くに座った。

「雅子からの電話でしょう。私達が一緒にいるから少し不機嫌なんでしょう？」田桜桜は敏感にも推測して尋ねた。

「そうなんだ、彼女は少し過敏になっているんだ！」中山が言った。

「ねえ、少し彼女と過ごす時間を多くとってあげて、そうしたら彼女も誤解を招くような事がなくなるんじゃない？」田桜桜は言った。

「構っていない訳じゃないよ！」

「寮に戻ってアルバイトの準備をしなくちゃ」

「わかった。じゃ、またね」中山は立ち上がり歩き出してまた立ち止まった。

「そうだ、一つ大事な事を話すのを忘れていた。来週の土曜日の夜、王子ホテルでクラスメート数人と一緒に俺の誕生日のパーティーを開くんだ。君も参加しない？」

「ごめんなさい、アルバイトがあるから参加できないわ、雅子を誘えばいいじゃない？」桜桜は答えた。

「雅子の友達は来週の土曜日富士山のほうに旅行なんだ。次の日に戻るらしいけど彼女が行くかどうかわからない。君は是非とも来てよ。君にとっても他の学友が出来るいい機会だよ！」

「出来れば行くわ！」

「ありがとう、またね！」


「あまり中山と頻繁に会ってはいけない。彼と雅子はいいカップルだし、私が二人の間に入って、愛を奪ってはいけない。もう一度言うが、私は日本人には嫁がないと誓いを立てたんだ。彼らの感情の中に巻き込まれてはいけない……」桜桜は歩きながら考えた。

彼女は寮に着くと、服を着替えてすぐに地下鉄に乗り、尾山料理店にやって来た。そしていつも通りの笑顔でお客を迎え、彼女の熱意はまわりの上客を満足させ、大勢の新客を呼び込んだ。その上多くの馴染客にも御愛顧頂き、店への売上貢献度は少なくなかった。店長も喜び、彼女の時給も九百円から千円に上がった。

夜に帳が下りた頃、雅子は眉間に皺を寄せ、硬い表情で店に入って来た。

「こんにちは。いらっしゃいませ！」

雅子は無愛想に中に入り、テーブルに座った。

田桜桜には気持ちがわかっていた。雅子はやきもちを焼き、その余波は未だ収まっていないのだ。彼女は取り分け注意しながら彼女の前に行き「ご注文は何になさいますか？」と聞いた。

「ラーメンを一つ、辛くしてください！」

「かしこまりました」桜桜は伝票に書き留めた。

暫くして、桜桜は雅子の前にラーメンを置き「どうぞ、ラーメンです！」。

雅子は一口食べ「どうしてこんなに辛いのよ！」と怒鳴った。

「お客様が辛くしてくださいと……」

「どうして聞かないのよ！　辛いか少し辛いか！」

「すみません、すぐに新しいのをつくり直します」

雅子はぷんぷんしながら立ち去ってしまった。桜桜は彼女の気持ちがわかっていた。彼女は因縁をつけ鬱憤を晴らしたかったのだろうが、ひねくれていてバツが悪かったのだ。傍らの二人のお客様がその事を話題にしていた。「むちゃくちゃね！　どうしてこんな事するのかしら？」


田桜桜はこの事実を中山には告げなかった。彼女が話せばかえって逆効果となって中山と雅子が益々疎遠になる事、誤解を招けば更に報復は増えるだろうとそれを恐れた。

そして水曜日、田桜桜は中山からの電話を受けたが、彼女はシフトの調整が出来ず、誕生日パーティーには参加出来ない事を伝え、心を込めて誕生日のお祝いを告げた。

中山は言葉を濁しながら少し不愉快であった。


木曜日の晩、田桜桜が仕事についている時、店長は田桜桜を呼び付け、自分の気持ちを彼女に伝えた。

「この前の問題だけど、あれは雅子が間違っているんだ、気にしないで！」

「何も思っていません。誰でも不愉快な時はありますから」田桜桜は毅然と言った。

「それともう一つ伝えておきたいんだが、雅子の中学時代の同級生、中山一郎さんから電話があって、土曜日に大学のパーティーに参加してほしいって言うんだけど、もし仕事を心配しているんなら大丈夫だから、楽しんで来ればいいよ。シフトは組み直しますから！」

「お気遣いありがとうございます！」田桜桜は感激しながら言った。


土曜日の夜、王子ホテルのレストランは中山の友達でいっぱいであった。中山はぱりっとしたスーツにネクタイを締め、いかにも日本男児といった感じであった。十数人の学友の中、大多数は日東大学大学院の院生だったが、他にも高校時代の同級生で既に就職している者や他の大学の院生も交じっていた。男友達が殆どだったが中には数人の女友達もいた。レストランの片隅のテーブルには、ステンレス皿の上に幾種類もの料理が盛られ、その他にも誕生日ケーキやワイン、ビールが並んでいた。中山は来た友人らの応対にてんてこ舞いだったが、時々入口にまで注意していた。

「君の待ち望む雅子は来たの？」一人の学友が尋ねた。

「雅子は今日来ないよ！」中山は答えて言った。

「どうして来ないの？」他の学友が意外な表情で尋ねた。

「彼女達は富士山に旅行らしいんだ。明日帰ってくるよ！」

「残念だな！」一人の古い学友が同情するように言った。

この時、花柄のワンピースでしなやかなスタイルの田桜桜がゆっくりとハイヒールを踏み入って来た。彼女の整った顔には薄く化粧され、涼しい目元と艶やかさが一層彼女を美しく引き立て、皆は目を丸くしてぽかんと口を開けて見ていた。「中山さん、お誕生日おめでとうございます！」彼女は中山に握手し、包装紙に包まれたプレゼントを渡しながら、「これは中国から持って来ていた物で、たいした物ではありませんが！」

「ありがとう！」中山はプレゼントを受け取って急いで皆に紹介した。

「彼女は同じ大学院の友達で、国際経済を専攻している院生で中国上海から来ています。皆も友達になってやって下さい！」

レストランの中は暫くその話題で盛り上がっていた。

「彼女は本当に綺麗だ。本物の中国美人だよ！　俺は学内で見掛けたような気がするな」

「育ちも器量も良いし、美人コンクールに参加してもいいんじゃないのか！」

「中山がこんな女性と付き合っていたなんて、幸せ者だよ」

「雅子は今日来ないのか。ひねくれ者だから、旅行なんか休んでもよかったのに！」

「誰が来ないと言ったの！」念入りに化粧をした雅子がゆっくりと歩いてやって来た。彼女もプレゼント入りの紙袋を一つ持っていた。

「お前……来ないんじゃなかったのか！」中山は驚いて言った。

「まさか邪魔だったの？」雅子は刺のある言い方をした。

「田さんも来てたんだ」彼女は田桜桜を見ながらやっかむような気持ちで言った。

「田桜桜さんは俺が特別に来てもらったんだ！」中山が説明した。

「雅子、何で遅かったんだよ？　俺達はもうお前は来ないと思っていたよ！」友達が言った。

「本当は来ないつもりだったわ！　天気が悪くて旅行をキャンセルしたの。これは私からのプレゼント！　なかを開けて見て！」雅子はプレゼントを中山に渡しながら言った。

「おー、ありがとう！」中山は皆の前で包みを開けると、中には一本数万円もするイタリー製のベルトが入っていた。

「このプレゼントの意味、わかる？」雅子が尋ねた。

中山は笑いながら答えなかった。

「申し訳ないけど言わせてもらうよ。このベルトの意味は中山くんをしっかり縛り付けるっていう意味だよ」一人の友人が釘を刺すように言った。

彼の解答は皆の笑いを引き起こし、一人の女性が「本当にそういう意味なの？」と雅子に尋ねた。

雅子がはにかみながら頭を垂れると、また大笑いが起きた。

「中山くん、桜桜のプレゼントも開けて見せてくれたらどうなんだ？」他の友人が悪戯に言った。

「いいよ！」中山はプレゼントの包装を開けると、中には丹精込めて彫られたマホガニーの龍が入っていた。

「わー、縁起物だ！」

「このプレゼントにはどんな意味があるの、教えて？」一人の友達が桜桜に尋ねた。

「龍は中国古代の皇帝の敬称、古代から今に至るまで龍は中国の縁起物なんです。龍は男子が一国を担って立つという意味があります」桜桜は説明した。

「これにはそんな深い意味があったんですか、素晴らしい！」友人が感心して言った。

「ありがとう。必ず大事にしまっておくよ。君の期待を裏切らないから！」中山は感謝の気持ちを伝えた。

パーティーが始まった。中山一郎は皆に感謝の気持ちを述べて挨拶をすると、その後は皆食事を始めた。中山の席では頻繁に誕生日の祝杯を挙げていた。桜桜も杯を持って中山の前まで行き「パーティーに招待して頂きありがとうございます。お誕生日おめでとうございます！」とお祝いの言葉を述べた。

雅子の心中には嫉妬心が燃え上がり、桜桜の挨拶が終わって、未だ身を返さないうちに、ワインをなみなみ注ぎ中山の前に出て「祝杯に来たわ、お誕生日おめでとう、本当におめでとう！」と言った。

「お前が旅行にも参加しないでパーティーに参加してくれるなんて、本当に感激だ！」中山はグラスを挙げ、一口に飲み干した。

意外にも、雅子は振り返って酒瓶を持って来ると、自分のグラスになみなみ注ぎ、続けて中山のグラスにもなみなみ注いだ。

「雅子、少し控えめにした方がいいよ！」中山はこれ以上酒を注がせるとよくないと思い忠告した。

「ダメ！　今日はあなたの誕生日なんだから、飲めば飲むほどに痛快、踊れば踊るほどに痛快」雅子は話を続けながら、一方では中山のグラスに酒を注いだ。

中山にはどうする事も出来ず、雅子は二杯目のグラスも空けた。

雅子は酒の力を借りて桜桜の前まで来ると、グラスを挙げながら、幾分舌も回らずに桜桜に話しかけた。「あなたは本当に運が……いい！　あなたに祝杯を、そうだ、この前料理店でラーメンの事、店長に叱られたわよ、ごめん……なさい！」

「別にいいわよ！　雅子、私は正直者よ、お願い安心して、誤解しないで！」桜桜は一笑して言った。

「この言葉、私、嬉しいわ、安心した！」雅子は言った。

酒が三巡し、誕生日ケーキも食べ終えると、ダンスが始まった。リズミカルな音楽に合わせて若者達は自由に踊った。

雅子は前に出て一曲、中山と一緒に踊りたいと思っていたが、思いもよらぬ事に中山はもう桜桜の前に手を差し伸べ、桜桜はゆったりと中山の肩の上に手を乗せながらリズムに合わせていた。それは花の中の色鮮やかな蝶のように踊りまわり、大勢の目は羨ましくそれを見ていた。しかしただ一人雅子は嫉妬し、腹を立て、目は照明灯のように光り、二人を射るような目つきで見ていた。中山は彼女の嫉妬心を感じていたが、故意にその目を避けた。曲が終わった後も、中山はまた他の女友達を誘い、雅子に対して冷たかった。雅子はさらに腹が立ち、自ら進んで中山の同級生の男性を誘った。彼女は踊りながら旋回して中山の前まで来ると、その男の顔にぴったりと寄り、仲むつまじそうに振る舞った。しかし、中山はそれにには気が付かないように装い、何事もなかったように……。

一曲また一曲、一回り一回りステップを踏み、中山と雅子は互いに誰彼かまわずに踊った。スピーカーからディスコのリズミカルな曲が流れ出し、そのテンポは狂ったように巻き起こりパーティーはクライマックスを迎えていた。しかし雅子の腸は煮えくり返り、腹を立て、ステップの最中鬱憤を当たり散らした。彼女の心はここに在らず、ひねくれ、狂いだし、酒を飲み過ぎたせいと、ヒステリックに踊り回った挙句の果てに地面に倒れこんだ。

音楽は止まり、ステップを止め、皆が彼女を囲む中、中山と田桜桜は慌てて彼女を抱え上げ、このパーティーは不愉快な結末となった。

第六章

林小燕はアルバイト先で度々挫折した。孤独と、寂しさと、そして母からは「留学の使命」としてのプレッシャーが加わり心身とも極度の状態に達していた。精神面は正に崩壊寸前で、一度は自殺しようとまで考えた。もし、田桜桜の励ましや援助、そして助言がなかったならどうであっただろうか。

ある日、彼女が一軒の料理屋の店先できょろきょろしていた時、三十過ぎの厚化粧の女性が店から出て来るなりじろじろと見ながら「あなたもしかしたらアルバイトを探しているんじゃない？」と中国語で話しかけて来た。

「どうして分かるんですか？　あなたも中国人ですか？」小燕は彼女を一目見て尋ねた。

「そうよ！　大連出身、私の名前は李芳芳！」

「日本に来られてどれくらい経つんですか？」小燕は尋ねた。

「もう二年が過ぎたわ。専門学校に通いながらアルバイトしているの」

「もう日本には十分馴染んでいるんですね」小燕は彼女の身なりを見て少し羨ましそうに言った。

「先ず先ずよ！　初めは厳しかったわ。あなたと同じであちこちアルバイトを探してたのよ」

「仕事を紹介してくれませんか？　お願いします！」

「いいわよ、ホステスなんかはどお？　気楽にお金を稼げるわよ！」

「ホステスの仕事ですか？」

「お酒に付き合うだけよ、一緒に寝る訳じゃないわ！」

「もし良かったら見せて頂けませんか？」

「いいわよ、今から行きましょう」

小燕は李芳芳に連れられ地下鉄に乗り、幾つかの駅を過ぎると賑やかな街に出た。さくら居酒屋の看板の掛かった入口には、赤提灯の他に神秘的な色彩の暖簾が下がり、李芳芳がその暖簾を開けると四十過ぎの艶かしく色気のあるママが李芳芳に気が付いていぶかしそうに尋ねた。

「芳芳、今日は休みでしょう、どうしたの？」

「妹を一人連れて来たの、見てあげて！」李芳芳は言いながら小燕を指差した。

「この娘、随分と綺麗な娘ね！」ママは小燕をじろじろ見ながら喜色満面に言った。

「今丁度人手不足なのよ、いらっしゃいな！」

小燕は店の中をぐるりと見渡した。店はそんなに広いわけではなく、中はとても薄暗かった。中に入ると近くにカウンターがあり、カウンターの後ろには一つ背の低い小さなテーブルが絨毯の上に置かれている。部屋の隅の方では若い女性と中年男性が酒を飲みながら何か雑談をしていた。女性はタバコをくわえて時折中年男性に酒を注ぎながら作り笑顔でお客さんの機嫌を取っているようだった。

「ここの仕事はあの女の子と同じようなもの。お客さんに付いてお酒を飲みながらお喋りをするだけ、悪くないでしょう！」李芳芳は声を潜めて小燕に向かって話した。

「私の日本語力では未だ無理だわ！」小燕はその場をごまかすように言った。

「うん！　日本語の練習よ、日本語を学ぶには絶好の機会よ！」李芳芳は小燕の肩を叩きながら言った。

「わかったわ！　やってみます！」小燕は腹を決めて言った。

「彼女勤めるそうよ！」李芳芳は小燕をママの前に連れて行き言った。

「よかったわ！　お名前は？」ママは喜びながら尋ねた。

「林小燕です！」

「生まれはどちら？」

「上海です」

「上海のお嬢さんは綺麗だし、愛嬌もあって、その上賢そうだしお客さんが喜ぶわ！　林さん、明日からでも来てもらえる？」ママは小燕に対して催促するように言った。

「はい！」小燕は答えながらママを見詰め何か期待しているようだった。

「給料だけど時給は二千円。仕事の時間は夜の八時から十時いっぱいまでどうかしら？」

計算してみると一日六千円になる。「わかりました！　明日からその時間に参ります」すぐさま小燕は答えた。

「どんな仕事か、細かい所は教えてあげてね！」ママはまた李芳芳に言いつけた。

「わかりました！」李芳芳は小燕を連れ居酒屋を出ると、彼女は歩きながら仕事のいろはを教えた。小燕は何とかアルバイト先を探し出すことも出来て、馴染めそうな気もしていた。その上時給も悪くない。

彼女は李芳芳に再三にわたってお礼を述べた。

「今日は幸いにも紹介して頂き、本当にこの御恩は忘れません！」

「二人には縁があったのよ。ここでのアルバイトに関しては私が面倒を見るから！」

「本当にありがとうございます。給料を頂いた時には必ずお礼しますから！」

「今日は初対面、ご馳走するから、中華料理でも食べない？」李芳芳は気前良く言った。

「そんな事までしてもらうわけには……」

「行きましょう！　次はご馳走してもらうから！」李芳芳は小燕を連れて一軒の中華料理屋に向かった。

小燕は数日間勤め給料を手にするととても桜桜に会いたくなり、食事をご馳走しようと考えた。桜桜には自分がとても困っていた時に勇気付けられて、彼女には忘れられない存在なのだ。彼女は桜桜との電話の中で上野駅のファミリーレストランで会う事を約束した。桜桜は時間通りに到着していて、二人は顔を合わせると話したい事が山程あった。

「十何日かぶりね。何だか大人っぽくなったみたい！」桜桜は小燕を見ながら言った。

「お元気そうで、何かいい事でもあったんでしょ？　諺にもあるわ、人は好きな事に出会って精が出る！」小燕は言った。

「話しきれない程の事があったわ。最近同じ大学院の日本人学生と知り合いになったの。彼は法学研究科でとてもいい人よ！」桜桜は話した。

「千里を越えて出会ったのね。それじゃ二人の馴れ初めにお祝いしなくちゃね！」小燕は冗談まじりに言った。

「心にもないことを言わないでよ、そういう意味で言ったんじゃないんだから。私は一生日本人とは結婚するつもりはないいんだから」桜桜は言った。

「運命には逆らえないわよ！」

「運命は私の手中にあるわ！」

「それについては同意出来ないわ。だって私は日本に留学したくなかったのに母から強制的に来させられたのよ。あなたの言う通りの運命は自分の手中にあると思う？」

二人は喋りながらレストランのテーブル席に座った。

「私、初めての給料をもらったのよ。だから今日はご馳走するね、何が食べたい？」小燕は機嫌よく話した。

「ダメよ、私がご馳走するわ。私は姉よ。私の方が先に稼いでいるんだから！」桜桜が言った。

「今日は私から誘ったのよ、今回は払わせて。次はご馳走してもらうわ！」

「わかった！　あなたの仰せに従うわ。それじゃ私はステーキ定食！」桜桜はメニューを見ながら言った。

「私も同じくステーキ定食、それとビールを一杯ずつ」小燕は注文し、店員は伝票に書き込んでそこを離れた。

「あなたの近況を教えて。アルバイトは上手くいっているの？」田桜桜が尋ねた。

「私ね、いろんな所を探し回って足もへとへとになりながら絶望的だったのよ。ある日私がレストランの前で募集のポスターをきょろきょろ探していた時、大連出身の李芳芳という人が一目私を見て、私がアルバイトを探している事がわかったらしくて、私にアルバイト先を紹介してくれて縁があってすぐに次の日から勤めることになったの。一日三時間で時給二千円よ。私は窮地に追い込まれている時だったから、そうするしかなかったわ！」

「全て理解出来るわ。それで上手く出来てるの？」桜桜は心配そうに尋ねた。

「初めはあまりうまくできなくて。それに私は普段からお酒を飲んでいる訳ではないでしょう。でもお酒のお付き合いをしているうちにだんだん飲めるようになって、今ではママも喜んでいるわ。その後は徐々に慣れて来たけど、それでもまだ慣れない事もあるわ。お客さんによっては酒に酔って手を出してきたり、足を絡ませて来たりで耐えられず逃げ出したくなる事もあるわ。でもママが言うにはそういうお客さんは何処にでもいるし、お客さんに逆らわなければお客さんは満足して三、四千円のチップを置いていくからって」

店員が焼き立てのステーキとビールを運んで来た。

小燕はグラスを挙げ「それじゃ、桜桜、本当に感謝しているわ。私が一番落ち込んでいる時助けてくれてありがとう！」と言った。

「あなたに仕事が見つかった事とホームシックを克服した事へのお祝いと、それに日本語を早くマスターして全てが順調に行きますように！」桜桜はコップを挙げ祝辞を述べた。

「アルバイトも勉強も順調に行ってるの？」小燕が尋ねた。

「まあまあ、アルバイト先の店長と上手く行っているし、時給も九百円から千円に上げてもらったわ」桜桜が答えた。

「先程話してた日本人男性との交際はどうなの？」小燕は尋ねながら少し羨ましく感じていた。

「ある日、偶然に知り合う機会があったの。彼の名前は中山一郎。とても素敵な方でお父さんは社長らしいの。家庭の条件はとてもいいわ。でも私達は恋愛に関するような事については話した事もないし、彼には松本雅子という高校生から付き合っている彼女がいるわ。ただ、私が現れてからは二人の関係も以前程良くないらしくて、今は誤解を解くためにも遠ざかるようにしてるの」

「桜桜、あなたは本当にだめね、世界の何処にあなたみたいな慎ましい女がいるのよ。気持ちを誤魔化しちゃだめよ。彼はあなたが好きであなたも彼を好きなんだったら、二人とも相思相愛じゃない？　愛情は直感的で利己的なものよ！」

「多分小さい頃から両親の教育で保守的になっているかも知れないわ。何時も道徳を守って正しい人間になるようにって。それに私は日本人とは結婚しないと誓ったの」

「本当に保守的ね、もし私だったら、中山一郎さんが私を好きなら絶対に離さずに、必ず雅子と戦ってでも中山さんを奪い取るわ！」

二人が丁度中山一郎について語り合っていた時、桜桜の携帯電話のベルが鳴った。携帯のディスプレイを見ると中山一郎からの電話だった。

「もしもし中山さん、こんにちは！」彼女は電話を掴み話し出した。

「桜桜、何で携帯の電源を切っているんだよ？」

「とても忙しいのよ」

「今日授業が終わって教室へ訪ねて行ったら、既に帰った後だったし！」

「そうよ、一科目が終わってすぐに出て来たから。友達と会う約束があったのよ」

「男それとも女？」

「男性よ！」彼女はくすっと吹き出しそうに笑った。

「女よ、あなたもいらっしゃいよ！」小燕は傍から言葉を挟んだ。

「桜桜、君はからかっているのか。今何処にいるんだよ、俺もそこに行ってもいいか？」中山は小燕の言葉を聞いて笑いながら言った。

「今は……わかった！　来てもいいわよ。今丁度食事の途中だけどあなたの奢りね！」桜桜は躊躇しながら言った。

「わかった、すぐに行くよ！　何処にいるんだ」

「上野駅南出口のファミリーレストラン」

「了解！　地下鉄で行けば十五分くらいで着くと思うよ！」

「今日はあなたの日本人の友達に会えるのね。どんな感じの人なの？」小燕はビールを一口飲みながら尋ねた。

「本当に素敵よ、あなたも見たら惹かれると思うわ！」田桜桜は冗談めかして言った。

「私が惹かれたら私に譲って！」小燕が言った。

「いいわよ、あなたに譲るわ。でも、雅子が承知しないんじゃない？　自分で彼女を説得してよ！」

「私は怖くないわよ！　どっちがお似合いか勝負するわ」小燕は少し有頂天気味に言った。

「中山があなたを見てどう思うかはわからないわよ。小燕、この前私に話してたでしょう。お母さんがあなたの同級生の艶美に誰かいい人を紹介してくれるように頼んだって。彼女からは連絡あったの？」桜桜は一つ思い出したように尋ねた。

「艶美からは電話があったわ。彼女はもう日本に戻っているから機会があれば私に日本人を紹介するって。でも彼女に頼っていたらどんな人を紹介されるかわからないわ！」

「自分で探した方がいいよ、当たって砕けろ、よ！」田桜桜が言った。

「日本のおじいさん捜しは進展しているの？」小燕が尋ねた。

「未だ進展はないわ！　でも積極的に努力しているのよ。それに戦争孤児後援会会長の上村さんも凄く同情して関心を持ってくれているわ。上村さんからは私が日本に留学している事は黙っているように、特に棚田に知らせないようにって」

「どういう意図があるかわからないから十分注意してね！」小燕が言った。

レストランの入口の自動ドアが開き、中山一郎が息を切らして入って来ると、桜桜は「こちらは学友の中山一郎さんです。こちらは上海の良き友達で林小燕さんです」と紹介した。

小燕は鷹揚に中山と握手をし、上から下までじろじろ見ながら「本当にハンサムね！ 日本の色男！ 中山さん何を召し上がりますか？」と思わず言った。

「誉めすぎですよ！ 皆さんと同じものをください」中山は彼女達の料理を見ながら言った。

「丁度着いた所で悪いんだけど、もう一時間経ったからアルバイトに行かなきゃいけないの」田桜桜は中山に向かって言った。

「随分冷たい事を言うな！ もしかしたら意識的に避けてるんじゃないのか？」中山は桜桜を見ながら言った。

「もっと雅子さんに関心を持ってあげて。あまり彼女を失望させちゃダメよ！」桜桜が注意するように言った。

「彼女に関心？ 以前は過ぎるくらい関心を持ってたよ、でも結果は却って悪かった！ 君と一緒に居る時間が多くなってから、彼女は疑ってばかりだ、不愉快なんだ！」

「何もないでしょう。私達二人は恋愛関係がある訳でもないし、仲の良い同級生として付き合ってるだけじゃない？」

「君はそう思っているかも知れないけど、彼女はそう思わないんだ！」

「相思相愛は互いに自ら願って叶うものでしょ！」

「中山さんは桜桜が好きなんでしょう。幸せですね！」小燕は中山に向かって言うと、中山はしみじみと桜桜を見詰め、頷きながら笑った。

「私にはそんな気持ちはないわよ！」桜桜が言った。

「桜桜、中山さんを失望させちゃダメよ！」小燕が言った。

「わかったわ、話題を変えましょう！　あの日、あなたのパーティーに参加していろいろ感じたわ。同級生の皆さんは色々な趣味をお持ちなんですね！」桜桜は中山にこう尋ねた。

「そうだよ！　多分、家庭環境の影響が大きいんだと思うよ。彼らのお父さんは社長が多いし、それなりの教育は受けているんだろう。当然テニスや野球、水泳なども習っていると思うよ」中山が返答した。

「わー、私にも誰かいい人を紹介してください！」小燕は半分冗談で言った。

「いいよ！」中山もすぐに軽く答えた。

「ただ、皆があなたを見てどう想うかはわからないわよ！」桜桜は言った。

「いいわよ、次は是非ともパーティーに参加させてください！」小燕はグラスを挙げ、一人中山に向かって乾杯して飲み干した。

「皆で写真を撮ろう！」中山は思い出したようにバッグからデジタルカメラを取り出して言った。

彼は店員を呼び、カメラを店員に渡すと、桜桜と小燕の中間に座って頭を桜桜の方に傾けた。店員がシャッターを切ると中山はそのカメラを受け取り、中の画像を確認して満足そうに頷いた。

「ごめんなさい、アルバイトに行かなきゃ！」桜桜は腕時計を覗きながら言った。

「中山さんはそんなに急がなくてもいいんでしょう、もう少し飲みましょうよ！」小燕が中山に向かって言った。

「すみません、私もちょっと用事があるんです」中山は財布を取り出しながら言った。

「ご好意だけで十分です。でも勘定は私がしますから。店員さん！」小燕は中山の財布を押さえながら言った。

「桜桜との電話では俺に勘定をするために呼んだんじゃなかったの？」中山が言った。

「冗談で言ったのよ、この小燕に勘定させて、次はご馳走してもらうから」桜桜は中山に向かって言った。

「わかった、この次はご馳走しますよ！ ご馳走さま！」中山は立ち上がり小燕に向かって言った。

「またね！」桜桜と小燕は互いに声をかけ合った。

中山も一緒にレストランを出て行くと、小燕は二人を見送りながら何とも言えない羨ましさを感じていた。


田海盼夫婦は娘の田桜桜がアルバイト先も見つかり、生活面でも落ち着き学習も軌道に乗って来たと聞き、すっかり安心していた。

最近、桜桜から一本の電話があり、何か日本から尋ねて来るような手紙が届いてないかと言うのだ。もし手紙が届いたら知らせてほしいと言うので、田海盼と張秀蘭は彼女が何をしようとしているのか全く見当も付かず、どういう事なのか続けて詳しい内容を聞こうとした。だが、桜桜の電話は切れてしまった。日本の誰から手紙が届くと言うんだ。上村正義か、もし彼だとしたら桜桜がこんな事を言うはずがないだろう。もしかしたら棚橋道夫か。もしも彼からの手紙だったらどうしてやろうか。でもそんな事はありえない。

少し日を置いてから桜桜からまた電話があった。

「桜桜、この前の電話での話だが、もし日本から手紙が届いたら必ずお前に連絡すると言ってた話。あれは一体誰からの手紙が届くというんだ？」田海盼は先ず聞いた。

「適当に言っただけだからあまり気に留めないで」桜桜は答えた。

事実、桜桜は上村正義から棚田信夫の住所を聞いて、一通の手紙を棚田信夫宛てに送っていた。彼女は、もし棚田信夫が当時の棚橋道夫であったなら、必ず海盼の事も知っている筈であり、自ら手紙を書いて来る筈だと思った。しかし、もし棚田信夫が責任を逃れようとするのであれば、その手紙にあえて答えようとはせずに済ますだろう。

田海盼は住まいの引っ越し作業で苛立っていた。彼らには経済的な余裕もなく市内で新居を買うだけの力はない。市内の虹口区から郊外に位置する宝山の、只準備されたアパートに入るしかなかった。味気ない気持ちであった。娘は親族捜しのために留学したのだが全く進展もなく、彼の精神は打ちのめされたような感じであった。彼は思いを巡らせ、上村正義宛てに手紙を書いた。

尊敬する上村正義殿
蒸し暑い気候となりました。お体には十分お気を付けておられると存じます。

娘の田桜桜が日本に留学し、大変お忙しい中わざわざ娘に会って頂き、また御丁寧なお気遣いまで頂き誠にありがとうございました。私を始め家族共々感謝している次第です。

私の日本人である実父捜しに関しまして多大な関心を頂き、また御援助頂き、私達には生涯忘れる事の出来ない大恩人でございます。

光陰矢の如し、切に願い、日本人の実父を捜し始めて五十数年が過ぎました。少年の頃から晩年に至り、幾日幾夜の日々を待ち望んだのかわかりません。私の日本人の実父は善人なのか悪人なのか、はたまた鬼なのか、いずれにしてもわかりません。私はずっと白黒の決着を付けたいと想い、そろそろ決着の時期ではないかと考える次第です。延いてはそれが天の母親に対しての慰めになると信じております。

私にはもうこれ以上耐え忍ぶ事は出来ません。待ちくたびれてしまいました。ぜひとも貴方様の得ていらっしゃいます手掛かりをお教え願えませんでしょうか。棚田信夫に直接会うか、または手紙を差し出そうと思っております。もし棚田信夫が私の本当の父親であるならば、または情理を弁えないのであれば論争で決着を付けます！

私達は貴方様から桜桜に言い付けられております、桜桜が東京に留学している事に関しては今まで一切話しておりません。本当に貴方様には感謝する次第です。

時節柄、ご自愛をお祈りします。

田海盼　吉日

上村正義は手紙を見て、十分に重責を感じていた。彼も海盼の心境は十分理解し、喚き怒鳴り散らしたい心境であった。戦後の後遺症、心奥深い傷と流血、消えかかっていた彼の心中に激しい怒りが次第に大きく燃え上がり無尽に身も世もなく悲しんだ！　上村は同情無比に沈黙する事は出来なかった。彼はぶるぶる手を震えさせ筆を握り、棚田信夫に一通の手紙を書いた。

棚田信夫殿

前略　御無礼とは存じておりますが、筆を執らせて頂きました事、どうぞご斟酌下さい。

私は上海中日混血児田海盼氏より依頼を受け、日本人の実父を捜しておる者でございます。棚田様が１９４０年代に名乗っておられた氏名は棚橋道夫様と仰られ、上海の田恵敏さんという女性と相愛の仲となり、田盼盼（現在の氏名は田海盼）というお子さんをご出産されたのではないでしょうか？　田海盼は現在上海のある縫製工場に勤め、離れ離れになった父親の棚橋道夫さんを捜しております。

草々

日本では知り合いでもない人に軽々しく手紙を書く事は失礼であったが、ついに上村はそんな事に構っていられず、新たな道を開くためにも一石投じ探りを入れたのである。

棚田信夫は桜桜からの匿名の手紙を受け取った時にはしきりに恐怖の爆弾でも受け取ったかのように、不安のあまり数日の間殆ど眠れずにいた。旧友の松本孝夫は彼に対し、あまり取り合うなと注意を促し、棚田はその後鎮静剤を服用したようにまた平常な日々を取り戻していた。

一度家に戻った時、彼はまた見知らぬ手紙を発見した。誰かが市長当選への世辞でも言っていると思い開けてみると、この手紙もこの前の匿名の手紙と同じ筋のもので、それは田海盼の父親を捜していると言っているのだ。しかも彼の内情をよく知っている。この手紙は二個目の爆弾が身辺で爆発したのと同じぐらい衝撃であった。この手紙と前回の手紙は筆跡が違い、一人の人間が書いたのではない。そうだとしたら彼らは必然的に連絡を取り合うかも知れない。

彼はそわそわしながら旧友の松本孝夫に電話をかけ、内容を打ち明けて解決策を求めた。「今まで通り、その内容を否定して返事を出せばいいよ！」松本が言った。

「わかった、ありがとう！」棚田は思い起こしながら、田海盼の手元には確かな証拠は何一つないんだと自分で自分に言い聞かせた。

彼は筆を執り、上村正義に返事を書いた。

「私にはそのような経験もなく、貴方様の誤解でしょう！　棚田信夫」彼は上村の手紙を封じ込むために返事を書いた。


上村正義は棚田の返信を受け取ると思わず笑って独り言を言った。「本当に後ろめたさを感じているようだ」

上村は彼を屈服させる手段はわかっているが、確かな証拠を探し出せるまでは只我慢するしかなかった。彼は田海盼に手紙を書き、棚田からの返信を一部コピーして付け添えた。そこには慰めと確かな証拠が見つかるまでは耐えて待つしかない。また桜桜に対しても軽はずみな行動は慎むようにと付け加えた。

田海盼は上村正義の手紙を読み終え、どうする術もなかった。上村の手紙には「私にはそういう経歴はありません」と記され、これは問うに落ちず語るに落ちるというものだった。

彼は桜桜に期待を託し、その技量を十分発揮して棚田に対抗してほしいと願った。

この日、田海盼はレンガ造りの旧家の中で、どうにもやるせない気持ちで苛々しながら、部屋の中をタバコを銜えて歩き回っていた。縫製工場は会社に変わり、定年退職の手続きを行っていた。丁度家屋の引っ越し手続きの最中で、程なくすれば妻の秀蘭と宝山の新住宅区に移り住むことになる。当然市内のように便利ではない。彼の心境は不安で苛立っていた。

「伯父さん、伯母さん！」玲玲が若い女性を連れて物凄い勢いで入って来た。女性は背に包みを背負い、一見してインテリ風な感じである。

「ほう！　玲玲が来たの、珍しいね！」秀蘭も嬉しい気持ちで台所から出てきて歓迎した。

「玲玲座って。それとこのお嬢さんも座って！　座って！」田海昐は挨拶しながらお茶を出した。

「伯父さん、こちらは中学時代の同級生で曽潔さんで、今は『華東経済新聞』の記者です」

玲玲は彼女を紹介した。

「いらっしゃい！　私達を取材にいらっしゃったんですか？」田海昐は大きく一息吸い込み、尋ねた。

「玲玲、記者さんは皆忙しいんだ、むやみに連れ出して仕事の邪魔をしちゃだめだろう」

「私がどうしても取材したかったんです！」曽潔はノートを取り出し、ズバリ本題に入った。

やはり田海昐の思った通りだった。彼は秀蘭に目配せをすると、秀蘭はすぐにその気持ちを察した。桜桜の日本留学については、どんな事があっても口外してはならないと上村正義から再三にわたって言われている。

そこで秀蘭は意外な事を口に出した。「玲玲、家には何も取材出来るような事はないわよ！　呆けているんじゃやない？」

「伯父さん、伯母さん、こういう事なのよ。今日、淮海路をぶらぶらしていたらばったり曽さんに出会って、あまりに久しぶりだったのでコーヒーを飲みながら雑談していて、私の従姉妹が日本に留学した事を話してたのよ。そうしたら彼女が興味を持ち始めて、予定を変更してこちらを取材する事になったのよ！」玲玲は釈明した。

「そうなんです。こんなニュースは何処にもないでしょ！」曽潔は続けて言った。

「このニュースの題材は五十年以上の時を超えた異国の恋情。重要な事は戦争が残した暗い影なのです。書くにはとてもいいでしょう、私たちの新聞と手を組みませんか……」

「曽潔さん、不躾ですが腹を立てないで下さい。私はもう過去については話す気にはなれないんです。これまでの数多くの悲しみや言いようのない苦痛は思い出したくもないし、あまりでしゃばってほしくないんです」田海盼は曽潔の話を遮った。

「曽さんは好意で言っているのよ！」玲玲は説明した。

「おじさん、おばさん、私も新聞記者の端くれです。罪悪を暴き、正義を守り、真理を貫き通したいんです。真実を明らかにするのも私達の責任です」曽潔は道理を説くように言った。

「悪いね、あなたに話すことは出来ないよ！」田海盼は顔を強張らせ、タバコを揉み消しながら、袖を振り払って自分の部屋に入りドアを閉めてしまった。

曽潔と玲玲は互いに顔を見合わせながら、とても気まずい思いだった。

「伯母さん、私が曽さんを連れて来たのよ。少しは顔を立ててよ。彼女は本当に良心的なのよ！」玲玲が言った。

「おばさん、私の原稿が掲載されて、もし社会的に反響を呼び起こす事が出来れば、日本の色々なメディアにも転載されるかも知れません。そうすれば日本の世論にも訴える事が出来るんですよ。中国に妻を残し、息子を認知しようとしない薄情な実父でも、この原稿で良心を呼び起こす事が出来るかも知れません。それに彼の本性を変えられるかも知れないんです」

曽潔の訴えに秀蘭は暫く考え込みこう切り出した。「つまりこういう事なんです。日本の友人から桜桜に対して言い付けられている事なんです。娘が伝えて来た事は、どんな事があっても桜桜が留学している事は口外しないでほしいと。万が一にも彼女のお爺さんに知れたら、必ず彼は桜桜に対して自己防衛してしまうだろうと……故意に海盼を認知せず、どんな悪どい真似をしてくるかわからないのよ！」

「曽さん、もしこんな状態で従姉妹の安全が脅かされるのなら取材は止めよう！」玲玲が言った。

「ダメ！　おばさん。私は余計取材したくなったわ！」曽潔はますます熱っぽく言った。

「なお更彼の醜い顔と卑劣な人格を暴露すべきよ。但し、私はおじさんとおばさんの気持ちは理解しています。それに桜桜の安全のためには桜桜が留学している事までは原稿にはしません。これだったらいいでしょ！」

「それなら考えられなくもないわね」秀蘭は頷きながら言った。その後、ドアを押して部屋の中に入ると田海盼を説得した。間もなくして海盼と秀蘭が出て来て、海盼は曽潔に向かって話した。

「すまなかった。先程は興奮し過ぎてたようだ。気分を害させてしまいました」

「私は全て理解しています」曽潔が言った。

「すみません。ただ桜桜の日本での境遇についてまでは理解していませんでした。桜桜はどうして日本に行ったんですか。この事については原稿に書くつもりはありませんので教えて頂けませんか？」

「いいでしょう！　話しましょう……」田海盼は心の玉手箱を開け、一つ一つ思い起こしながら話し始めた。

曽潔は筆を走らせながらも一方では涙を流さずにはいられなかった。涙は彼女の頬を伝ってノートの上に落ち、涙の跡が斑点となり、彼女は瞳いっぱいに涙を溜めながら海盼を見詰めて時折頭を下げて懸命に記録した。彼女は海盼が言葉を発する度に戦争の残した遺恨を指摘し、一文字一文字が侵略者を厳粛に告発していた。彼女は激情を抑制しつつ、書き記し、海盼のためにも正義を貫き不公平を正し、彼の正道を勝ち取り、多くの人々に反省を促したいと誓ったのである。

玲玲は伯父の過去について聞いてはいたが、これ程までの不幸に遭遇していたとは。そしてこんなにも多くの悲惨で辛すぎた出来事を一つ一つ書き留めている曽潔のすぐ側で涙を流していた。

田海盼は話し終えると目頭を赤くし、顔中涙に濡れていた。曽潔は前に出て彼の手を握り締め、労りと感謝の気持ちを表した。

「田おじさん、大変失礼しました。今日は嫌な事を想い出させてしまって。長い年月を経てやっと癒えてきた傷口をこじ開け、苦痛な思いをさせてしまいました」彼女は言った。

「これまで私の心の傷は一度も癒やされた事はありません。それより私達一家の正義を広めて頂ける事に感謝します」田海盼は深々とお辞儀した。

玲玲はティッシュを取り、目じりの涙を拭きながら感慨を込めて話した。「伯父さん、今日は生き生きとしたお話を聞かせてくれました。どうして桜桜が日本人には嫁がないと誓いを立てたのか理解する事が出来なかったけど、今、私も真剣に考える事が出来ました！」

「国際結婚の全てが良いとは限りません。また全てが悪いとも限りません。その内容次第だと思います」曽潔が言った。

「さすがに記者ですね。有識者ですね！」田海盼は称えて言った。

玲玲はこの後まだ用事があると言い、曽潔は今夜中には原稿を書き上げたいと言って二人とも帰った。

曽潔は車を走らせ家に戻ると、簡単に一杯の麺を食べ、すぐにパソコンに向かい一心不乱にキーボードを打ち続けた。一文字、一行を打ち続けながらも一方では涙を溜めていた。彼女の情感と田海昐の命運は互いに共鳴し、彼女の心と田海昐一家はしっかり結びついていた。彼女は灯心をかき立てるように奮戦しながらも一晩中書き続け、やがて夜が明けていた。

次の日、目の覚めるような見出しが『華東経済新聞』の紙面上に掲載された。
『情を断った実父、許されぬ道義——一人の混血児が父親を捜す血と涙』
『華東経済新聞』に掲載されたこの渾身の記事は上海の大通りから路地裏のスタンド、新聞売り場で販売され、人々は次から次へと買い求め、舐め尽くすように読んでいた。多くの読者は憤慨と同情、哀れみと嘆きに包まれた。中には新聞社に電話をかけてこの記者を称賛した者も出た。その読者は慰問に行きたいから田海昐の住所、電話番号を提供してほしいと言った。また、ある弁護士は義務としてその日本人の父親に対し訴訟を起こし一矢を報いるべきだと言った。その記事は様々な反響を呼び起こしていた。

程なく、多くの新聞に次から次へと転載され、人々は田海昐の遭遇した不幸な境遇について時には茶飲み話の話題となり、日本人戦争孤児と中日混血児が切っかけとなって戦争の残した問題が再認識されたのである。

読者は曽潔と新聞社に対し多くの関心を持ち、田海昐の住所と電話番号を尋ねて来たが、桜桜の日本留学の安全面を考えて断り続けていた。

この一連の記事は丈夫な翼を得た白鳥の如く海外まで届き、国外の幾つかのメディアに転載された。

また、上海に駐在所を持つ多くの日系新聞各社にも取り上げられ、それらは速やかに日本に向けて発信され、掲載されると日本でも波瀾を巻き起こした。それもとりわけ山豊市で起きていたのであった。

第七章

李玲玲はレストランで陸雲鵬に付き合い酒を飲み、彼を家に送り、酔った彼に近づこうとした時から考えていた。今彼の心中は空虚で精神的にも参っている。攻めるには絶好の機会だと思っていた。李玲玲は雲鵬に対し積極的に電話をかけ、甘えるように誘ってみたり、家に行きたい、散歩に出かけませんかと幾度となく誘うのだが、その度に用事や手が離せないなどを理由に遠回しに断られていた。

李玲玲は苦心惨憺し、以前雲鵬の母親と仲の良かった同僚で貿易会社に勤めていたベテラン社員の姚美娣に頼む事を思いついた。彼女は愚昧を顧みず姚美娣を捜し出した。そして彼女は雲鵬の母親への紹介とさらには雲鵬との交際まで認めてもらおうと考えていた。

姚美娣はじろじろと彼女を見定めるように「若くて綺麗、目も大きく瑞々しいわ!」と頷きながら彼女の仕事を尋ねた。

玲玲が貿易の通関業務だと答えると「ほう! 私達と同じじゃない!」姚美娣は笑いながら言った。

「偶然ね、数日前にカナダに居る雲鵬の母親から電話があったのよ。雲鵬の彼女が日本に留学してしまったらしくて、私に貿易関係の職員に適当な人がいないかって頼まれたところなの。丁度良かったわ! きっと役に立てるとは思うけど、でも上手く行かなかったからって私のせいにしないでよ!」

「ありがとうございます、おばさん、上手く行ったら沢山お礼をしますから!」玲玲は言った。

「お礼なんかいらないわよ! あなたの電話番号を教えて。雲鵬の母親がカナダから戻ったらすぐに連絡するから」

玲玲は手帳を一枚破り携帯番号を書き記して姚美娣に手渡した。玲玲の気持ちは明白でこの軽率な行動もあまり大変な事だとは考えていなかった。しかし試さずにはいられず諦めるつもりもない。万が一このチャンスを逃せば一生後悔するだろう。


間もなくして雲鵬の母親、晴茹がカナダから戻って来ると、雲鵬は腑抜け状態で立ち上がる事も出来ない様子であった。

「雲鵬、こんなに痩せちゃって、顔色も悪いし、どういう事なの？」彼女は慈しむように言った。

「何もないよ！」雲鵬は低い声で答えた。

「桜桜を空港まで送りに行って間に合ったの？」

「間に合った」

「彼女には話したの？　彼女をカナダ留学に連れて行く事は父親も認めているし、費用の一切を面倒見る事」

「話したよ、日本への留学費用の損失についても両親が面倒見てくれる事も話した。でも彼女は取り合おうとはしなかったよ！」

「こんな娘はまれだね！」晴茹はゆっくり話した、「あなたも意固地になっているところは変わらないわよ。上海には綺麗な女の子が沢山いるのに！　私の古い友人が一人紹介したい人がいるって連絡があったわ」

「俺には必要ないよ！」

「未だ桜桜に未練があるの？　彼女は日本に留学して何の得があるの？　今は以前とは違うのよ、今は上海の多くの人が欧米やカナダに子供を送り込んでいるわ！」

「田桜桜の日本留学は特殊な理由なんだ」

「どんな理由？」

「浦東空港に着いて彼女を見送る時彼女が話してくれたよ。彼女の父親は中日の混血児で、彼女のお祖父さんは日本の敗戦と同時に日本に帰国して、そのまま音信不通になったそうだ。でも彼女の父親はその手掛かりを掴んだらしい、多分彼女の祖父は名前を変えて過去の事実を消そうとしている。田桜桜の日本留学の目的はその祖父を捜し出し、悪事を暴き決着を付けようとしているんだ」

「彼女一人、小娘が日本に行ったからってお祖父さんと決着を付けられるの？　本当に身の程知らずね、その目的を達成出来るの？」

「彼女は固い意思を持っているから、多分やり遂げると思うよ！」

「大金を無駄にして、冷たくあしらわれて帰って来るだけよ」

「もしかしたら出来ないかも知れない」

「あんたは未だ未練があるの？」

雲鵬はうな垂れた。

「は～！　ママが帰って来たから、明日は美味しい物でも作ってあげるわ。それから一緒に淮海路でもぶらぶらしながら出国に必要な物でも何か買いましょう」晴茹は溜息を吐きながら言った。

彼女は話し終えるとカナダから持ち帰った食べ物と衣類を取り出し雲鵬の前に置いた。でも雲鵬は母の持ち帰ったものには興味を示さなかった。

先日以来、雲鵬は部屋に入ると机の上に置いた桜桜の写真が目に入り、胸が締め付けられ、その場から動く事が出来なくなってしまうのだ。しかし彼は現実に立ち向かい、失恋の苦境から抜け出そうと気持ちを奮い起こしていた。時には読書に没頭し、時にはＤＶＤを見て桜桜への想いを紛らわし、時には同級生達と踊ったりカラオケで歌った。しかし、それらは全て無駄であった。桜桜に対する思いは募るばかりであった。ある時、瞼を閉じると桜桜の面影が浮かび上がった。目を開けると目の前に田桜桜が立っているかのようだった。田桜桜が日本に行ってからは一度も連絡がない。彼は彼女の自分に対する気遣いからだと理解し、彼も苦痛の中から抜け出すためにも必死に彼女を忘れようとしていた。桜桜、あなたは本当に残忍だ、あなたはどうしてこんな事が出来るんだ！　私との交際を断ち切った上に音信不通なんて非難されるより苦しい。

陸雲鵬にはさらに気にかける事があった。心配事は田桜桜の学習や生活面であった。桜桜、日本では院生として苦労していないか、君は聡明だし学力もあるからすぐに順応できるだろう。またクラスの成績も遅れる事はないだろう。でも生活面に至っては小さい頃から大きくなるまで両親から離れた事もない。きっと両親はあなたを寵愛し、家の中では何もする必要もなく育ったでしょう。でも日本ではすべてを自らするしかないのです。もしかして生煮えのご飯を食べたりしていないか。料理は薄味だったり、塩辛かったり偏ったりしていないか。アルバイトに関してはきっと苦労しているに違いない。最初から簡単に見つかる訳ではないが、もしかしたら冷たく断られて気を落としてはいないか。所持金をすべて使い果たし、ポケットの中まで空になって、食べることも出来ず途方に暮れてはいないか。但し、どんな事があってもバー勤めだけは止めさせよう、ましてや新宿歌舞伎町などは絶対にダメだ。特に孤独は辛いだろう、初めのうちは大海に放り出され、流されるままに漂う小船のように、小島の灯台が長い夜明けを待つように。もし私が一緒に日本留学していたならどんなにいいだろう！

　桜桜を思い慕い、雲鵬は毎日一睡も出来ず食欲も次第に減った。彼の頬は痩け落ち、顔色も悪くなっていた。母の晴茹が戻ってからは毎日のように薬膳をつくり雲鵬の養生に尽くした。雲鵬の体や精神面は母親の愛情によって回復してきた。


　ある日、家の電話のベルが鳴り、晴茹は受話器を取った。「もしもし、どちら様でしょうか？」

「私、姚美娣、晴茹、カナダから戻りましたの！」

「美娣、今日電話くれなかったら、私があなたに電話しようと思ってたのよ！」

「カナダは楽しかった？」

「楽しかったわ！　でも雲鵬の事が放って置けなくて」

「私に任せて、雲鵬に女性を紹介する話、一人いるのよ、凄くいい娘よ！」

「本当？　嬉しいわ！　もし似合いなら、雲鵬の心が少しでも落ち着いた状態でカナダへの留学が出来れば私も安心だわ！」

「いつ会える？　その子を連れて行くから会ってみてくれない？」

「明日午後一時に国際ホテルの喫茶店でどう？」晴茹は時間と場所を決めた。

　翌日、晴茹は雲鵬に話した。「姚おばさんがあなたに女性を紹介してくれるらしいわよ！　今日の午後一緒に会いに行きましょう！」

「行きたくない、会いたくないよ！」雲鵬は頑なに断った。

「行かないなんてダメよ、姚おばさんとその人にはもう約束しているんだから、あなたの彼女に、という事は諦めるから。コーヒーを飲んでお喋りだけならいいでしょう！」雲鵬はうんともすんとも声がなかったが、彼は心なく同意した。

午後一時、当の晴茹が雲鵬を連れ国際ホテルの喫茶店に入って行くと、李玲玲は立ち上がり呼びかけて来た。

「雲鵬、こんにちは！」彼女は化粧してめかし込んでいた。

「あなたですか！」雲鵬はあっけに取られ、少しバツが悪かった。

「あなた達知り合い？」晴茹と姚美娣は互いに顔を見合わせた。

「知り合いなら尚結構！　縁が物語ってるわ！」姚美娣が言った。

「この子はとても瑞々しいですね！」晴茹は喜びながら言った。

「おいくつですか？」彼女はまた尋ねた。

「二十六歳です」

「雲鵬と同じ年ね」姚美娣が言った。

「仕事は何をしていますか」晴茹が尋ねる。

「貿易会社の通関業務です」玲玲が答えた。

「貿易？　私達と同じじゃない？」晴茹は素晴らしいと思った。

「彼女は桜桜の従姉妹だよ！」雲鵬は晴茹をちらっと見て説明した。

「あなたと桜桜は縁がないんだから、従姉妹と縁を結んでもいいんじゃない！」晴茹が言った。

「桜桜は私に日本に行ったらもう雲鵬の元には戻れないって、彼女自分の口で言ったのよ。雲鵬、桜桜からは手紙も電話もないんでしょう！」玲玲が言った。

雲鵬は黙ってうな垂れて、ちょっとがっかりした様子だった。

「桜桜のことは忘れなさい！　自分で苦しんじゃダメよ！」玲玲は説得した。

「二人はお似合いじゃない？」姚美娣は一口コーヒーを啜りながら言った。

「雲鵬、私もあなたに対する印象は凄くいいわ！　私はこれまで誰とも恋愛した経験はないよ！　気に入らない人とは話したいとも思わなかったけど、あなたは意中の人よ！」玲玲は雲鵬を見詰めながら鷹揚な口調で言った。

雲鵬は玲玲の熱い眼差しを避け、冷淡にも頭を垂れて話した。「こういう事について今まで考えた事もなかったし、いい事だとは思わないよ！」

玲玲はうろたえ、晴茹の方を振り向きながら「おばさん、私は雲鵬に対して誠心誠意ですよ！」と正直に言った。

「あなた達は家に帰ってからもう一度話し合ってみて！」姚美娣は晴茹に向かって話した。

「こうしましょう、私が帰ってから雲鵬に働きかけてみるわ」晴茹が言った。

話は終わって、玲玲は大いに失望した。雲鵬は既にこの事は玲玲が企んだと察知していた。

それから数日が過ぎ、雲鵬はカナダ留学への手続きをすべて終え、出国の準備も既に済んでいたのだが、未だ上海に未練を残し胸の内は遠い日本にいる桜桜に対する想いを抱きながらカナダに留学しなければならなかった。

母親は彼を送るために東浦国際空港まで来ていた。息子を出国させ長期間自分の元を離れると思うと少し不安が募った。しかし、カナダではすべて夫が面倒を見てくれる事になっている。また息子に会いたければ何時でもカナダに行けると思いながら、慰めの言葉をかけた。

「雲鵬、あなたはもう大人なんだから自制する事も覚えてカナダに行ったら自分を大事にするのよ。お父さんは忙しいんだから迷惑をかけちゃダメよ！」

「お母さん！　わかってるから！」雲鵬が答えた。

「それから、お父さんがカナダで会社を一社買収したらしいの。その会社は日本の企業とも取引があって、日本の東京に事務所を設立するそうよ。お父さんからは内緒にするように言われていたんだけど、やっぱり話しておいた方がいいわね！」晴茹は思案しながら話し出した。

「えー！」雲鵬は目を見開き考えがひらめいた。

「もう行って！　カナダに着いたら電話を頂戴ね！」晴茹は時計を見ながら言った。

「お母さん、体に気を付けてね！　それじゃ！」雲鵬は晴茹に向かって手を振り出発ロビーに入って行った。


田桜桜は日東大学の院生として骨身を惜しまずに学習し、成績もクラスの中では上位に名を連ね、間もなくして月々五万円の奨学金を獲得した。彼女はこの嬉しいニュースを電話で両親に伝えた。

「桜桜、相変わらずしっかりと学習に励んでいるのね！　おじいさん捜しは本分がきちんと出来てから考えましょう」田海盼夫婦は受話器を握りしめながら嬉しさのあまり涙を浮かべて励ました。

上村正義から田海盼に返信があったこと、その手紙の上に何行か棚田の言葉が書き加えてあった事、玲玲が連れて来た曽潔記者の『華東経済新聞』の報道に対する反響など、田海盼夫婦は一切触れなかった。桜桜がこの事実を知り、学習への影響が出たり、この事を知って興奮すれば軽はずみに何かをするかもしれないと心配していた……。

田桜桜が学生寮に入居して間もなく六カ月が経とうとしている。満六カ月には引っ越さなければならないという大学の規定がある。彼女は授業が終わると部屋探しに奔走しなければならなかった。

彼女は東奔西走、引き続き何日間も走り回ったが適当な場所は見つからずにいた。ある日キャンパスにいた時、一人の中国東北地方からの留学生にアパートが必要かと尋ねられた。彼女は間もなく卒業するらしくて、就職も決まり住まいも引っ越すと言う。

「とても助かります！　この何日か毎日のように奔走して足もくたくたになって途方に暮れていた所なんです」桜桜は感激して答えた。

「家賃は月四万円、部屋はそんなに大きくないけど、ガスコンロ、トイレ、風呂は付いているわ！　家主と保証人への挨拶は一緒に行きましょう。保証人は継続してなってくれるから、手付金を私に支払ってくれるだけでいいわ。あなたからは家主に手付金を支払う必要はないから」東北からの留学生が説明してくれた。

「すべて任せます」桜桜が答えた。

次の日、桜桜は入居の手続きを済ませ、簡単な荷物とトランクを新しい住居に運び込んだ。アパートは市内の辺ぴな住宅地内の二階建てだった。桜桜の部屋は二階の一番東側に面し、部屋は畳敷きで、食事と書き物用としての小テーブルが一台置かれている。

壁には衣服掛けが付いていて、トイレと浴室は夫々分かれ、ガスコンロは部屋の手前にあった。部屋はあまり広くはないが綺麗に掃除され清潔だったので、桜桜はとても満足だった。家主は七十歳前後の老夫婦で、人柄も良く、二人は桜桜に尋ねた。

「何か手伝うような事はありませんか？　ご遠慮なく言ってくださいね！」

その東北出身の留学生は桜桜に一台の自転車をプレゼントしてくれた。六段ギアで乗り心地はとても軽い。桜桜は通学やアルバイトに、食料品の買い出し等にも利用し、時間を大幅に節約する事が出来た。しかし、この自転車が小さな事故をもたらすとは誰も予想していなかった。


ある朝、田桜桜は前の晩遅くまで読書に耽って、目覚ましをかけるのを忘れてしまった。目を覚ました時には既に八時を過ぎていた。彼女はあたふたしながら起き上がり、歯を磨き、顔を洗い、急いで身支度をすると朝食をとる余裕もなく、階段を下り自転車に乗って路上を走りだした。彼女は全力でペダルを踏み、自転車は飛ぶように走った。前方には十字路があり、彼女は前方に向かって直進したところ、突然強い横風で重心を失い、道端の電柱に接触し、自転車からまっ逆さまに落ちてしまった。

丁度その時一台の乗用車が曲がって来た。運転をしていた中年の女性が車を止め、車のドアを開けて駆け出しながら「大丈夫ですか？」と声をかけた。桜桜の腕と膝は擦り剝いて血が滲んでいた。中年女性は彼女を車に乗せると直ちに近所の病院に向かい、桜桜は診察を受けた。医者は傷口を消毒し、包帯を巻き、その後、左足の膝の手当てを済ませてから右腕のX線検査を行った。幸運にも桜桜の骨には異常がなかった。僅かに筋肉に傷を受けたのと皮膚を擦り剝いただけであった。医者は幾つかの薬を処方し、何日か過ぎた後もう一度再検査を受けるよう勧めた。中年女性は検査結果を見てホッとすると、彼女はまた車で桜桜を乗せて住まいまで送り、手で支えながら部屋まで付き添った。

「お世話をいただき、本当にありがとうございました！」桜桜は立ち去る中年の女性を眺めながら心から感嘆した。この女性は何て優しいんだろう。

桜桜は学校に電話をかけ、怪我をした事を説明して四日間の休暇を取った。その後小燕に電話をかけ、授業の後、五日分の食材を買って届けてくれるよう頼んだ。不案内な日本で桜桜は彼女に援助を求めた。

午後四時頃、林小燕は食料品の入ったビニール袋を二つ提げて部屋に入って来た。畳の上に横になっていた桜桜は身をよじりながら起き上がって声をかけた。

「小燕、来てくれたの！」

「動かないで！」小燕は彼女に向かって命じた。

桜桜はまた続けて腰をくねらせると、怪我をした左足を捻って眉を歪めた。

「ありがたや、ありがたや、骨には異常なかったんでしょ！　でも、祖母の話では筋骨の治療は百日かかるのよ！」

「脅かさないでよ！」桜桜は起き上がり、足を引きずりながら体を動かした。

「見て、まだ歩くのは無理かな？　授業を受けるつもり？　それともアルバイトに行くの？　あまり無理しちゃダメよ！」小燕が注意して言った。

「何日か休めば良くなるわ！　心配しないで」

「これからはこれを教訓にしてよ！」

「わかったわ！」桜桜は小燕が買って来た袋をのぞいて言った。

「ほう！　五日間は問題ないわね」

「あなたの要望通り買ったのよ！　米、パン、大根、青野菜、卵、肉と牛乳」

「全部でいくら？」

「いいわ、あなたへのお見舞いよ！」

「ダメよ、私からお願いしたのよ。力を貸してもらって、助けてもらっているのに、お金も受け取ってもらえなかったらこれから頼めないじゃない？」桜桜は食品を取り出しながら３２００円のレシートを発見して、財布からお金を取り出し小燕に渡した。

「じゃ貰っておくね！」小燕はお金を受け取って言った。

「今日は私が御飯を炊いて、料理を作ってあげるから！」

「本当！　それじゃあなたの腕前を見させてもらうわ！」

小燕は袖を捲り上げ、米を研ぎ、野菜を切り炒める。家庭の主婦のように出たり入ったり、あれやこれやと動き回り、大根の肉炒めと青菜の水煮に卵スープを調理した。食事の時間には夫々缶ビールを開け久しぶりの再会のように、そして二人の留学後の祝賀会のように食べて飲んでお喋りをした。

「桜桜、中山一郎はあんなにあなたに対して好意を持ってるのに、本当に心が動かないの！」

「私の心は動いているわ、でもやっぱり距離を取っておきたいの」

「あなたは雅子を傷つけるのが怖いんでしょう？」

「その気になれないのは、何度もあなたに話したように、私の祖母が日本人に嫁いだ暗い影が未だに取り除けないの。それに未だ決着が付いていないのにどうして私が日本人に嫁げると思うの？　余計な事でトラブルを起こすでしょ？　両親からも来る前に再三言い聞かされているのよ。日本人とは交際するなと！」

「現在は21世紀よ、愛情に国境はないでしょう」

「言う事は分かるけど、でも今は中山と恋愛関係にはなれない。私は自分自身を抑制する事は出来るし、理性も失わないわ」

「中山一郎はあなたの怪我を知っているの？　見舞いには来たの？」

「彼には未だ話していない。最近は携帯の電源も切っているの。彼から電話があったら困るでしょう。それに少し疎遠になったほうがよいと思うのよ。あなたもそれ以上言わないで、それに絶対あの人には住所を教えないでね」

「わかったわ！」

「あなたのお母さんが言っていた同級生の日本人を紹介してくれる話はどうなったの？」

「艶美からは何度か電話があったわ。旦那さんの友人が中国人の女性を探してるんですって、そのうち私のところに連れて来るって」

「おめでとう！」

「私はスナックでアルバイトしてよくわかるわ！　日本人の男性は毎日命がけで、まるでロボットのように働き、あえぐ事さえ出来ないようになっているの。会社が引けたとたん酒を飲みながら喋りまくって憂さを晴らす。彼らは本当に疲れてるのよ」

「店の商売はどう？」

「毎日お客は満員で店員が足りないわ」

「慣れた？」

「初めは慣れなかったわ。恥ずかしいし、きまりが悪くって、今でも何人かの客に対しては嫌悪感を覚えるわ」

「お金を稼ぐのは楽じゃないわね」

「他の仕事は見つからないし、仕方がないわ。この道を行くのも一日は一日。もし私にも中山一郎みたいな日本人の彼氏が見つかれば解決よ！」

「いつかは幸運に恵まれるよ！」桜桜が杯を挙げて乾杯した。

二人はいつまでも話は尽きなかったが、小燕はアルバイトの時間になって別れた。

中山一郎は暫く桜桜と顔を合わす機会がなかった。彼女の携帯はいつも電源が切られ、何度も彼女の教室まで行ったが彼女の姿はなかった。一度彼は学生寮まで訪ねて行くと、あの台湾の留学生が話してくれた。

「彼女は半月ほど前に引っ越しました。まさかあなたに連絡しなかったんですか？」

「ないです。どこに引っ越したか知りませんか？」中山一郎が尋ねた。

「わかりません。彼女は教えてくれなかったんです」台湾の留学生が答えた。

中山一郎は愕然とした。桜桜はまさか失踪したのか？ 俺に対して怒っているのか？ いても立ってもいられない気持ちだった。こうなったらとことんやるしかない！ 彼は決心した。夕方桜桜のアルバイト先に行ってみよう。桜桜が簡単に仕事を放棄するはずがない。

夕方、中山一郎が桜桜のアルバイト先の尾山料理店までやって来ると、彼の眼に映ったのは暇そうにのんびりと片隅で料理を摘んでいる雅子だった。彼女は中山一郎が入って来るのを見るなり傲慢な態度で話しかけて来た。

「私は分かっていたわ。この二日の間に必ずあなたが来るって」

「ここに来ていいことじゃないか。お父様の益々の商売繁盛のために！」中山は雅子の正面に座って挨拶した。

「あなたはそんな事を言いに来たんじゃないでしょう。目的は田桜桜なんでしょう！」雅子は店員を呼びお茶を淹れてもらった。

「お前の言う通りだ、どうして彼女はここにいないの？」

「仕事を辞めて中国に帰ったよ！」雅子は故意に嘘をついて中山をからかった。

「何！　彼女が中国に帰ったって、そんな事はありえないよ！」中山は目を見開いた。

「それじゃ、彼女は何処に行ったのよ？」雅子が聞いた。

「もし、彼女が国に帰るなら必ず俺に声をかけるはずだ！」中山一郎が言った。

「何をそんなに焦っているの、気持ちは田桜桜だけなんでしょう！」雅子は嫉妬しながら白目で睨んだ。

「お前はどうしても桜桜を中国に帰したいんだろう、本当に器が小さいんだから！」

「彼女が現れてからのあなたは私に冷たいわ。疎遠にまでなってどうして彼女を恨まずにいられるのよ！」

「お前はどうして自分の言った事に対して反省しようとしないんだ！　俺が益々桜桜に好感を持つのはお前のせいだよ。お前のせいで益々田桜桜に近づいているんだ」

「彼女は第三者で面目なんか必要ないから」

「小人の心をもって君子の心を推し量るような事はするな。桜桜は俺と一緒にいる時には何度も俺に忠告しているんだ。もっとお前に対し気にかけてくれって。最近の彼女は俺を避けて、携帯にも電源を入れないいんだ。これはお前を傷つけまいとしての事なんだ、わからないだろう？」

「本当？」雅子は疑うような表情をした。

「信じるか信じないかはお前の勝手だ。お前は彼女の行き先を知っているのか、俺にはさっぱり見当が付かない」

中山一郎はカウンターの前に来て店長に尋ねた。「ちょっとお尋ねしますが、田桜桜さんはどうされたんですか？」

「彼女から五日程休みたいのでシフトを変えてほしいって、特に理由はわかりません」店長が答えた。

「本当に不思議だ！」中山一郎はいくら頭を捻っても見当がつかない。彼はまた雅子の前に戻り黙々と考えた。桜桜が休みを取るなんてどうしたんだろう？　いったい何処にいるんだ？

「休んだ理由を聞いたんでしょう？」雅子が聞いた。

中山一郎は首を横に振った。

「日本人の彼氏が出来て、箱根の温泉にでもハネムーン旅行じゃないの！」雅子が言った。

「何をでたらめな事を言っているんだよ！」

「上海には綺麗な女性がいてかなり開放的らしいわよ！」

「桜桜はそんな人間じゃないよ！　そうだ、どうして小燕に尋ねなかったんだよ」中山はつぶやくように言った。彼は即刻携帯電話を取り出し小燕の電話番号にかけたが、通じなかった。雅子はひたすら中山のかける電話番号を記憶した。

中山は失望し、立ち上がって出て行こうとした。

「行かないで、今夜は私に付き合って、ご馳走するから」雅子が言った。

「いいよ！」中山はまた座り直した。雅子は手を振って店員を呼び中山に尋ねた。

「何にする？」

「天丼を一つ」中山一郎が答えた。

程無く天丼は出来上がり、中山一郎と雅子は食べながら会話をしていた。

「雅子、最近は山豊市の実家には帰ったの？」中山は尋ねた。

「帰ったわ、両親と一緒に。父は山豊市に料理店を開店するつもりらしいの」雅子が言った。

「お父さんの商売は益々繁盛しているね。体の方は大丈夫？」

「凄くいいわ、母の話では、お祖父さんと一緒にあなたのお祖父さんの山豊市長選を手伝っているそうよ！」

「あの人達は若い頃から連んでいるらしいけど、未だに連んでいるんだ！」

「あなたのお祖父さんは山豊市の市長選に出馬するらしいから、私達も祝賀会の席を設けましょうよ！」

「そうだな、何もしないわけにもいかないね！」

「お祖父さんが市長に当選したら光栄でしょう」

「もう歳だよ、当選するかどうか分からないよ」

「父が言ってたけど、経済的な実力も相当あるから、山豊市への影響はかなり大きいだろうし、市長に当選する可能性は高いって！」

「そうだといいけど！」

夕食を食べ終え、中山一郎は雅子に別れの挨拶をして地下鉄で家に帰った。その途中彼は何度も林小燕に電話をかけたがやはり電源は切られていた。田桜桜にもかけたが同じく電源は切られていた。五臓六腑が失せたように心此処に在らず、絶えず疑問を抱いていた。「桜桜、何処に行ったんだ？　何があったと言うんだ？」中山一郎の家は都内の一筋の通りに面し、割と大きな庭には花や樹木が青々と茂り、とても風格のある東京の富豪家である。中山一郎の父である中山渡は紡績会社を経営し、中クラスの会社社長であった。母、中山和子は結婚前には棚田和子と名乗り、当の棚田信夫の娘であった。彼女は高等教育を受け、結婚後は日本の慣習によって夫の姓を名乗り、中山和子となった。嘗てその会社の社員であった彼女は中山一郎を出産した後は専業主婦に専念した。和子は暇な時間を利用して心身と情操を養うために、日頃は詩吟の会、絵画、生花の会などに参加し、五十を過ぎて風格を表した。彼女は山豊市で育ち、嫁いだ後に東京に移り住んだ。毎年一度は両親に会うために山豊市に帰省するが、普段は電話を通して両親の健康を案じたり、父の商売や状況を尋ねるようにしていた。

父の過去については、父が若かった頃祖父と共に上海で過ごしたが、終戦すると帰国して母と結婚した事以外には和子は何も知らなかった。世の中には数多い事情がある中、本当に偶然というものはある。田桜桜と中山一郎とは事実上血縁上の従兄妹であった。田桜桜は棚田信夫と中国人女性である田恵敏の間に生まれた孫娘。中山一郎は棚田信夫と日本人女性である加代との間に生まれた孫である。田桜桜と中山一郎は計らずも出会い同じ大学の院生として学び、その上中山一郎は彼女に心底夢中になり、田桜桜も彼に対し好感を抱いていた。もし彼女が自分の気持ちを抑制していなければ中山一郎の恋人となっていたに違いないだろう。また収拾のつかない悲劇になっていただろう。しかし今は二人とも我が身の境遇については何も知らず、もし知るような事があれば何が起こるかわからない。

この日の晩、中山一郎が家に戻ると母親が彼のために料理を準備していた。

「お母さん、俺食べて来ちゃったよ！」中山は慌てて言った。

「一郎、誰かとひと悶着でも起こしたんじゃないの？」母の和子は彼をじろじろ眺めて、機嫌の浮かない彼をみて尋ねた。

「違うよ！」中山一郎は面倒くささそうに答えた。

「雅子さんと何か揉め事でも起こしてるの？　長い間家にも来ないし、とんと彼女の話題もないでしょ」和子は心配しながら尋ねた。

「揉めてないよ、今日は二人で食事をしたよ！　でも、最近の彼女は冷たいからもう飽き飽きしてるんだ」中山一郎が言った。

「どうして？」和子はまた尋ねた。

「何もないよ！」中山一郎は話を続けようとはしなかった。

「少し果物でも食べてから勉強したらどうなの。私はテレビでも見てるわ」和子はりんごとバナナを持って来て、テーブルの上に置きながら言った。

「お母さん、雅子から聞いたけど、お祖父さんが山豊市の市長選に立候補したんだって。彼女のお祖父さんも協力してくれているらしいよ！」中山一郎は言った。

「そお？　お祖母さんはどうして電話の時言ってくれないんでしょうね！」和子が言った。

「でも市長に当選しない方がいいよ。面倒な事も起きるだろうし、政治の争い事はとても残酷だから！」

「そうよ！　さすがに法律を学んでるだけあるわね！　卒業したらお祖父さんの手助けが出来るんじゃないの！」

中山一郎はりんごを一つ食べると書斎に戻った。書斎の書籍棚には幾種もの本が並んでいる。法律、探偵小説、中国古代の著名人小説の翻訳版、『三国演義』、『水許伝』等。彼が丁度パソコンを開いて目を通している時、携帯電話のベルが鳴った。

「もしもし、どちら様ですか？」

「中山一郎さんでしょうか？　私は林小燕です」

「そうです！」

「私に電話を頂いたでしょう。私に何か？」

「そう！　そう！　何回もかけたけど通じなくて、本当に急いでいるんだ！」

「私にどんなご用でしょうか？」

「ちょっと伺いたいんだが、桜桜は未だ日本にいるの？」

「当然日本にいるわよ！」

中山一郎はホッと一息ついて言った。「彼女は今何処にいるの？　学校でも見当たらないし、アルバイト先にも来ていないでしょ？」

「私からは言えないわ！」

「どうして？　まさか何かあったのか？」

「桜桜からあなたには話さないように言われてるの！」

小燕は会話の中で益々話そうとはせず、中山一郎は余計に知りたくなり、焦るように聞いた。「早く教えてよ！　頼むよ！」

「教えるには条件があるわ！」小燕は笑いながら焦らすように言った。

「どんな条件でも言ってくれ、何でも聞くから！」

「いいわ！　あなたの彼女にして、あなたのお嫁さんになるわ！」

「それは無理だ！　冗談は止めろよ」

「それじゃ、明日の晩私にご馳走して！」

「いいよ、何処で？」

「あなたが決めて！」

「わかった！　桜桜のアルバイト先の尾山料理店にしよう」

「いいわ！　明日の午後六時に会いましょう」

中山一郎は携帯電話を切り、呆気にとられていた。きっと桜桜の身に何かあったと推測していた。一体何があったというんだ？　輾転反側、気が気で……。

曽潔の記事『情を断った実父、許されぬ道義』が発表された後、上海の数多くのメディアに次から次へと転載され、上海にある日本企業の一メディアもいち早く新聞社にその文章を転送し、日本の幾つもの新聞にこの記事が転載された。

山豊市のある新聞にも掲載され、更には編集者の意見も書き足されていた。「聞くところによれば、この棚橋道夫と呼ばれる者の企業が山豊市にある。彼は一体何処に隠れているのか？　彼は何という名前に変えたのか？　彼は勇気を出して認知出来るのだろうか？」文章は山豊市に大きな反響を及ぼし、読者は次々とこの棚橋道夫を非難していった。

この記事は山豊市から立候補した棚田信夫の対立候補の目にも止まった。彼らはこの疑惑を棚田信夫に向け、隠密裏に彼の身上を調べ、その結果はすぐ明らかになった。丁度その頃、棚田信夫は山豊市長選の遊説中で、彼が当の棚橋道夫であるのか、棚橋道夫の二文字を変え棚田信夫と改め、頭と末尾の二文字を残したのではないか、人々は少なくとも疑惑を持っていた。どうして変えたのか、書類には動かぬ証拠が残っている。棚田信夫の対立候補はすぐに新聞界に公表した。次の日、『山豊新聞』の朝刊には大きな見出しで掲載された。『情を断った父、棚田信夫』、『情を断った薄情な父、市長選立候補』。この新聞は疑いもなく山豊市のビッグニュースであり、人々は先を争うように新聞を買い求め、大通りから路地裏まで諸説紛々であった。

「棚田信夫の奴、聖人ぶりやがって、父親の情を断つような薄情者めが！」

「こんな人間は非難されて当然だ！」

「奴がどうして市長になれるんだ、奴に票なんか入れるか！」

「この新聞は証拠でも掴んでいるのか？　本人は何て言っているんだ！」

棚田信夫の会社は山豊市の中心地、繁華街に面したビル四階にあり、事務所は小さくはない。事務所には数十人の社員がおり、一部の社員はパソコンの前で忙しそうに事務をこなし、一部の社員は選挙活動の整理やポスター、宣伝物を貼っていた。棚田信夫は広々とした趣のある部屋で暫くの間パソコンに目を通すと、秘書に命じて山豊市の新聞を何部か持って来させた。

新聞を開くと彼の目を引く見出しが飛び込んで来た。『情を断った父棚田信夫』、『情を断った薄情な父、市長選立候補』、『棚田信夫こそ棚橋道夫』、彼は取り乱しながらも昨日の日刊をひっくり返しては開きつつ、新聞に転載された曽潔の『情を断った実父、許されぬ道義』の文章を食い入るように見た。これらの文章は三個目の爆弾として自分の身の上で炸裂し、驚き青ざめ、両手が震え、頭の中は真っ白になり、彼の体の中で「ボキッ」と音がして、まるで万丈の深淵のようなブラックホールに堕ちて行くようだった。彼はすぐに一粒の「救心丸」を飲み込むと、ソファーの上で両目を閉じ自分を抑制していた。

事務所の中では、誰かがネット上でビッグニュースを発見したらしく、ひそひそと盗み見て、互いに目配せしながら次から次へと送り、互いに顔を見合わせていた。選挙資料の整理をしていた数人の社員もそのニュースを知ったらしく、ゆっくりと下りて来て、資料の整理を続けて良いものかどうか、ポスター貼りを続けるべきなのか疑念を抱いている様子だった。しかし社長も止めろとは言わず、誰一人止めることは出来ない。彼らは心中で疑問を抱いている。社長は勝てるんだろうかと。

事務所の中で棚田信夫はどうしたら良いものか気が動転していた。そんな時、電話のベルが鳴った。彼は猛烈に驚き「もしもし、あんた……誰？」と震えるような声で尋ねた。

「松本だよ！　おまえ昨日、今日の『山豊新聞』を見たか？」

「見……たよ！　すぐに来てくれないか！」棚田は救援を求めた。

「今会社に向かってる途中だ、後十分で着くよ」

「わかった……わかった！　俺……待ってるよ！」棚田は溺れる者は藁をもつかむ心境で、松本の到着を待っていた。

十分程して、松本がやきもきする思いで棚田の事務所に到着した。棚田は彼を見るなりしどろもどろに尋ねた。「これ……どうしたら……うん……わかった！」

「こういう時は兎にも角にも冷静になる事だ、乱れたらだめだ！」松本が言った。

「どうしてこうも続けざまに爆弾を落とすんだ、夢にも……思わなかった事だ」棚田が漏らすように言った。

「この前の匿名の手紙と上村正義からの手紙は、これらの不吉な前兆だったんだろうか。でも、こんなにも早く事態が急転するなんて予想できないよ。上海で編集された曽潔の文面がこんなにも威力を持っているなんて。それも山豊市にまで影響を及ぼすとは。もしかしたら対立候補者の嫌がらせか。お前の粗探しをしているんじゃないのか。でも、文面の中の棚橋道夫を捜し出す事は出来ないだろう。もし捜し出したとすれば導火線に点火したも同然、即刻爆発してしまうよ」松本が分析しながら言った。

「何か対処法を絞り出さないと、何とかしてくれ」棚田は驚き、うろたえながら言った。

「俺は曽潔の文章に隈なく目を通したよ」松本がつぶやくように言った。「お前と田海盼親子が鑑定を受ける以外に証拠は不十分だ、田海盼が来日して鑑定を受ける事は先ず不可能だろう。お前は兎に角否認していれば良いよ」松本が説明した。

「今、市民は俺に対して諸説紛々だ。このままでは気まずい上に悪い影響を与える。何か挽回する方法はないのか？」

「方法はある、お前の弁護士を即刻呼んで声明文を作らせよう。守勢から攻撃に回るんだ。声明は対立候補者に対して表立ってはまずいが、非難、誹謗、故意に事実を捏造しているといった内容であれば、却って評判も上がるし、大勢の同情までも引く事になるよ。お前に投票するよ」

「それは妙案だ！」棚田からは鬱陶しさも、沈んだ面持ちさえも消え、しかめた眉も伸びて、彼は感激のあまりに言った。

「ありがとう、何てお礼を言えば良いのか分からないよ！」

「俺達は難儀を共にして来た数十年来の仲間だろうが、況して、俺も色々と世話になっているし、遠慮なんていらないよ！」松本は笑いながら言った。

「他にも未だ心配な事があるんだ」棚田は眉を寄せながら、「もし妻の加代が新聞を見ているか噂でも聞いていたら絶対に許してくれないよ！　過去については一切隠し通して来たんだ、今頃知ったら絶対に許してはくれないよ、それに息子も娘もいるんだ。息子はたまたま都合良く、この数日は海外に行っているけど」

「お前、そんなに遠慮する必要ないだろう。一言、証拠、奴らに証拠はない。全て否定するだけで良いんだ。否認！」松本が言った。

「もし加代が詰って来たら、俺ならこう言うよ、只否認する。そしてこれは対立候補者の捏造と中傷だと。只、加代は必ず俺に電話をかけて来るだろう。彼女は俺が二年程上海にいた事を知っている。それに終戦直後、一緒に戻って来た事も知っている」松本は棚田に向かって暗示するように言った。

「当然俺はお前を守るよ、ただ過去について知っているのは、お前と俺と天と地のみだよ、フフッ！」

松本は言いながら狡猾な笑みを浮かべた。

二人が暫く遣り取りしていると、荻原弁護士が鞄を抱えて入って来た。棚田は新聞の一部を彼に渡し、その後、三人で棚田の発表する声明を練っていた。


その日の夕方、中山一郎と林小燕は約束していた尾山料理店に座っていた。

「何が食べたい？」中山が小燕に聞いた。

「焼き鳥とお寿司！」小燕は日本に来て間もないが既に日本料理が好きだった。当然日本料理の内容によっては決して安くはないのだが、今日は中山の招待である。

「私にも同じものを！」店員が中山にも注文を確認すると中山が答えた。

「飲み物は何にする？」中山が聞いた。

「サッポロビールを一杯」

「私にもサッポロビールを一杯下さい」中山が店員に注文した。

お店の中に小柄で太った女性店員がいる。彼女は雅子の友達であった。彼女は中山一郎と小燕が一緒に食事をしている事に気が付き、雅子の機嫌を取るために、二人の会話を盗み聞き心の奥底に留めた。

「桜桜が失踪したようなんだ、とても驚いている！　彼女に何かあった訳じゃないよね！」中山は尋ねた。

「彼女からは口止めされているの」

「どうして？」

「わからないわよ」

「私に答えてくれる約束だろう、早く話してくれよ！　あなたに応えて御馳走したんだから！」

「急かさないでよ、その前に私の言う事に答えて！」

「何が聞きたいんだよ！」

「あなたは本心から桜桜の事が好きなの？」

「当然！　彼女を一目見た時から好きだった。彼女とは天性的な縁のようなものを感じるんだ。言葉ではどう表現したら良いのかわからないけど！」

「もし彼女がこの愛を受け止めようとしなかったら？」

「何時までも追い求め続けるし、何時までも待つよ。俺は誓ったんだ。必ず誠意を尽くして彼女を振り向かせるって」

「雅子さんとの関係はどうするつもりよ」

「俺と雅子とは同級生だったんだ。良い友達だし俺も彼女の事は好きだよ。でも愛とは言えないよ、もし彼女が俺に対して固執しているとすれば独りよがりだ」

「わかってるの？　桜桜との距離は離れて行っているのよ、あなたを避けているの。それも雅子の感情を傷つけまいとしてなの」

「わかっているよ、俺も今は雅子とは距離を置くようにして、彼女を避けている。それも彼女を傷つける事が怖いからなんだ」

「あなたは未だ雅子を傷つけていないの？　彼女は既に不満を抱いているんじゃない？」

「俺は彼女を傷つけていないよ、もし何か不満があるとすれば彼女自身敏感すぎるんだ」

酒のつまみが運ばれて来て、二人は食べながら話を続けた。小燕はビールを飲みそれを切っ掛けに延々と話した。

「もしあなたが雅子も桜桜との恋愛も全て終わってしまったら、あなたは私の愛を受け入れてくれる？」

「そんな事は考えたこともないよ」中山はユーモラスに笑った。

「私と桜桜は仲の良い姉妹よ、彼女の穴埋めは当然私がすべきでしょう。私は桜桜とは違うし、雅子とも差はあるわ。教養も彼女達程ないけど」小燕は中山を凝視した。

「あなたの御両親はあなたが日本人に嫁ぐ事に同意しているの！」中山が冗談めかして言った。

「父は私が生まれて間もなく母と離婚したわ、私達には関わりがないのよ、私はかまってもらった事がないの。母が私を日本に留学させた目的は日本人の結婚相手を探すためなのよ！」

「ほー！　そういう事だったの！」中山は突拍子もない事実に理解が追いつかず、頭を振っていた。

「どう、あなたのお嫁さんがダメなら私に誰か日本人を紹介して！」

「君は怖くないの、君を売り飛ばすかも知れないんだよ！」

「あなたが私を売り飛ばすんなら喜んで受けるわ、相手もあなたのような方でしょう！」

「本気で言ってるのか！」中山はビールを飲み、話を続けた。

「わかった！　本題に入ろう。桜桜に何が起きたのか早く教えて？」

「数日前、彼女が自転車で学校に向かってる途中、転倒して大怪我したの」小燕が話した。

「怪我の程度はどうなんだ？」中山は顔色を変えながら尋ねた。

「膝と腕を怪我したわ！」

「骨は折れていないのか？」

「折れていないわ」

「何処に居るんだ、俺を案内してくれ、すぐに彼女のところに行こう！」

「彼女は引っ越し先の新居にいるわ、ただ、彼女からは口止めされているからあなたに住所を教える訳にはいかないの！」

「彼女は怪我しているんだろう、何が何でも会いに行かないと。だから連れてってくれよ。住所だけでもいいから教えてくれよ！」

「私が教えたら彼女の意思に反する事になるでしょう。もし私が彼女を裏切って住所を教えたら私が責められるわ！」

「君がどうしても言えないというなら、彼女に直接電話で聞くよ」中山は何度も電話をかけたが通じなかった。中山は更に焦りが増し、居ても立っても居られずにもう一度小燕に頼み込んだ。

「頼むから案内してくれよ。もし責められたら全て俺が責任を持つから」

小燕は暫く思案して言った。「わかったわ！　あなたが嘘をついているようにも思えないから案内するわ。あなたも必ず私に良い相手を紹介してよ、忘れないでね！」

「当然、君の頼みは必ず心に留めておくよ」中山は少しの躊躇いもなく自信を持って答えた。

料理店の太った女性は、彼らの行動や会話をしっかりと聞き取り、その内容は全て頭の中に記憶していた。

　中山一郎が勘定を済ませて小燕と料理店を離れてから十分と経たないうちに、雅子が夕食を食べに料理店に入って来た。太った女性は早速駆け寄り、中山と小燕との此処での状況を洗い浚い彼女に報告した。「雅子が俺に固執しているだけで、独りよがりだ」、「彼女自身が多情なんだ……」初めから終わりまで全て雅子に告げ終えると、雅子は目を剥いて怒り、話す気にもならなかった。中山が小燕を呼び出し、養生している田桜桜の許まで会いに行った事情を知ると、更に腹が立った。


　小燕は中山一郎を案内して地下鉄に乗り、程なくして桜桜の住まいに到着した。彼らは走って二階に上がりドアをノックすると、桜桜は苦労しながらドアまで歩いて開けた。入口には小燕が案内して連れて来た中山一郎が立っている。

「どうして来たの！」桜桜は思わずハッとして言った。

「どうして来ちゃダメなんだ！　大丈夫か？」中山は彼女の右腕と左膝の包帯を見て痛々しそうに尋ねた。

「大丈夫よ！　座って、小燕、お茶を淹れてくれる？」桜桜は儀礼的に答えた。

「私は教えられないって……」小燕はちょっとバツが悪そうに言い訳がましく言った。

「こういう事なんだ」中山が小燕の話を遮るように言った。

「あなたを捜しに教室まで行ったのだが会えなくて、寮の方にも訪ねたんだよ。台湾からの同級生の話では、既にあなたは引っ越したと言うし、尾山料理店の話では五日間程休みを取っていると言うので、きっと何かあったんじゃないかと思っていたんだ。あなたの携帯はいつも電源が切られているし、そこで小燕を捜しだして無理にここまで案内してもらったという訳なんだ」

「小燕に力ずくで連行させた訳ね。あなたは法律を学んでいるんでしょ。法を知る者が法を犯すなんて、小燕が訴えても怖くないんでしょ！」桜桜が冗談っぽく言った。

「小燕、俺を訴えるのかい？」

「訴えないわよ！」

「小燕、そんなにおべっか使う必要ないわよ！」桜桜は小燕の心根を知っていて言った。

「そうね！　おべっかを使っても無駄ね！」小燕が言った。

「もうおべっかは止めましょう」桜桜が言った。

「俺は彼女に日本料理を御馳走して、あなたの怪我を教えてもらったんだ」中山が言う。

「小燕、私を取引に利用したんだ！　どうして私には日本料理を御馳走してくれないのよ」桜桜はまた中山に対して言った。

「あなたは何処にいるかわからなかったからだろう。日本料理を御馳走してほしいんだったら、何時でも買って来るよ！」中山が答えた。

「冗談よ、未だ刺身は食べられないから！」桜桜が言った。

「桜桜、小燕から聞いたけど重傷だったんだって！　傷口はどう？」

「影響ないわ、後数日もすれば治るでしょう！」

「買ってきた食品はまだ残っている？」小燕が聞いた。

「あと二日分あるわ！」

「明日もう少し買って来るよ！」中山が意欲的に言った。

「そんな面倒をおかけする訳にはいかないわ！」桜桜が彼を見て言った。

「桜桜、彼の気持ちを汲んでやれば！」小燕が言った。

「それじゃ……お願いします！」桜桜が言った。

「桜桜、どうしたんだよ！　俺が手伝ったり、関心を持つのが気まずいのか！」中山は少し不愉快そうに言った。

「違うわ、私はただ心配なのよ、あなたにこんなふうにしてもらう事が……」桜桜が細い声で言った。

「雅子に知れる事を怖がっているのか？　彼女には何も関係ない事だ、あなたは私の学友で、友達だろう。あなたが困っていれば助けるのが当たり前だろう。何が悪いんだ！」中山は話しながら少し興奮していた。

「中山さんは間違っていないわ！」小燕が口を挟んだ。

小燕は慌てて部屋を片付け、腕時計を見ながら言った。

「私バイトに行くから、中山さん、後よろしく頼むね。桜桜、暑いから傷口を悪化させないように十分注意してね、また日を改めて来るから！」

「ありがとう！」桜桜は彼女を送ろうと立ち上がり、小燕は腕を取って彼女を支えた。

「中山さん、あなたも忙しいでしょうから帰って。今日はありがとう！」桜桜が言った。

「俺、特に用事はないよ、もともと君に会いたくて来たんだから！」中山が答えた。

「桜桜、それじゃ中山さんに付き合ってあげたら！」小燕はおどけた顔をしながら上海語で桜桜に向かって言った。

「ワタシハ、コンナチャンスハ、モウナイトオモウヨ！」

「行って、行って！」桜桜は冗談混じりに追い払った。

また、小燕は中山の肩を二度叩きながら言った。「私にも返事してね、忘れないで！」

「忘れないよ！」中山は頭を振りながら笑顔で答えた。

「ありがとう！」

小燕が帰って行くと桜桜は中山に尋ねた。「あなたが小燕に応える事って、多分彼氏を紹介することでしょう！」

「その通り！」中山が答えた。

「小燕の両親が離婚して、一心に外国人に嫁がせようとして娘を出国させたのよ。これも自分自身を納得させようとしているんだと思うわ！」桜桜が説明した。

「まったく理解できないよ。娘の結婚を自分のために利用するなんて、芝居じみてる！　どうして娘に対する結婚の自由を尊重しようとしないんだ！」

「中国でもこういった母親はそんなに多くないわ、嘆かわしくてばかげている。そのうち見縊られるわ！」田桜桜が言った。

「こんなことでもし結婚しても小燕が幸せになれると思わないよ！」中山が言った。

「そうよ、小燕には元々彼氏がいたのよ。彼は調理を学ぶために、上海のホテルで修業しているわ。彼女の母親はそんな彼を軽蔑して無理やり引き離したのよ。将来あの修業中の青年は小燕の未来の旦那さんより出世するんじゃないかしら。小燕の母親はきっと後悔すると思うわ。小燕もまた生涯悔やむ事になるんじゃないの！」

「きっとそんな感じがするよ！」

桜桜と中山は長い間雑談が続いた。中山が運んできた温かな友情と快楽は小さな部屋の中で桜桜の傷口の痛みを癒やし、二人の離れていた距離も何時しか元通りの状態に戻って、次第に距離は縮んでいた。

雅子は尾山料理店で食事を終え、家に戻ってからもこのままでは心中の怒りは収まりが付かない状態になっていた。中山に対して電話で罵声を浴びせてやろうと思い、彼女はその番号を押すと電話が繋がった。

「もしもし、雅子さんでしょう？」電話の向こうから中山一郎の母親、和子が尋ねた。

「おばさん、中山さんは在宅ですか？」雅子の声には幾分怒りが込められている。

「今はいないわ」和子が答えた。

「こんな時間なのに未だ戻っていないの！」雅子が少し咎めるような口調で言った。

「そうなの！　あの子は一体何処に行ったのかしら！」和子は関心気に尋ねた。

「雅子さん、最近はどう？　暫く遊びに来ないけど……」

「どうって……」雅子はすすり泣くように後にも引けず、この機会にと思い、中山との状況を一気に語り始めた。

「彼が来る事を許可してくれないの！　もう彼の中には私はいないわ。今、彼の中には田桜桜という中国人留学生只一人よ。二人は何時も一緒にいて、今日も彼は田桜桜の所に行ってる筈だわ。彼と私はだんだん疎遠になって……」

「あの子、話にならないわね、帰ったら私からきつく話しておくわ！　雅子さん、あなたは少しも心配する必要ないから」和子は雅子を慰めるように言った。

中山一郎が家に戻ったのは既に十二時近くになっていたが、母の和子は彼を待ち構えていた。

「一郎、どうして帰りが今頃になったの？」和子は問い質した。

「同級生に会ってたんだよ！」中山一郎は答えた。

「会ってたのはあの中国人の女子留学生じゃないの？」

「そうだけど、彼女が事故で怪我したんだ。俺の他にもう一人、友人の中国人女子留学生と一緒に会って来たんだ！　何で知っているの？」

和子は黙っていた。

「雅子が話したのか？」

「そうよ！　彼女から電話があったわ、あなたは雅子さんの事、あまり構ってあげてないでしょう。道理で長い間遊びに来ていない訳ね！」

「彼女は気を回し過ぎなんだよ、俺とあの上海からの女子留学生とは普通の付き合いなのに、彼女はそう受け取ろうとしないんだ。彼女のやり方には俺も我慢出来ないよ！」

「誰しも当然考え方があるでしょう。雅子さんは小さい頃からあなたと一緒に育ったのよ。小学も中学も一緒に通った幼馴染で、とても良い友達でしょう。私達両家は代々からのお付き合いなんだから、あなたも慎重にしてね。彼女の感情を傷つけちゃダメよ！」

「彼女とは恋愛関係もないし、結婚するつもりもないよ！」

「以前のあなた達の関係は何なの。言っておくけど、中国人留学生との恋愛は慎重にしなさい。こういった関係の噂は沢山あるんだから、あなたもあんまりのめり込んで抜け出せないようにならないでね」

「お母さん、俺も大人だよ、院生を終えたら仕事にも就くし、自分を弁えているよ！」中山一郎は母の忠告を少しうるさそうに聞きながら、雅子が告げ口した事に対して益々嫌気がさした。

「お母さん！　もう寝た方が良いよ」彼はそう言いながら部屋に入った。


妻加代に対する棚田信夫の心配は的中していた。彼が家に戻ると、加代がリビングの中央で泣いていた。その傍には『山豊新聞』が置かれている。

「お前どうしたと言うんだ！」棚田は既に心の準備も出来ており、自ら尋ねた。

「あなたは見ていないの、あなたは私や子供達に対して何て事していたのよ！」加代は新聞を放り投げ泣き叫びながら言った。

「こんなのでたらめだ！　これは対立候補者の俺に対する嫌がらせだ。奴らが仕組んだ計略だ。俺を落選させようとしているんだ」棚田は落ち着き払って言った。

「あの年あなたは中国から戻って来たわ。私は父に勧められて結婚したけど、父もあなたの事は何も知らなかった。私もあなたが中国で何をしていたか知るすべもなかったわ。山豊市の新聞は中国の新聞に書かれた内容を転載しているだけなのよ。私も公表されている事実に対しては疑うところもあるわ。私に釈明して！」

「俺にはあんな過去はないよ、信じるな、松本に聞いたらいいだろう。松本は上海で何時でも俺と一緒だったんだ。何なら中国のあの田海盼を日本に呼んで親子の鑑定をすればいいんだ。俺の財産の一部を奴に相続させてやる！」棚田は巧みに釈明した。

加代は思った。もし松本に電話して彼の事を尋ねて、万が一にもあの田海盼を呼び出すような事になり、親子の鑑定を受けさせ、財産を分けるなんていう事だけは絶対に許せないと！　彼女は思案しながら話した。「あなたが騙していたとしても、一生騙す事は出来ないわ。もし事実だったら私は絶対許さないから！」

「明日の『山豊新聞』には俺の声明が載るよ、誣告して俺を陥れようとした奴は証拠を持って来い！この声明で俺を攻撃した奴らに対しても同じように頭から浴びせてやる。多くの市民はきっと俺に同情するよ。俺も受け身から積極的に打って出る。お前も被害者の家族を利用して身内の痛みを装えばいいよ！」

「諺にあるわ。出る杭は打たれる。あなたが市長選に出馬している限り大勢の人があなたに注目するでしょう。あなたが八方手を尽くして勝ち取ろうとしても、もし彼らも中国の例の記事を利用してあなたを攻撃してきたら、それが本当は偽りであったとしても、その文章は真実の話になりうるわ。そうなれば誰もあなたには投票しないでしょう。その時は私達までもが悪者になって、もう何処にも顔を出せなくなってしまうんじゃない？　もう市長選への出馬は止めましょうよ！」

「ダメだ！　俺はもう多額の費用を投じているんだ。それにもし俺が立候補を取り止めたら、それこそ誰もが報道を真に受けるだろう。やましさがあるからだって口実を与えるようなものだろう？」

「あなたにはっきり言うわ。もし本当にあなたが中国の新聞に掲載された記事の通りだったとしたら仕方ないでしょう。いち早く市長選から離脱すべきよ。まだ間に合うわ！　大金を費やして、市長選にも敗れ、地位も名誉も失ったら！　その時こそ後悔しても遅いわ！」

「女はこれだ、お前に何がわかる！　昔も今も政治は一種の賭けだ！　勝てば官軍、負ければ賊軍！俺はもう決めたんだ、もう何も言うな！」棚田は強い自信で横暴に進めようとしていた。

次の日、『山豊新聞』には人目を引く見出しで棚田信夫の厳格な声明が掲載された。内容は以下の通りである。

「最近、ある人物がメディアを通し、私が終戦前中国に私生児を残しながら帰国し、その後姓名を変え、親子の情を断った薄情者だと公表した。これは私を誣告するものであり、私の市長選活動を誹謗するものである。これは当選を阻止するのが狙いだ。本人の厳格な声明は一切事実に基づいたものであり、でっち上げでも捏造でもない。これは法律に誓って言う！　有権者の皆さん是非とも見極めて頂きたい。本人は適切な時期が来るまでは一旦保留するものの、陥れようとした者に対しては必ず法律に訴えるに値するものであることを。棚田信夫」

この声明が発表されると、それは多くの新聞に転載された。それらの新聞は爆発的に売れ、街頭や路地では人々が先を争うよう買い求め、諸説紛々であった。「そうだよ！　あんな新聞の報道には根拠がないんだ！」

「俺はやっぱり棚田に投票するよ！」

「俺は元々棚田に入れるつもりはなかったが、棚田に入れてもいいかも知れないな！」

棚田の対立候補者の一人に岡田太郎がいた。七十を過ぎた大会社の社長である。知謀に長け、棚田と共に実力が認められ、市長選ではかなり有望視されている人物である。彼とそのブレーンは、田海昐を東京に呼びだし親子の鑑定をさせる事を画策し、棚田の市長選への思いを覆そうとしていた。

次の日の朝、棚田が出社すると、数人の社員が忙しく得意満面そうに選挙の準備をしながらポスターを整理していた。今直面している民意の推測は棚田の声明が新聞上に公表された事で、彼らに勇気を奮い起こし確信を得た。彼らは互いに励まし「頑張れ！　頑張れ！」コールが鳴り響いた。

棚田はゆっくりと歩いて机の前に座ると、今日の新聞をめくり、それを読みながら安心したように笑みを浮かべた。彼は続けて受話器を握り松本に電話をかけた。

「もしもし、松本か？」

「俺だ、新聞の声明を読んだよ」松本が言う。

「反響はどうかな？」棚田が尋ねた。

「ちょっと何人かに聞いてみたが、反響は大きいよ！　有権者の声にはデマを飛ばした奴は恥だ、卑怯だ！　中には、俺達は棚田を市長に選ぶべきだ！　と」

「ほほ！　ありがとう、君の力添えのお蔭だね！」棚田は目を細めながら得意満面に言った。

「但し、覚悟はしておいた方がいいよ。まだ反覆する事もあるだろうし、相手も手段を選ばず、一夜にして顔に泥を塗るような事もするだろう！」松本は指摘した。

「そうだな！　覚悟しておくよ！」棚田が言った。

「只、奴らには確かな証拠は見つからないだろうから、お前の市長の座は決まったようなものだ！」松本が言った。

「そうか！　兎に角何にしても注意しておくよ」棚田は忽然と思い出し言った。「そうだ、昨晩、家に帰ったら加代が新聞を持って来るなり、詰るように聞いて来たよ。俺が騙しているんじゃないかって責め立てられて、挙句には選挙戦から退けとか、きりがないんだ」

「どうやって答えたんだ？」

「俺こう言ったんだよ、対立候補者が勝手にデマを飛ばしているんだ、俺が中国で何をしたかは松本に聞いてみなよ。俺が上海にいた時には常に彼と一緒だったんだ。だから、加代自ら君に聞くかも知れないよ」

中山一郎はその日の晩、小燕に連れられ桜桜の新居を訪ねて、彼女に会えた時には蜜でも食べたような心地だった。桜桜の彼に対する態度も変わり、切っていた携帯電話にも電源が入り、やっと桜桜との電話が通話可能になった。彼はホッとしながら充実感に満ちていた。

中山一郎は如何に彼女に関心を持っているか、どうしても桜桜の傷口が気になっていたことからも容易に想像できる。この日も授業が終わると図書館で調べものを済ませ、真っ直ぐに尾山料理店にやって来ると、食べながら店員を呼び、刺身一人前と寿司の持ち帰り弁当を注文した。彼がラーメンを食べ終え、勘定を済ませて持ち帰り弁当を受け取った時、丁度雅子が入って来た。二人は少しの間見詰め合っていたが、中山の眼には紛れもなく不満と怒りが含まれていた。雅子にはわかっていた。昨夜、彼女は電話をかけ、彼の母親に今の状況を全て告げ口したのだ。中山は彼女に対して何か言いたい事があるようだった。彼女は心中恥じながらも、にこにこしながら話しかけた。「こんなにも早く夕食を済ませたの？」

「そう！」中山は不愉快な面持ちで彼女を見詰めながら言った。

「どう、私が御馳走するからもう少し何か食べない！」雅子が言った。

「結構だ！」中山が言う。

「その持ち帰りの刺身と寿司は誰に持っていくの？　田桜桜でしょう！」雅子が聞いた。

「あんたには関係ない事だ！」中山はそう言いながら品物を持って出た。雅子はその後を追い掛けて怒鳴った。

「待って！」

「何だよ？」

「あなた昨夜、田桜桜に会いに行ったんでしょう。彼女の傷はどんな具合？」

「彼女の怪我は大した事ないよ、痕も残らない」中山は皮肉を込めて言った。

「あなたに付いて行ってもいい？」

「ダメだよ！」

「聞いたけど、数日前に事故で怪我したんでしょう。あなたは方々捜し回っていたけど誰もあなたに教えようとはしなかった。ちょっと入れ込み過ぎじゃないの？　皆あなたのためを思ってのことよ！」

「俺のため？　笑わせるなよ！　誰もお前の意見を聞いてないよ。俺と何の関係があるんだ？　彼女は俺と度々会う事を恐れているんだ。お前が嫉妬して、傷つけてしまうんだ！」

「あなた達が私に、どういう事？」

「お前には関係ないよ、昨晩どうしてお前は母親に電話したんだよ！」

「私があなたのお母さんに電話するのは自由でしょう。お母さんにどうして長い事遊びに来ないのって聞かれて、仕方ないから話したのよ。既にあなたの気持ちは他の人に移ってしまって私は歓迎されていないって！」

「何、情が移ったって、お前が勝手に追い込んでいるんだろうが！　あの誕生日パーティーでの失態だって大きいんだよ！」

「あなたのためにわざわざ誕生日パーティーに参加したんじゃない。私はクラスの活動で行く予定だった富士登山まで取り止めたのよ！　あなたには良心のかけらもないの！」

「しかしお前には他にも目的が有ったんだろう。俺が招待した田桜桜が参加する事に対しても気分を害していたんだ！」

「そうよ、愛は利己的なのよ、私は他の人に侵害されるのが許せないのよ！」

「誰がお前には相応しいんだ」

「私達は小さい頃からいつも一緒だったでしょう。一緒に小学校にも中学校にも、一時も離れなかったじゃない。一緒に山に登って、プールにも映画館にも、私はあなたをお兄ちゃんて、あなたは私を妹だって。まさか終わりにするつもり、一緒に箱根の温泉に入った事や私を抱いた事、キスをした事、これって相思相愛じゃないの……」雅子は泣き出しながら言った。

「もう過去の事だ！」

「まさかあなたは過去を忘れたいの、美しい過去も水に流すの！　裏切って過去を忘れようって言うの！　あなたは変わったわ。今あなたは田桜桜に対して自分の感情を抑えきれなくなっているのよ。それに林小燕に対しても何か企んでいるでしょう。あなたは私が何も知らないと思って。あなたは昨日ここで彼女と食事をしながら媚を売っていた。林小燕は直ぐにでもあなたと結婚したいと思っているのよ」

中山一郎は苦笑しながら話した。「随分と情報通のようだけど、どうせ口から出任せだろう。お前の想像力には負けるよ！」

「あなた！　言い過ぎじゃない、私から離れないで！」雅子は戒めるような口調で言った。

「俺が何を言い過ぎたって言うんだ、俺が何処に行くって言うんだ？」

「あなた忘れないで、田桜桜は未だ私の父のお店で働いているのよ、いいのよ私から店長に言って辞めてもらっても」

「彼女は別な場所で働いても構わないよ！」中山は吹き出しながら言った。

「それに……」雅子はまた真顔で言った。「あなた忘れないで、私の祖父はあなたのお祖父さんの山豊市長選に協力しているっていう事を……」

「それが俺に何の関係があるって言うんだ」

「わかったわ！　私はあなたのお祖父さんにあなたの一切を打ち明けるわ！　懲罰よ！」

「じいさんに叱られる事くらい怖くないよ！　懲罰も怖くないよ！」

「わかったわ！　中山、酷いのね、でも私は諦めないわよ！」雅子は泣きながら不満を抱き、料理店の個室に入ると、携帯電話で中山の母親和子に電話をかけた。

「中山は酷いの、彼……私を馬鹿にして、私を裏切って……」と泣きながら言った。

「雅子さん、泣かないで、悲しまないで。一郎が戻ったらきつく叱りつけとくから……」和子は慰めながら話した。

雅子は涙を拭き、林小燕の電話番号を思い出した。非礼なんか構わないわ、場所柄もわきまえずに林小燕に電話をかけた。「林さん、私は雅子。田さんの住所を教えて頂けない？」

「教えられないわ！　あなたどうして私の電話番号を知っているの？　田桜桜から絶対に他人には住所を教えるなって言われてるのよ！」林小燕が言った。

「中山さんが私に言ったのよ」雅子は嘘をついた。

「私は彼女の様子を見に行きたいのよ、見舞いたいの！」

「ダメよ！」

「林さん、あなたは中山さんに日本人の男性を紹介してもらいたいんでしょう？　私の大学にも男性は多いのよ、私の伯父の会社にも独身男性は多いわ！　あなたの手助けをするから」雅子は彼女の機嫌を取るように話した。

「中山さんと話し合ったの！　あなたの話を信じていいの？」小燕はちょっと躊躇しながら尋ねた。

「当然よ！」

「わかったわ！　それじゃああなたに教えるけど、絶対私が教えた事は言わないでよ！」

「わかってる、あなたが話したことは言わないから！」

「彼女の住所は……」

雅子は電話を切ると直ぐに地下鉄に乗って桜桜の所に向かった。彼女は桜桜との一番勝負だと考え、何としても中山の心を取り戻そうと誓いつつ。

第九章

中山一郎は彼女を驚かせようと思って、連絡もせずに刺身と寿司を持ち、桜桜に会いに行った。当然、突然桜桜の前に現れると、桜桜は満面笑顔を浮かべながら言った。

「どうして先に連絡してくれないの？」

「電源切っていたら怖いだろう！」中山は冗談めかして言った。

「今はいつでも電源は入れているわよ」

「いつでも電話してもよいのか？」

「いいわよ！」桜桜はしみじみと彼を見詰めた。

中山は持って来た刺身と寿司を開けた。

「わー！　本当に刺身と寿司を持って来てくれたの？」

「この前、ここに来た時、小燕さんに刺身をご馳走したと言ったら随分羨ましがってただろう」

「私はまだ刺身には慣れていないのよ」

「何度か食べたら好きになるよ、日本に来たら誰しもそうだよ！」

「わかったわ！　仰せの通りにします。食べますね」

桜桜は一口食べてみると「食べられる、美味しい！」

「田さん、傷の方は未だ全快していないだろう、何か手伝うよ！」

「何か出来るの！」

「炊事以外なら何でも！」

「わかったわ！　それじゃシャツを二枚干してくれる？」

直ぐさま中山が通路を通ってシャツを干そうとした時、雅子が手にずっしりと詰まった紙袋を提げて、そーっと、彼の傍らに立っていた。

「雅子、どうしたの？」中山は直感で雅子がまた何かとんでもない事を仕出かすような気がして、慌てながら不安そうに言った。

「私は来ちゃいけないの！」雅子はにこにこしながら穏やかに言った。

桜桜は雅子の声を聞き、緊張で顔色が青ざめ、刺身を挟んでいた手が思わず震えだした。全く予想しなかった事でどうしたらよいものか……。

中山は急いで雅子を中に入れた。だがつい最近雅子とは口論したばかりで桜桜に対して理性を無くすのではと心配だった。

「田さん、聞いたんだけど、事故で怪我したんですって、見舞いに来なきゃって思って、これ私からの気持ちです！」雅子は桜桜の前に行き紙袋を置いた。中には包装されたりんごとお菓子が入っていた。

桜桜と中山はお互いに顔を見合わせながら緊張も暫くして落ち着いた。

「ありがとう……どうもすみません！　本当に申し訳ないです。見舞いに来て頂いてこのような物まで頂きまして」桜桜は気持ちも落ち着いて言った。

「田さんは中山さんの友達でしょう。中山さんは私の友達ですから私がお見舞いに来るのは当たり前でしょう。でも住所が分からなくて、中山さんも私を案内してくれないものですから！」雅子は別人にでもなったように相応しい話し方だった。

中山は異様な眼差しで彼女を見詰め「どうして田さんの住所が分かったんだ？」と尋ねた。

「そんな事どうでもいいでしょう。田さんも歓迎してくれているのよ、まさか私が邪魔だったの！」雅子は彼を睨んだ。

「歓迎してるよ！」中山は苦し紛れに答えた。

「雅子さん、あなた未だ食事していないでしょう。これ中山さんが持って来てくれた刺身と寿司なの、一緒に食べましょう！」桜桜が言った。

「田さん食べなさいよ、食べながら話しましょう」雅子が答えた。

「雅子、お前おなか空いていないか？　食べたかったら食べなよ！」中山が言った。

「私は食べたばかりだから。田さん、傷は大丈夫？」雅子はまた気になって尋ねた。

「大丈夫よ、あと何日かしたら歩けるわ」桜桜が答えた。

「田さん、尾山料理店の休みは五日間でしょう。明日で終わりだけど、私から休暇延長してくれるように伝えておくわ。大丈夫だから！」雅子が言った。

「ありがとうございます！」桜桜は礼を言った。

「そうだ、それから何か必要なことがあったら言って、何でもするから」雅子は言った。

「ありがとう、でも今は何もないわ！」桜桜が答えた。

雅子は来るなり百八十度大きく変わって中山の調子に合わせている。彼は雅子が何を弄ぼうとしているのか分からない。実のところ冷静に考えても雅子の桜桜に対しての態度は中山も納得するものだった。桜桜に親しみを込め、関心を持ち、中山の感情にも近かった。雅子の理性的な態度は中山にも桜桜に対しても好感が持てた。

彼ら三人は暫くの間雑談を続けていたが、雅子は腕時計を見ながらおいとまを告げ、中山はもう少し桜桜と話したいと思っていた。

「中山さん、雅子さんはこの後未だ用事があるらしいの、彼女を送ってあげてください」桜桜はタイミングを見て言った。

「心配要らないわよ、中山さん、あなたはもう少しゆっくりして」雅子は鷹揚に言った。

「いいよ！　俺も失礼するよ！」

中山は雅子の言葉に感激しながら、彼は申し訳なさそうに立ち上がって言った。

「わかった！　田さん、帰るよ。何か必要なことがあったら遠慮なく連絡してください」

「私にも電話していいわよ。私は暇だからいつでも来るわ！」雅子が言った。彼女の話には嘘偽りはなかった。

「ありがとう！　ありがとう！」桜桜は立ち上がろうとした。

「座って、いいから！」中山と雅子は慌てて気遣うように言った。

中山と雅子は階段を下り、並木道を歩き出すと街灯が二人の影を落とした。桜桜は窓から二人の姿を眺めて感激と、羨ましさと、また一種言葉にならない感銘を受けていた。

「あなた、未だ私を憎んでる？」雅子は中山の腕を引きながら聞いた。

「いや！　今日の態度はとてもよかったよ」中山は彼女をちらっと見て、頭を横に振って言った。

「今日は一時興奮して、軽率だったわ、ごめんなさい」雅子が言った。

「そんな事ないよ！」中山は彼女の頭を撫でた。
中山はもし雅子が変わったのであれば彼女を容認し、二人は今まで通りの交際をしてもいいと思っていた。

田海昐は曽潔の書いた『情を断った実父、許されぬ道義』の記事が『華東経済新聞』に発表され、毎日のように興奮して昂っていた。親しい友人は彼を訪ね、同僚は彼を羨み、近所の人までが彼に挨拶するなどの変わりようで、彼はもはや読者らの話題の人物になっていた。
田海昐は曽潔の記事がこんなにも社会的に大きな影響を及ぼすとは思っていなかった。また、こんなに多くの人々の共鳴を引き起こし、青空の下には愛が満ち溢れ、人間の温情が充満していたことを感じた。彼は日本に行ける日を妄想していた。日本の新聞にも掲載されているのか？もしかしたら上村正義は掲載されている事を知らないいんじゃないのか、棚田信夫は見ているか、桜桜は見ているか？

日本にいる田桜桜は学業も忙しいし、今は自転車事故で家で休養中だ。彼女は記事を見ていない。また誰も伝えてはくれない。
上村正義氏はメディアによって紹介された曽潔の記事だけではなく、その上、他にも山豊市の新聞が評価した内容や棚田の声明までも読んでいた。彼は再三に考えた末田海昐に手紙を書いた。

田海昐様
本日同封致しましたものは日本のメディアに転載された曽潔氏の記事とその記事に対する山豊市

のメディアの反響です。それに棚田信夫氏の声明です。

私が前に述べましたように確かな証拠がなければジタバタ騒ぐ事のないようにしてください。昨今、このように騒がしいことであなた方の努力も水の泡になってしまいます。幸いにも曽潔の原稿には田桜桜さんが日本留学している事までは言及しておりませんでした。さもなければ更に面倒になっていた事でしょう。桜桜さんの安全を考えなければなりません。ぜひ覚えておいて下さい。衝動に駆られたり、軽率な行動をしないようにしてください。

敬具

上村正義

田海盼と秀蘭が上村正義からの手紙の封を開けると、中には日本の新聞の記事が添えてあり、心の底から喜んだ。

「ほう！　日本ではこんなにも多くの新聞に転載されて！」

「これなら棚田の奴も頂門の一針だ！」田海盼と秀蘭は有頂天に喜び話し合っていた。

二人は注意深く上村からの手紙を見た後、思わず一息吐き、顔と顔を見合わせて言葉に詰まった。上村の手紙の内容は事実二人を批判したもので、二人の興奮に冷や水を浴びせ掛けたのだ。

「どうして俺は上村さんの言い付けを忘れてるんだよ、ただちょっと興奮しただけだ！」海盼は頭を振って、後悔しながら言った。

「曽潔さんの取材に、どうして冷静に対処しなかったんでしょう」秀蘭が自分を責めた。

「桜桜はこの事を知らないのかも知れない。知ったら面倒だ、もしかしたらショックを受けるかも知れない」海盼が言った。

「そうよ！　桜桜は未だ知らないんだわ、もし彼女が新聞を見たらきっと電話をして来る筈だもの」秀蘭が付け加えて言った。

田海盼は手紙に添えてあった日本の新聞記事を見て、棚田信夫が丁度山豊市の市長選への出馬との文字が目に入り、あまりにも意外だった。

「秀蘭、見てくれ、棚田信夫が山豊市の市長選に出馬しているよ。この見出し『情を断った薄情な父、市長選立候補』、曽潔の記事は山豊市まで震撼させているらしい。どうせ奴の立候補は笊で水を汲むようなもんだろう」

「あの人は人間性のかけらもないのに、市長に当選できるの？　あんな人が当選したら庶民は酷い目に遭うだけだわ！」秀蘭は腹を立てて言った。

「お前、棚田の声明を見てみろよ」海盼は怒りを抑えきれずに指差しながら言った。

「彼は中国で中国人女性との間に出来た子供を否認している。帰国後の改名まで否認して、全部でっち上げて誣告するつもりだ！　こいつ自身が賊のくせに他人を賊呼ばわりして、卑劣な奴だ！」

「ああ！　堂々巡りだわ。私達には証拠が不十分なのよ、もし証拠でもあったら、あいつは絶対逃げられないのに、地位も名誉も失って、市長に当選しても即刻失脚するわ」秀蘭は溜息を吐きながら言った。

「俺が日本に行ければ奴との親子鑑定をするんだが！」田海盼は堪えきれずに憤然として言った。

「日本に行くのも口で言うほど容易くないわ、その話はまたにしましょう。桜桜の事だって忘れないで。まだ日本に行ったばかりで何も出来ないんだから、あの子の安全も考えてあげないと」秀蘭が言った。

「ゴホ！」海盼はテーブルを叩いて、独り言を言った。「あいつが報いも懲罰も受けないなんて事は信じたくねー！」

「お祖母さんがきっと天国から私達を見ていてくれるわ！」秀蘭が言った。

何日かが過ぎて、田海盼と妻の前に驚喜させるような思いがけないことが起きた。彼らは待ち望んでいる事が実現するのではないかと思った。しかし、二人は危うく皆に利用されるところで、素晴らしい望みも泡のように消え失せてしまった。

実情はこうなのだ。ある朝、一人得体の知れない中年日本人が上海華東経済新聞社に入って来るなり曽潔に会いたいと言って来た。丁度その日、曽潔は社内で原稿を編集していたので、当直室から彼女に連絡が入ると彼女は客室でその日本人と面会した。

「私は高橋義明と申します。岡田株式会社に勤めています」彼は名刺を曽潔に差し出し流暢な中国語で言った。

「おかけ下さい」曽潔は名刺を受け取り、この人が来たのは自分が書いた記事に関しての事だと理解した。

「曽潔さん、ご執筆のあの記事はよく書けています。私は読んで感動し敬服しました！」高橋は誉めたたえた。

「日本で転載されたものも少なくありませんし、中には評論までも加えられています」

「新聞は持って来られましたか？」曽潔が尋ねた。

「忙しくて、間に合いませんでした。申し訳ないです」高橋が答えた。

「オ！」曽潔は少しガッカリした。

「多くの日本人が記事を読んで、曽さんが正義を堅持した記者だと評価しています」高橋は誇大に誉めながら曽潔の好感と信頼を取ろうとしていた。

「ありがとうございます」曽潔は儀礼的に一言言った。

「曽潔さん、私が今日貴社に伺ったのは当社の社長の依頼で相談があってまいりました」高橋が言った。

「どのような事でしょう」曽潔が尋ねた。

「出来れば記事の中の中日混血児、田海盼さんに会いたいのですが……」高橋は訪問の目的を話した。

「彼を捜してどうされますか？　教えていただけませんか？」曽潔は思案するように尋ねた。

「こうなんです。当社の社長もとても同情していまして、田さんには日本を観光して頂き、本人の願望をとことん追求し満足してもらいたいというのが私どもの社長の希望です。出来ましたら先に彼に伝えて頂いて、彼がそれを望むのであれば、もう一度私達が会って具体的な内容を説明しましょう」

「オ！」曽潔には思いもよらなかった。高橋がこんな好都合な目的で田海盼を日本に呼んでくれるなんて、彼女は答えて言った。「私から田海盼に連絡してから改めてご連絡致します」

「私はガーデンホテルの807号室に泊まっています。連絡が取れましたら私にご連絡下さい。これはガーデンホテルの住所と電話番号です」高橋はまた一枚の名刺を取り出した。

「分かりました。すぐに連絡を取ってお答えします」曽潔は答えた。


実は、高橋の上海行きを画策したのは彼の社長、岡田太郎であった。岡田株式会社はニット関係のファッション商品を取り扱っており、本社は山豊市にある。経営規模は僅かに棚田信夫に劣るだけで、彼らは同業であった。同業と言っても、商売敵である。岡田太郎も市長選に出馬しており、棚田信夫のライバル的存在だ。折しも山豊市の新聞に曽潔のあの記事と評論が転載され、棚田の評判は落ち不利な情況下にあった。しかし、棚田が声明を発表した後、市民は棚田の声明にも道理があると思い、彼を非難するような確かな証拠もなく、ありもしないでっちあげだとして棚田に対しては同情に変わり、棚田は持ち直して優位に立った。岡田はそれに甘んじて失敗する訳にはいかない。そこで高橋を上海に行かせ、田海盼を秘かに日本の山豊市に呼び、棚田とのＤＮＡ鑑定をさせて血縁関係を確かめ、疑う余地をなくそうとする岡田の細心の計画と、ここ一番の勝負であった。

曽潔は即刻玲玲と連絡を取り、彼らは二日の午前十時にガーデンホテルの喫茶店で会う約束をした。喫茶店の中は静かで上品な感じである。田海盼は髪をきちんと整え、紺のスーツにネクタイを締め婚礼のお祝いのようである。秀蘭も場所柄に相応しい洋服を着込んで二人が喫茶店に着いた時には高橋、曽潔、玲玲ら皆揃っていた。

「こちらが田海盼さんで、こちらは奥様の張秀蘭さんです」曽潔は田海盼を高橋義明に紹介した。

彼女はまた、海盼と秀蘭に対して「こちらは高橋さんです」と紹介した。

「こんにちは」高橋は海盼、秀蘭と握手を交わしながら「おかけ下さい。何をお飲みになりますか？」と聞いた。

「結構です」田海盼は噂を耳にしていた。このような所でのコーヒー１杯が人民元八、九十元はするらしく、そんな無駄なものに費やしたくなく手を振った。

「私も結構です！」秀蘭は少し堅苦しく話した。こちらのガーデンホテルには初めて来たが、ちょっと古代小説『紅楼夢』の中の劉おばさんが壮観園に入ったようだった。

「伯父さん、伯母さん、ここに来て何も飲まないのはウエイトレスさんに失礼よ！」玲玲は小さな声で言った。

ウエイトレスが来て、高橋がまた尋ねた。「何をお飲みになりますか？」

「紅茶を頂けますか」海盼が答えた。

「私にも紅茶をお願いします」秀蘭も答えた。

「私は高橋義明と申します。日本の岡田株式会社の者です。どうぞよろしくお願いいたします」高橋は名刺を差し出し、流暢な中国語で話した。

「高橋さんは中国語がお上手ですね！」海盼は意外に感じながら誉めた。

「私は北京に留学した事があって、卒業後には上海にある日本企業に勤めていました」高橋は答えた。

「道理で中国語がこんなにお上手なんですね！」秀蘭は玲玲に言った。

「田海盼さん、曽潔さんの執筆された記事が日本の幾つかの新聞に転載されました。反響は大きく、私も読んでとても感動しました。多くの読者は田さんに同情しています。当社の社長も読み、田さんに同情しお心の痛みを慰めるために、田さんの願望である肉親捜しを実現したいと。そのためにも当社の社長は田さんに日本を観光して頂きたいのです。田さんは日本人の血筋を持ちながら日本に来た事がないというのは一生の遺憾です」高橋は単刀直入に切り出した。

「社長さんには関心を持って頂きありがとうございます」田海盼は感激しながら言った。彼は少し思案してから尋ねた。「ちょっと質問があります。私はこの提案を受けるべきかどうかわかりません。社長さんには別のお名前はございませんか？」

「ありません」

「御社の社長さんと棚田信夫は古くからの友人ですか？」

「当然、二人は数十年の付き合いになります」高橋が答えた。

田海盼は黙って考え「棚田がこの岡田社長に私を日本に呼ぶようお願いしたんですか？」思った事を尋ねながらも軽率には納得出来なかった。

高橋が察したところ、彼は信じていない様子で、急いでカバンから大きい封書と小さな封書を取り出し、大きな封書を指して説明した。「これは出国申請に必要なインビテーションに身元保証書とスケジュールに関する資料です。あなたはこれらの書類と併せてあなたのパスポートを上海の日本領事館に提出すれば手続きが出来ます」彼はまた小さな封書を指して言った。「一万円は手続き費用です。手続きが済みましたら往復の航空券を持って田さんに会いに来ます。また日本に着いてからの費用は全て当社が引き受けます」

田海盼はポカンとして、彼の疑いは俄かに消えうせた。曽潔の記事がこんなにも効果があり、事態がこんなにも早く進展するとは考えもしなかった。まさか生みの父親である棚田信夫もこの記事によって本当に良識を喚起したのだろうか。日本に行って親子関係を確認すべきだろうか。この社長の激励を受けて行くべきだろうか？　私が何十年もの間期待し待ち望んでいた事が現実になる！　彼の感情は沸き立ち、瞳には涙が潤んでいた。秀蘭も感動の涙に胸がいっぱいで言葉にならなかった。

「ただし、田さんが日本に来られた際には親子関係の鑑定に同意して頂きたいのです」高橋は付け加えて言った。

「当然です。これは私も願ってもない事です！」田海盼は涙を拭きながら言った。

「私達は絶対に偽ったりはしていませんから……」秀蘭がつけたして言った。

「伯父さんの親子の団欒は数多くのメディアも関心を持っています」玲玲が言った。

「もし私が日本に行ければ続編を書きます」曽潔が言った。

田海盼は六十近くになる。これまで半世紀もの間荒波にもまれて来て、突然高橋からこのような形で日本への観光ととことん親捜しを追求出来ると言うのだ。またそれも彼の社長からの強い要望だと言う。しかし彼の心中には疑問が湧いてきた。社長は生みの父親の棚田信夫では？

「高橋さん、御社の社長のお名前を教えていただけませんか？」彼は探るように尋ねた。

「名前は岡田太郎です。インビテーションの上に名前が書いてあります。うちの社長が田さんの実父ではないかと疑っておりますか？」高橋は聞いた。

「実父からの強い要望で岡田社長に委託したんでしょ！」玲玲は知ったように話した。

高橋は笑いながらハッキリした態度を示さなかった。

「伯父さん、親子の鑑定を受けて親子関係を確定させて、実父に伯父さんを認めさせる事で伯父さんの長年の願いが実現するのよ」

「確かに、田さんは親子関係を確定させれば、何かが得られるのです。田さんはわかっているはずです」高橋は海盼に対して話した。

「高橋さん、私達は何かを得ようとして父親を捜している訳ではありません。その人に、嘗てのいきさつについて自ら責任を取ってもらいたいだけなんです！」田海盼は厳粛に話した。

高橋は田海盼の答えに興味がなさそうであり、聞きたい返答のみを急かすように尋ねた。「田さん、私達が段取りしてもよろしいですか？」

田海盼は秀蘭に目をやると、秀蘭は少しも躊躇わず言った。「承諾します！　承諾します！」

「承諾します！」田海盼は頷いた。

「ありがとうございます。これで私の任務も完了です！」高橋は思わず感激して手を差し出し互いに握手をしながら言った。

玲玲は拍手をしながら喜び、曽潔もホッとしたように笑顔を見せた。

しかし、「ダメです！」田海盼は一瞬にして意見を変え前言を取り消して言った。

皆は驚きと同時にいぶかしく彼を見た。どうしたと言うんだ。

田海盼は思案しながら言った。「これについては当然ありがたいことです。でもあまりにも降って湧いたような話ですし、私一人が日本に行っても日本語も話せません」

「私が上海に迎えに来ます。また、田さんが日本を発つ時にも私が成田空港まで送ります」

「日本に着いたら、私にどんな要求をするつもりですか？　どんな条件を付けるつもりですか？」田海盼はまた尋ねた。

「もしも親子の鑑定が出来なかった場合、メディアの取材に応じて頂けませんか」高橋が説明した。

田海盼は思わず疑念が次々と出てきた。先程鑑定の話をしたが、どう言ったら良いのか、もし鑑定しなかったら私はメディアの取材を受けるのか？　何か企みでもあるんじゃないか？　心の中で一つ恐ろしい判断をしていた。棚田の市長選対立候補が高橋を上海に派遣し、私を日本に呼んで無理やり棚田と私の親子鑑定を受けさせ、確実な証拠を握って棚田を叩き潰そうとしているんじゃないのか？

田海盼は冷静にじっくりと考えて真顔で言った。「高橋さん、ご好意はありがたいです。また御社の社長のご好意もありがとうございます。日本への観光は私にとっては大事なんです。私は未だ退職していませんので、もし出国する事になれば休暇を取らなければなりません。こうしましょう、家に戻って相談させて下さい」

「あなた、もう相談しなくてもいいわよ、私は行く事に賛成よ。好機、逸すべからずよ」秀蘭が諭すように言った。

「伯父さん、即刻決断すべきですよ。千載一遇のチャンスですよ！　日本に行ける機会を逃したらきっと後悔しますよ！」玲玲が忠告した。

「行くか行かないかは田おじさん自身が決めるべきですよ！」曽潔が言った。彼女はあくまで記者として問題への考え方は出来ている。彼女は田海盼に無理強いをしなかった。

田海盼は二枚の封書を高橋の面前に押し戻して言った。「これらの出国の書類とお金は一旦収めて下さい。私達が相談した結果は曽さんを通して連絡しますから！」

「わかりました！　お返事をお待ちしています。うちの社長は誠心誠意をもって田さんを日本に招待しています。この機会を逃さないで下さい」高橋が言った。

「ありがとうございます」田海盼は立ち上がって高橋の手を握りながら言った。

「あなたはどうかしちゃったんじゃない？　以前、毎日のように日本に行って実父を捜したいって、今機会が来たのよ、あなた……どうして躊躇してるの！」秀蘭は少し不愉快気味に言った。

「帰ってから相談しよう！」海盼は秀蘭を引いて言った。

帰る途中も海盼と秀蘭の言い争いは止まなかった。なぜなら二人の意見が大きく違っていたからだ。

「もし本当にあなたの父親、棚田さんがあなたを呼んでいるとしたら、あなたは父親の期待を裏切るつもり？」秀蘭が言った。

「俺はお前みたいにそんな簡単に考えている訳じゃないんだ！」海盼が言った。

「あなたは過去の政治運動を受けた事が怖いんでしょう。何に関しても優柔不断なんだから、引っ込み思案なのよ！」秀蘭は海盼に対してまた詰め寄り、また言い聞かせた。

「俺はそんなに腰抜けじゃないよ、ただ人に利用されるのが心配なんだ。棚田は市長選に立候補しているんだろう、これはライバル候補が仕掛けた罠なんだ。彼らは俺を日本に呼んで棚田と無理やりに親子の鑑定を受けさせれば、無論棚田が承知しても承知しなくても彼らは勝つんだ」田海盼は分析するように言った。

「あなたはどうしてダメなの、相手の計略を逆手に取ればいいんじゃないの？　もし、棚田が親子の鑑定を承知しなければあなたが日本のメディアを利用して暴露すればよい事で、非難すべきだし、告訴も出来るでしょう。あの人は市長にも当選出来ないうえに市民からも罵られるわ。あなたが正義に決着をつけられれば、その後は街を見物しながら内緒で桜桜にも会いに行けるでしょう。一石二鳥じゃない？どうして喜んで出来ないの？」秀蘭は説明するように説得した。

「お前の言う事は間違っていないよ。高橋さんの社長に呼ばれて行けば、無論棚田が親子の鑑定に同意してもしなくても俺には有利だし、棚田には不利だ」田海盼は考えてから秀蘭に向かって言った。

「こうしよう、今晩上村正義さんに電話で意見を聞こう」

「それもいいわ！」秀蘭は答えた。

その晩、田海盼は高橋との面会と自分の考えを上村正義に詳しく説明した。そして行くべきかどうかは上村さんの意見を聞いてから判断したいと言った。

上村正義は聞きながらいぶかしそうに言った。「うん！　意外にもそんな事でしょう。あなたの分析に間違いないと思います。日本に来ても安全面では問題ないと思いますが、但し、桜桜が日本に留学している事は暴露しないで下さい。でもあなたが日本に来るかどうかについては自分で決めて下さい！」

田海盼は電話を切って「行こう！」と喜んで言った。


次の日の午前中、彼らはガーデンホテルの喫茶店で再会した。昨日と同じ顔ぶれで、高橋はすぐに田海盼に尋ねた。

「考えは纏まりましたか？」

「決まりました」田海盼は答えた。

「彼の日本行きの話は、少しでも早く実現させて下さい」曽潔が言った。

「俺の肩の荷はとても重いんだ！」田海盼は意味深長に言った。

「高橋さん、出来れば早めに行って早めに戻れないでしょうか。それに是非とも安全にはご配慮下さい」秀蘭が言った。

「日本の治安は一流です。ぜひご安心ください。これは昨晩作成しました協議書の原稿ですが、弊社の社長の同意を得ています。内容は田さんの日本での日程、費用、安全に関する事項等です」高橋は袋から二枚の用紙を取り出して田海盼に渡しながら言った。

海盼は丁寧にもう一度注意深く読み、また秀蘭、曽潔、玲玲にも目を通してもらった。

「細かい所まで考慮して書いてあります」皆夫々頷いて言った。

「それでは、協議書にサインして頂けますか？」高橋が言った。

海盼はすがるように秀蘭を見ると、秀蘭が言った。

「あなた何を躊躇しているの？　大の男が、ここぞと言う時には即時決断でしょう！」

海盼が二部の協議書にサインを書き込むと高橋もその協議書にサインを書き加え、一人一部ずつ持つと、高橋はカメラを取り出して曽潔に海盼と二人が協議書を持っている写真を撮ってもらった。その後もまたウエイトレスに全員の集合写真を撮ってもらった。

曽潔もすかさずデジカメを取り出し、ウエイトレスに集合写真を一枚お願いした。その後また海盼と高橋との写真を撮った。

高橋は大きい封書と小さい封書の二枚の封筒を田海盼に渡し、大きい封書にはビザ申請に必要なインビテーションと身元保証書、日程表等の資料が入っており、小さな封書にはビザ申請用の費用一万円が入っていた。

「パスポートはありますか?」高橋は田海盼に尋ねた。

「ありません。今日の午後にでも行って申請します」海盼が答えた。

「パスポートが出来上がりましたらすぐに上海の日本総領事館でビザ申請して下さい。私が代わりに確認しました。この大きな封書の中には全て資料が揃っていますから、田さんは写真と戸籍謄本、身分証をご用意ください。それにビザ申請書に記入して頂く時に『保証人との関係』の書き方ですが、友人と記入して下さい」

「わかりました! ありがとうございます!」

「ビザが下りましたら、すぐ私にお電話を下さい。私はすぐ上海に来ます。その時に往復の航空券も持ってきます」

「わかりました!」

「それに」高橋はまた付け加えた。「この事については口外しないで下さい。曽さんも秘密を守って頂いて、文章にはしないで下さい！　よろしいですか？」

「わかりました！」曽潔は答え、他の人も頷いた。

「私は明日の朝には日本に戻りますので吉報をお待ちしております」高橋と田海昐は握手を交わし、その後また一人ひとりに握手を交わしながら言った。

「ありがとうございます。ご協力に感謝します！」

高橋は秘密裏に上海に向かって、このような計画を成し遂げた。田海昐は順調にビザを受け取り日本に来られるのだろうか。それについては疑問が残るところである。

第十章

土曜日の朝、林小燕は熟睡の中、突然の電話の音に驚き目が覚めた。彼女は寝ぼけ眼を開け、受話器を掴んで尋ねた。

「どちら様ですか？」

「お母さんよ！」林麗娜が遥か遠い上海からかけてきた。

「小燕、最近調子の方はどうなの？」

「いいわよ！　凄く眠たいだけ」林小燕はすこしだるそうに答えた。

「小燕、あなたの同級生の王艶美から昨日電話があったわよ。あなたに電話をかけても繋がらないって、彼女の旦那さんが日本人の方を紹介してくれるらしいの、少し歳が行っているようだからあなたがどう思うかはわからないけど、差し支えなければ会ってみたら。真面目な方でお金持ちらしいわよ。年を取っていたって少しは妥協も必要よ」林麗娜が言った。

「わかったわ！」小燕は面倒くさそうに答えた。

「ママがあなたを日本に留学させた目的は何？　目的は結婚相手を探す事よ、忘れないでね！」麗娜は強調するように言った。

「お母さん！　わかってるよ！」

「今日は土曜日でしょう。急いで艶美に電話して、彼女の旦那さんが日本人の友人を連れて会わせてくれるらしいから。機会を無駄にしないでね」

「わかったわよ！」

「その話の結果が分かったらすぐにお母さんに電話をして頂戴ね！」

小燕は起き上がって艶美に電話をかけ、日曜日の午後二時に或る駅近くの喫茶店で待ち合わせることを約束した。


次の日の昼前、林小燕はおしゃれに気を使い、ワンピースに少し濃い目の化粧と、髪の毛はさっぱり飄逸な感じに整えとてもリッチな魅力を出していた。彼女はスナックでホステスのアルバイトをして収入も良く、身に着ける物もお洒落にもなったが、以前の乳臭さは抜けなかった。艶美は素朴で上品な日本の若い女性らしいファッションで、二人は久しぶりに喫茶店の中で再会し互いに観察していた。

「小燕、身長も伸びて大人っぽくなったんじゃない！」艶美は彼女を眺めて言った。

「あなたは典型的な日本の若奥様っていう感じよ！」小燕が冗談めかして言った。

「家庭の主婦でも若奥様とは言えないわ！　こちらは主人の友人で藤井武夫さん。今日、主人は来られないの」艶美は向きを変えて紹介した。

「私は林小燕です。艶美とは中学生の時の同級生なんです」小燕は自己紹介すると藤井をじろじろと観察した。見たところ五十を既に過ぎ、背が低く、小太り、顔立ちは整っているが頭髪は薄く輝いて禿げ上がっている。白のスーツをビシッと着こなし、赤のネクタイを締めているところを見ては不平不満は言えない。但し、もし言えるとすれば風采の差が大きすぎた。

「どうぞよろしくお願いします」藤井の目はぼんやりと小燕を眺め、これまで小燕のような美人を見たことがないといったように、今にもよだれを垂らさんばかりだ。

「座って！　飲みものは何にする？」艶美が勧めた。

「コーヒーを」小燕が答えた。

「コーヒーを三つ」艶美が注文した。

「私はご主人にも会ってみたいわ」小燕が言った。

「彼の母親の具合が悪くて孫が恋しいのよ、それで彼が息子を連れて母親の見舞いに行ったの」艶美が答えた。

「母が言うには、淮海路で偶然にあなたと会ったんですって！」小燕は上海語で話した。

「丁度その日は息子を連れて淮海路をぶらぶらしていて、すぐにあなたのお母さんってわかったわ。その後コーヒーを飲みながら雑談をしていてあなたが日本に来ている事を知ったの。どうしてあなたのお母さんは一途に日本人の旦那さんを探そうとしているの！　日本人の旦那さん全てが良いとは限らないのに。でもそのために日本に留学したんでしょう。見ての通り私は日本に留学しなくても日本人の旦那さんを見つけたわ！」艶美は続けて上海語で彼女と雑談を続けた。

「そうよ！　ママは何を考えているのかわからないわ。私を必ず日本人に嫁がせて、多分私を捨てた父に対して対等になってパパを怒らせたいんだわ！」

「どうして娘の結婚をだしにして。知ってる？　多くの中国人女性が日本人に嫁いでもだれもが幸せで円満とは限らないわ、私が嫁いだような日本人であれば良いけど、あなたは自分で決めればいいのよ」

「あー！　母の命令には逆らえないわ！　以前は納得しなかったけど、母まで死ぬの生きるのと人を騒がせるんだから！」

「私も答えた以上、あなたに結婚相手を紹介するために藤井さんを連れて来たのよ。付き合うにしても断るにしてもあなたが決めて！」

艶美は上海語を止めて日本語で藤井に対して話した。「すみません、私達、上海語でおしゃべりしていて、私達ふるさとが懐かしかったものですから、気になさらないでください」

「気にしていませんから差し支えありませんよ！」藤井は二人を見ながら言った。口の動きがとても早く、ちょっと見てはちょっと耳を傾け、好奇心を持った。

「今日は藤井さんと知り合えてとても嬉しいです。藤井さんに幾つか伺ってもよろしいですか？」小燕はズバリと本題に入った。

「いいですとも」藤井が答えた。

「失礼しますが、藤井さんはおいくつでいらっしゃいますか？」

「六十歳です、定年の手続きを済ませたところです」藤井は少しも包み隠さず話してから、「すみません、林さんは何歳でいらっしゃいますか？」

「二十四歳です」小燕は答えた。

「お若いですね！」藤井は驚きのあまり一言発したものの思わず口が利けなかった。

「お尋ねしますが、住まいは千葉県でいらっしゃいますか。そこは市街地ですか、それとも農村でいらっしゃいますか？　住まいには他に何人いらっしゃるんですか？」

「私の住まいは農村です。父は早くに病死しました。一人妹が居ますが、早くに嫁入りして所帯を持っています」

「住まいの不動産はお持ちですか？　広さはどれくらいありますか？」小燕は尋ねた。

「二階建ての木造住宅が一棟あります。これは私の父が残したもので、相続税を支払いましたので既に私の所有です。その他少しの土地があります。農業をしながら野菜を作っています」

「定年前はどんな職業に就かれていたんですか？」

「不動産会社の経理を担当していました。定年後も会社から招かれています」藤井は自負していた。

「ご結婚はされていたんですか？」

「三十歳の時に結婚しましたが、妻は二年もしないうちに癌を患って亡くなりました。それからは仕事に没頭していて結婚していません」

「お子さんはおありなんですか？」

「おりません」

「私の知る限りでは、藤井さんの話は事実よ！」艶美が口を挟んだ。

「私も幾つか伺ってもよろしいですか？」藤井は頭を上げて聞いた。

「どうぞ！」小燕が答えた。

「日本語学校が済んでからもまた勉強は続けますか、それとも結婚して所帯を持ちますか？」

「もし良い人が見つかれば、日本語学校を修了して結婚します。良い人が見つからなかったら、専門学校に通うつもりです！」

「そうですか、わかりました」

「私を気に入って頂けましたか」藤井は小燕を眺めながらまた尋ねた。

「結婚は大事ですのでじっくり考えさせて下さい。それに母の意見も聞きたいものですから」小燕が答えた。

藤井は親指を立て、続けて話した。「もしあなたを妻として娶れれば、私は本当に光栄と思っています」

小燕と艶美は互いに目を合わせ、吹き出すように笑った。

「彼はあなたを気に入ったみたいね、今もあなたを見ているわ！」艶美は上海語で小燕に対し言った。

「母に電話してから改めて答えるわ」小燕が言った。

「こうさせてもらえませんか。藤井さん、今日は二人が顔を合わせて互いに理解を深めました。林さんは家族の方と話し合ってから改めてご連絡します」艶美が藤井に説明した。

「わかりました。それで結構です。ありがとうございます。上手く行きましたら必ず重ね重ねあなた方にお礼いたします！」藤井は艶美の手を握って言った。

「私は林さんからの吉報をお待ちしています！」彼はまた小燕の手を握って言った。

藤井は帰り、小燕と艶美はそのまま残り、互いに心行くまで二人の経験談を語り合い、話は古い同級生同士のように何時までも尽きなかった。その日の夕方、小燕はすぐに母の麗娜に電話を掛けた。

「小燕、あなたは艶美の旦那さんが紹介してくれたその日本人に会ったの？　会ってみて感じはどうだったの？」麗娜は矢も盾もたまらなく聞いた。

「会ったわ。その人は六十歳で、不動産会社の経理を担当していたらしいけど、定年手続きを終えたばかりだって、人柄は真面目そうだけど背は低くて頭は剝げ上がってるわ」小燕はぼそぼそっと話した。

「結婚の経験はあるの？　他にはどんな人が住んでいるの？　不動産は持ってる？」麗娜が聞いた。

「三十歳の時に結婚して、奥さんは癌で亡くなったそうよ。それ以来再婚はしていないらしいわ。両親は早くに亡くして一人の妹さんは早いうちに嫁いだって。田舎に一棟、二階建ての家とその他に幾らか土地があって農業をしてるようよ」小燕が答えた。

「飛び切りじゃない？　いいわ！」麗娜はまた聞いた。「その方はあなたの事を気に入ってくれたの？」

「当然満足よ、ただ、歳が行き過ぎているわ、背も低いし、私は承知できないから」小燕が答えた。

「小燕、歳が行っているからって何の関係があるの？　もし亡くなっても財産だってあなたが受け継ぐんでしょう！」麗娜は説得するように話した。

「彼は私のお父さんみたいじゃない？　彼と結婚でもしたらみんなの笑いものよ」小燕が反論した。

「あなた読んだ事ないの。外国では七、八十歳の老人が二十数歳の娘を娶ることだってあるのよ！」麗娜が言った。

「彼の年齢だったら、ママと結婚していいくらいでしょう！」小燕が答える。

「それも彼に答えたら！」麗娜が言った。

「ママ、私も考えたのよ。私は認めないから、艶美に伝えるわよ！」小燕が言った。

「いいわ！　あなたが決めれば、でもチャンスを逃さないようにね。わかった？」

「桜桜の日本人の同級生も私の相手を紹介してくれるって言ってるわ！」

「早いところ探して頂戴。ママを失望させないでね」

「わかった。ママ、この前日本円を送金したんだけど受け取ってくれた？」

「受け取ったわ！　借金は返済したわよ！」

小燕は電話を置くと、母から言い渡されている「留学の使命」を完了させるために、嫌気がさしながら気を揉んでいた。しかし実行せざるを得なく、メンツにも構っていられず人に頼まざるを得なかった。

中山一郎、松本雅子共に協力してくれる事になっているが、しかし、未だ果たされていなかった。近いうちに彼女はある行動を取ろうと考えていた。

桜桜は傷が全快した後も引き続き尾山料理店で働いていた。中山と雅子は店の常連客で、あの余計なお節介焼きな店員がその姿を発見しても、雅子の桜桜に対する態度は大きく変わり、二人が会ってからはとても親しく、仲良く、雅子の嫉妬心は消え失せて、彼女と中山の緊張した関係も回復し、これらの奇妙な変化が生まれた事はどう考えても理解できなかった。

一度、雅子と中山が或る喫茶店でコーヒーを飲んでいた時、雅子は雑談の中で、小燕に日本人の彼氏を紹介する約束をしていた事を打ち明け、彼女は中山の意見を聞いた。

「いいんじゃない？　俺も彼女に紹介するって言ってたんだけど、雅子から彼女に紹介してよ。俺の方は止めておくから。俺達二人ともお人好しだね」中山は答えた。

「雅子はどんな人を紹介するつもり？」

「伯父さんの会社の人を」

「雅子、お前は彼女を操るつもりか。人助けだからな！」中山が言った。

「でも上手く行くかどうかはわからないわ！」雅子が答えた。

「先に二人に会ってもらったら……」中山が提案した。

「わかった。近々計画してみる」雅子が答えた。

林小燕は母親と電話で連絡を取った後、艶美に電話を掛けた。「艶美、この前はありがとう。遠いところからわざわざ藤井さんを東京まで案内して頂いて」

「大した事じゃないわ。考えは纏まった？」艶美が尋ねた。

「纏まったわ、でも遠慮させて頂きたいの。彼は年が行き過ぎてるでしょう」

「お母さんの意見は？」艶美が尋ねた。

「母は気に入ったみたい。お金持ちだし、実際私のお祖父さんだったらいいわ！」

「あなたのお母さんが彼に嫁げばいいんじゃない！　藤井さんももしかしたら願っているかもしれないわよ！」艶美は冗談半分で言った。

「冗談よ！　私の意見を藤井さんに伝えてね、お願いします。いろいろ面倒をかけます。今度東京に来る時には声をかけてね、ご馳走するから。それじゃ！」


小燕は藤井を断り、雅子にお願いしてみようと電話番号を回した。

「もしもし、雅子さん？」

「はい、雅子です。小燕でしょう、すぐにわかったわ。丁度あなたに電話しようとしてたのよ！」

「本当、なら良かった！　誰かいい人見つかったの？」小燕は尋ねた。

「そう！」

「今晩六時にご馳走するから何が食べたい？　料理屋桜で」小燕は歓喜を帯びた声で言った。

「いいわ！」雅子は喜んで承諾した。

夕方、料理屋桜の中には日本の民謡が流れ、店員は和服姿に下駄履き、つま先歩きで日本女性らしく出迎えて二人を日本的な畳敷きの座敷へ案内した。雅子と小燕は畳の上にあぐらをかき、ちゃぶ台の上には刺身、エビフライ、茄子炒めや天ぷら等の料理が並び、二人は食べながら会話をしていた。

「この前はありがとう。桜桜の住所を教えてくれて」雅子は礼を言った。

「教えた後、私は後悔してたわ」小燕が言う。

「どうして？」

「心配なのよ。あなたが桜桜の家に着いて大騒ぎになったり、桜桜に難癖を付けるんじゃないかって」

「その時は中山さんと喧嘩をした後で、とてもそんな事の出来る状態じゃなかったわ。でも私の気持ちも落ち着き、ゆとりを持って最も良い方法で処理しようと果物とお菓子を手土産として持参したの。二人は私の落ち着いた行動を見て緊張した雰囲気も和らいだわ」

「本当に凄いわ、柔よく剛を制すね」小燕が言う。

「私は桜桜に対し関心を持ち、中山さんの気持ちを理解した事で桜桜の好感も得られ、彼との関係も修復出来たわ」

「道理で、桜桜と中山さんの態度も変わったし、彼のあなたに対する態度まで変わって、やはり元々あなたの計略だったのね！」小燕が言った。

「正しくはあなたの協力によってよ。あなたから重要なメールを頂いたんだもの、どうしてあなたにお礼しない訳には行かないでしょう！」

雅子が杯を挙げて、「敬意を表して！」とやってみせると、「願わくは永遠に何時までもあなたにお供出来ますように！」小燕も杯を挙げ、雅子に敬意を表した。

「小燕、以前あなたに約束していた日本人の彼氏を紹介するわ」雅子が言った。

「あなたからの音沙汰を待ってたのよ！　どんな方か教えてもらえる？」小燕は雅子の顔を凝視した。

「彼の名前は福田純一、三十歳前後で、伯父の会社の社員よ。身長は約175センチ前後、とてもハンサムで彼は中国が好きよ。彼は何度も私に話してくれたわ。そして彼は私に女性を紹介してほしいって、最もいいのは中国人だって！」

「最高よ！」小燕は目を光らせて、「若いんでしょう、年寄りじゃないわよね、願ってもないわ！　私のことを彼に話したの？」

「あなたの事は簡単に紹介してあるわ。もし都合が良ければ明日の午後三時に帝国ホテルの喫茶店で会いたいって」雅子が説明した。

「OK！　必ず約束の時間に行くわ！」小燕は雅子に向かって杯を挙げて言った。

「本当にありがとう！　もし成功したら必ずお礼するから！」

「明日は私と福田純一さんとで帝国ホテルの喫茶店であなたを待つようにするから、あなた達が面会出来たら私は離れるわ。私は親戚に会いに行くので、あなた達は自由に会話を楽しんで。内緒話でも何でも構わないわ」雅子が小燕に対しておどけて言った。

「雅子のいじわる！　乾杯！」小燕と彼女はグラスを合わせた。

「私、お酒はあまり飲めないの！」雅子は大きく一口飲んで言った。

「だめよ！　必ずグラスを干して」小燕が言った。

雅子は無理にグラスを干して、頬をほんのりと染めた。

小燕はビンを持ち、また二人のグラスいっぱいに注いで言った。

「雅子、もう一度このグラスを空けよう」

「無理よ！」雅子は頭を振りながら困り果てて言う。

「このグラスを空けて、あなたにもう一つ秘密を打ち明けたいの」小燕はほろ酔い気分で口を滑らせた。

「秘密って何？」

「あなたにとって有利な秘密よ」

「先に教えて、そしたら空けるから！」

「ダメ、全部空けたら話すわ。どちらにしてもあなたに有利なんだから！」

「いいわ！　約束だからね！」雅子はグラスを挙げて小燕のグラスに合わせると、ゆっくりと飲み干して行った。

小燕も残っている酒を一気に飲み干し、少し酔った調子で口籠もりながら話した。

「あなたに話すけど凄い秘密なの、田桜桜が日本に留学した目的をあなたはどうしてかわかる？　彼女は日本のお祖父さん捜しに来たの。彼女のお祖父さんは日本人で、四十年代に上海の中国人女性との間に生まれたのが彼女の父親。彼女は中日の混血児という訳。彼女のお祖父さんは日本に戻ると彼女のお祖母さんを捨てたらしいの。薄情者で良心の欠片もない。世間をなめた言行不遜よ、彼女のお祖母さんは被害を受け結婚も出来ず、辛い目に遭い続けて文化大革命に自殺を余儀なくされたのよ。そのため、桜桜は誓ったの、日本人には嫁がないと。彼女……と中山さんはいい感じだけど、少しも心配する必要はないわ。彼女は彼とは結婚しないから！」

「本当！」雅子は目を見張った。この秘密は確かに彼女にとって重要な話であり、同時にいいニュースでもあった。田桜桜は日本人には嫁がない、当然中山とは結婚しない。彼女が安心するのも当然だった。

「この事は田桜桜が日本に着いてからすぐに自分の口で話したのよ。まさか嘘だと思ってるの！」小燕はほろ酔い気分で言った。

「これは私にとって確かにいいニュースだわ！　ありがとう！」雅子はまた酒瓶を掴み、二人のグラスいっぱいに注ぎ、小燕に敬意を表した。小燕と彼女はまた一杯空けた。

「この情報の秘密は守ってね。絶対他の人には話さないでよ、私は何があっても他の人には話さないって桜桜に誓ったんだから！」小燕が言った。

「私は秘密を守るわ。中山さんはこの事を知っているの？」雅子は頭を上げて尋ねた。

「知らないわよ、絶対知る訳がないわ」小燕が言った。

「それじゃ、田桜桜は留学を終えたら日本に残るの？　それとも中国に帰るの？」雅子が尋ねた。

「必ず中国に帰るわ、日本には残らないわよ！」小燕が断言した。

「彼女が卒業しても日本に残らなければ、更に私は有利ね！」雅子がホッとしたように言った。

「安心して、彼女はあなたから中山さんを奪い取る事は出来ないわ！」小燕が言った。

「ありがとう！　明日の午後三時ね、成功を祈っているわ」雅子はもうお酒は十分だと思い、本題に戻って言った。

「私が支払うわよ、あなたが今日教えてくれた秘密は私にとってとても喜ばしい事よ」

小燕は店員を呼び勘定をしようとした時、雅子が言った。

「私があなたを招待したんだから、それにあなたは私のために来てくれたんでしょう、私が勘定するのが当然でしょう」小燕が言った。

二人は争っていたが結局はやはり小燕が支払った。

次の日の午後、雅子と福田純一は定刻通りに帝国ホテルの喫茶店で待っていた。喫茶店の中は優雅に落ち着き、並べられたコーヒーが香ってきて、一組の恋人同士がゆったりと会話を楽しんでいるようだった。

小燕はおしゃれにそしてセクシーに着飾ったのだが、化粧はあまりにも濃かった。これは普段から彼女がスナック勤めの化粧に慣れていたからだ。彼女は雅子が紹介してくれた福田と顔を合わせて挨拶をした。

小燕は福田を観察した。彼は若く、身長も日本人男性の中では高く、輪郭もはっきりして、濃い眉に大きな目、日本的な美男子である。更に頭が切れそうで落ち着きがあり、教養と気質を兼ね備えているようだった。小燕の胸はどきどきと鼓動が鳴り、パッチリとした涼しい目元で彼を凝視した。

福田の両目はサーチライトのように彼女の頭から足の先まで一通り眺めまわした。彼は小燕はしなやかなプロポーションで、美しく、明るく、セクシー、誠実な人柄ではあるが、しかし歳が若く幼い感じで自分の見解がない。彼女の態度や素振り、またファッションセンスを見る限り彼女はスナック番辺りのホステスだろう、そう思った。

「あなた方二人を会わせましたので、私は単なる紹介者ですからこの後は二人で好きなように決めて下さい。申し訳ないんだけど、午後、親戚に会わなければならないの、付き合えなくてごめんなさい」雅子は腕時計を見ながら言った。

「ありがとうございました」福田と小燕は立ち上がり、二人は申し合わせたように言った。

雅子が出て行くと小燕は一口コーヒーを飲んで尋ねた。

「雅子さんから伺ったんですけど、福田さんは群馬県の方ですか？」

「そうです！　前橋生まれです。群馬で育ち、群馬大学を卒業後に東京で働いています」福田は自己紹介してから尋ねた。

「林さんは東京に来てどれくらい経ちますか？」

「半年が過ぎました。日本語学校で学んでいます」小燕が答えた。

「あなたの日本語は半年の間にこんなにも上達したんですね。相当です！」福田が誉めた。

「日本に来る前にも上海の日本語学校で学んでいました」

「そうですか。語学学校を卒業したら大学を受けるんですか、それとも専門学校に、若しくは国に戻るんですか？」

「率直に説明します。私の母の希望は日本人のフィアンセを探して日本人に嫁ぐ事なんです」小燕は真面目に答えた。

「おう！」福田はとても興味を引かれて尋ねた。

「どうして日本人に嫁ぐの？」

「私もはっきりした説明は出来ません。主には母のたっての願いなんです」

「あなたは願ってるの？」

「もし、いい人がいれば当然願っています」

「日本人に嫁いで、日本に残っての生活があなたの願いですか？」

「願っています」

「私を見てどう思いますか？」

「とても満足しています。それに雅子さんの紹介ですから安心です」

「おー！　ありがとうございます。信用します」

「私に対しての印象はどうですか？」小燕が聞いた。

「あなたはとても美しく綺麗なお嬢さんです。普通の日本人の若い女性よりも綺麗です。心引かれる想いです」福田が言った。

「私達に縁があって一緒にいられるといいですね！」小燕は瞳から興奮と希望を滲み出しながら言った。

「恋愛や結婚はそんなに容易いものではないでしょう。互いに理解し合える時間は必要でしょうし、でなければ二人とも苦しむ事になります。不幸だし、煩わしい」福田が言った。

「一部の日本人は上海の結婚相談所に行って上海の女性を探し、僅かの会話で成立しているわ」小燕が言った。

「しかし、お互いのことをよく知らずいい加減な気持ちで結婚して、問題にぶち当たって離婚している人も少なくないでしょう。だから慎重さは必要だよ！」福田が言った。

「そうですね。慎重にしましょう」小燕は付け加えた。

「尋ねますけど、昼間は授業で夜はアルバイトですか？」福田は思案するように尋ねた。

「アルバイトをしています」

「何処でアルバイトしているんですか？　率直に言いますがスナックには行った事がおありですか？」

「レストランでアルバイトしています。スナックにも……行ったことがあります」小燕は顔を赤くして、うろたえ、誤魔化すように言った。

「ありがとう、誠実に言ってくれて！」福田はコーヒーを一口飲み、顔色を変えて少し疑っていた。

「こんなに綺麗で純真な女性がスナックでアルバイトしていたら惜しまれたでしょう！」

「私にはそうする他やむを得なかったんです。東京に来たばかりの頃に何軒ものレストランを探しましたけど見つからず、その後やっと見つけた先は首になり、生活費も学費も払わなくてはなりません。仕方なく……」小燕は辛そうに話した。

彼ら二人の会話は上海の変化や、上海の様子などを絶え間なく話し、夕方になって別れた。

その日の晩、福田は雅子に電話をかけ紹介してくれた小燕との状況や、会った印象等を話し、最後に言った。

「林小燕はとても綺麗ですし、純真なので私はとても好きです。しかし、彼女はスナックでホステスのアルバイトをしています。私はとても自尊心の強い人間ですし、知識人の家柄です。こういった女性を恋愛や結婚の対象にすることは出来ません。いろいろ骨を折って頂いてありがとうございました」

雅子は結果を小燕に伝えると、小燕は電話を置いて暫くの間沈黙していた。瞳からは涙が流れ落ち、失望し、溜息を吐き、彼女はそんなにも福田のような日本人の青年を好きになり、そんなにも福田と一緒にいた幸せな時間に未練を残していた。しかし、落花が思いを寄せても流れはつれない。実に術なく花は落ちた。

田海盼は高橋義明に別れを告げると、急いで上海出入国管理局でパスポートの手続きを済ませ、その後には上海駐在日本総領事館に到着し、ビザ申請手続きの関係資料を提出し、領事館はそれを受理した。

領事館が受理した後、田海盼は喜びに満ち溢れ、希望に満ちていた。彼はそもそも日本との血縁関係があり、日本の国土を踏み、日本の艶やかな姿を体験したいと寝ても覚めても夢見ていた。秀蘭は桜桜のために何枚かの洋服と幾らかの食べ物を準備して田海盼に持たせようと思っていた。二人はビザが下りるまでこの事を桜桜には知らせず、日本に着いてからも桜桜とは秘かに会い、上村正義からの言い付けを守って、暫くは桜桜が日本に留学している事は内密にする事を話し合った。もし、岡田株式会社が知り、彼が桜桜と会ってしまった場合は日本に留学している親戚という事にしよう。

田海盼は待ちわびた。一週間が過ぎ、海盼は日本総領事館から呼び出しの通知を受け総領事館に出向いた。田海盼と秀蘭は慢心に喜び、誰が想像しただろう。彼が日本総領事館に行き、パスポートを受け取るとその上には拒否の判が押されていたのだ！　彼は目の色を変え、やがて失望した。海盼は日本総領事館を出て、その内容を電話で高橋に知らせると同時に拒否の原因を尋ねた。

「恨むよ、あの曽潔記者、彼女はあなたのために手伝ったんだ！　それに、あなたの生みの父親、棚田信夫は残酷無情だ。たぶん、彼はあなたが日本に来る事を知って何か企んだんだろう。あなたは悲しむ必要はありませんよ。必ず機会がありますから……」高橋は電話の中でその場を誤魔化した。

田海盼は電話を終え、幾分理解した。彼の推測には間違いがないだろう。

元々、あの高橋とガーデンホテルで会ってからの曽潔は感情の起伏が激しく、彼女は連夜『情を断った生みの親、悔い改めるには未だ間に合う』の題材で原稿をまとめていた。彼女はその原稿の中で『情を断った実父、許されぬ道義』が日本で反響を呼び、ある激情にかられた読者が田海盼を日本へ観光のために呼び、彼の悩んでいる長年の願望を実現させようとしている。棚田は田海盼の生みの父親である事を認めていない。彼は親子の鑑定を受けるのか？　棚田は人の父親と成り、離散した長年の息子が日本に来て、翻然と悔悟し父の愛の手を差し伸べれば未だ遅くないのだ。逆に非を認めず固執し、独断専行すれば終生遺恨に思うだろう……彼女は文章で棚田の良識を喚起させ、非を悔いさせ、破滅から救おうとしたのだ。彼女はこの原稿を上海で発表したら、田海盼夫婦と玲玲がそれを読んで責めるに違いないと思い、そこで彼女はEメールによって上海にある日本のメディア企業に送った。このメディア企業に勤める臨時社員は彼女と同じ大学の新聞部の同級生だった。原稿はすぐに日本語に訳され日本の幾つかの新聞社に掲載された。山豊市でもいち早く数社の新聞に転載された。この原稿は山豊市の中でまた論評を巻き起こし、人々は先を争って買い漁り諸説紛々であった。

「棚田の中国の息子が山豊市に来るらしいぞ、ビッグニュースだ！」

「棚田はどんな声明を発表するつもりなんだ、どんな真似をするのか、本当に盗人猛々しい」

「一旦、親子の鑑定をすればすぐに暴露するんじゃないのか？」

「奴は親子の鑑定なんか承知するもんか、奴の腹黒さが証明してるよ！」

高橋は山豊市の新聞に転載された曽潔の文章を見て震えを覚えた。中国に行く前、岡田社長からは一切秘密裏に行う事をくれぐれも念を押されていた。そうでなければ棚田が必要以上に用心深くなり、田海盼の来日を阻止するためには何を企むか知れない。それ故、彼と曽潔には何があっても報道に公開してはならないと言い聞かせていたのに、彼女はその約束を守らなかった。社長は必ず転載されたこの編集文を読み、必ず職責を果たせなかった過失を批判するだろう！　彼は思った。社長に対して自ら自分の非を認めようと。高橋は新聞を手に頭を垂れ岡田の部屋の前に行き、ぼそぼそと言った。

「社長、申し訳ございません。この件に関して十分に果たす事が出来ませんでした！」

岡田は笑いながら誉めるように言った。「十分によくやってくれたよ！」

「私は曽記者に対してよく言い聞かせたんです。記事にしないようにと。彼女も承諾してくれていたんですが、しかし彼女は……」高橋は弁解した。

「曽さんは良い事だと考えたんです。文章の言うように、今思い改める事が出来れば未だ遅くはないでしょう。しかし棚田はこのように狡猾きわまりなく、鉄心石腸な人間だ、悔い改める事など出来ない」

「しかし、この編集文は転載されて棚田は知り、市民までも知ってしまいました」高橋は困ったように話した。

「市民も知って良かったじゃないですか！」岡本社長は得意げに話した。

「あなたは市民の議論を幾らか聞いていませんか。彼らが言うには、棚田の狸親父め、いくら白を切っても息子が日本に来るんだ、すぐに化けの皮が剥がれるんじゃないのかって。今は風向きも変わって俺が有利になったよ！」

「我々が有利だったらいい事です」高橋は付け加えて言った。

「田海盼が山豊市に来れば賑やかになるぞ！　棚田はすぐに塩漬けにされて、もう立ち上がれないだろうよ！」岡田は得意げに、そして興奮して付け加えた。

「お前はすぐに準備しろ、上海に行って田海盼に会え、手筈を整えて来い！　受け入れて来い！」

「はい！」高橋はすかさず答えた。


高橋が田海盼に会おうと上海に出発しようとしている時分、田海盼からビザの拒否の知らせを受けていた。彼は思いがけずに失望していた。

事実、棚田は山豊市に転載された『情を断った生みの親、悔い改めるには未だ間に合う』の文章を読み、直ちに断定した。対立候補者の岡田太郎が知恵を働かせた陰謀だと。田海盼が山豊市に来れば厄介だ！　選挙戦は間違いなく敗れるだろう。彼は即時決断し、直ちに車を運転して東京の法務省に向かった。

棚田はビザ審査員に対し、山豊市のメディアに転載された曽潔の文章を見せ、厳粛に言った。「田海盼が日本に来る目的は私に親子の鑑定を受けさせることだ。私はこのような親子の鑑定を受けることには同意出来ない。私は田海盼が来日する事は許さない！　これは私の権利だ、何卒日本の法律に基づき処理して頂きたい」

日本の法律規定に基づき処理するよう棚田は法務省に懇願し、その方面の通知をして許可しないよう願い出た。そして田海盼はこれによって拒否された。

田海盼は日本へのビザを受け取る事は出来なかったが、棚田は即刻声明を発表し、岡田太郎の不当な手段を訴えた。上海の男性をでっち上げて来日させようなどと、市民を愚弄している。田海盼はどうして日本に来ないんだ？　どうして山豊市に来ないのか？　事実、多くの市民をペテンに掛けようとしているからだ。市民がいくら待っても田海盼は日本には来ない。山豊市にも来ない。市民は曽潔の文章に対し疑問を抱かずにはいられなかった。有権者はまた棚田に傾き、市民の間ではまた変化が起きて棚田に対して有利になっていた。棚田の対立候補岡田太郎は茫然自失、苦境に追い込まれて只耐えるしかない。そうではあるが反撃の時機を待った。

第十一章

田桜桜は中山一郎との交際を回復し、中山一郎も雅子との交際を回復した。しかし中山の愛の天秤はやはり田桜桜に傾き、その上彼女への距離は益々近づいていた。当然雅子はそのような所を見たいとは思っていない。雅子は小燕から田桜桜の身の上話や留学の目的と使命を打ち明けられ、至宝を手に入れたようだった。ある日の昼頃、雅子は中山に電話をかけた。

「雅子です。明日、明後日は忙しい？」

「とても忙しいよ！」中山が答えた。

「今晩、私が御馳走するから尾山料理店じゃない所で会えない？」雅子が聞いた。

「今日は田桜桜と約束している。尾山料理店で彼女にＣＤを渡す事になっているんだ。別の日にしよう」中山が答えた。

「今日はとても重要な話があるの。あなたにとっても絶対に興味がある話よ！」雅子は謎めかして言った。

「重要な話って何だよ！　電話では話せないの？」中山が言った。

「ダメよ」雅子は駄々を拗ねるように言った。

「わかった。どんな重要な話なのか謎めいているな、信じられないけど」中山一郎がぼそぼそと独り言のように言った。

雅子と中山は飯田橋の地下鉄駅近くの小さなレストランで会った。雅子はちょっぴり謎めかして得意げに話した。

「今日は私が御馳走するから何が食べたい？」

「ステーキ！」中山の視線は別の方向を見ながら少し苛立っていた。

「お前がここを選んだのは意識的に田桜桜に会いたくなかったからだろう！」彼はまた尋ねた。

「あなたわかっているの？　今日私があなたに話そうとしている事がどんな事なのか。田桜桜の秘密に関する事なのよ！」雅子はわざと不可解な言い方をした。

「彼女と他の彼氏の話？　俺は信じないけど」中山は軽蔑したように言った。

「違うわよ、これは彼女の身の上に関してよ！　彼女は日中混血児の子なの、日本人との血縁に関して！」

「そんなつまらない事で大げさだよ！」中山はくだらなそうに一笑に付した。

「あなたわかっているの？　彼女が何で日本に留学したか」雅子が聞いた。

「日本で知識を高めてから、帰国後には国のために尽くそうとしているんじゃないのか。ちょっと言いにくいけど留学以外にも少しはお金を稼ぎたいとか」

「違うわよ！　彼女の日本留学は彼女の祖父捜しに決着をつけるためよ。両親の正義を取り戻すためなの。彼女の祖父が1940年代上海に滞在していた時、彼女の祖母と恋愛関係の末に生まれたのが彼女の父親で、その後、彼女の祖父が去ったまま……」雅子が説明した。

「ん！　意外にもそんな日本人がいるのか！」中山も思いもよらずに驚いて言った。

「何十年もの間、田桜桜の一家はずっと暗い影を背負って生きていたのよ。中国には古い諺があるそうよ！『一度蛇に咬まれたら、長い間、つるべの縄までも怖い』、だから彼女の両親は日本人との恋愛を認めたくないのよ。彼女自身も日本人には嫁がないと誓ったらしいわ」

「道理で、一度彼女は俺に言ったことがあるんだ。日本人とは結婚出来ないと」中山は思案しながら失望したように話した。

「俺はてっきり冗談だと思っていたよ！」

「誰でも冗談で誓いを立てている訳じゃないわ。約束を果たすためよ！」雅子が言った。

「この秘密は林小燕さんから聞いたのか？」中山が尋ねた。

「そう！　私が彼女に日本人を紹介したでしょう。それで彼女が感激の気持ちで教えてくれたのよ。その時彼女もお酒を沢山飲んでいたから、その後真実を話してくれたわ。でもあなたからは確認しないで、心に留めておくだけにして。それからあなたが感傷的になる必要もないし、感情的になる必要もないわ」

中山はしばらくの間ぼんやりしてから話し出した。「もしこういう事なら、俺が彼女のために協力して正義を取り戻せばいい事だ。法律面での諸々にも協力出来るし、訴訟すればいい！」

「何!?」雅子は驚いて両目を見開いて、思わず叫んだ。

雅子にはどうやっても考えが及ばなかった。彼女が中山の気を引こうと思って、中山を説得しようとした事が結果はかえって裏目に出てしまった。中山は反対に彼女に同情して協力するとまで言い出したのだ。彼女が正道を戻すためには惜しまず協力しなければ彼女は悔やんでも悔やみきれないと。雅子は受け身の体勢から挽回するために気持ちを奮い起こして言った。

「中山、冗談よ、そんなに気に留める事もないし、気を煩わす必要はないわ！」雅子が話を否定しようと隠せば隠すほど露見する。

「ただ、俺も桜桜の日本留学の背景には特別な理由があるかなと思っていたところで、彼女の家庭には何か秘密があるようだ」中山は何かを思い出したように言った。

「どうしてそう思うの？」雅子が尋ねた。

「田桜桜の性格はとても奥が深く、表には出そうともせず、何度か彼女の家庭について尋ねてみたけど、言いたくないのかその度にはぐらかされた。お前の言う田桜桜の情況が真実だと思うよ！」中山は雅子がごまかそうとした話を咎めて言った。

「信じるも信じないもあなた次第よ！」雅子には弁解の余地はなかった。

「それとも俺からもう一度林小燕さんに聞いてみようか！」中山が言った。

「彼女には聞かないで！　あなたが彼女に聞けば、必ず私があなたに教えた事がわかってしまうわ。私が約束を破ったことになるでしょう？」雅子は少し慌てながら急いで止めた。

「わかった！　林小燕に聞くのは止めよう。もうその話は止めにして食事にしよう！　ステーキありがとう！」中山は謎めかして笑いながら言った。

「私の話を絶対に本気にしないで、それに田桜桜に対しても絶対身の上話や留学の目的は聞かないでよ！」雅子は中山をちらっと見て懇願した。

「わかった。聞かないよ！」中山は頷きながら承諾した。

雅子はほっと一息吐き、中山の態度に納得したように笑顔になった。

次の日の午後、中山は図書館で本を借りようとした時、丁度田桜桜も本を借りようとしていた。二人は本の貸出手続きを終え、一緒に図書館を出てキャンパス内の桜の木の下のベンチに腰を下ろした。

「転んで怪我をした足と腕はその後どんな感じ？」中山は気遣うように尋ねた。

「良くなったわ！　ただ右手で重いものを持つ時には少し筋肉が痛いけど」桜桜は右手を曲げ伸ばしながら言った。

「注意しないと。料理店のバイトの時も、重いものを持つ時には二回に分けて持つとか、もし買い物でも重い物を持つ時には俺を呼んでくれれば何時でも手伝うから」中山が言った。

「アルバイトの時は皆私が全快したばかりだと知っていて、重いものを持たせないように気遣ってくれています。それにスーパーへの買い物は少しずつ買うようにしているから大丈夫よ！」桜桜は中山を見て感謝を込めて言った。

「自転車を乗る時にはあまりスピードを出さないように注意してよ。もしまた怪我するような事があったら俺が手伝ってあげるけど」

「どんなふうに手伝ってくれるの？」

「あなたを背負って地下鉄でも学校でも行くよ！」

「いいわね！」桜桜が軽く中山の肩を叩くと、中山はその柔らかい彼女の手を握り、田桜桜もその手を引き戻そうとはしなかった。中山はその握った手を更に強く握ると、この時、彼らの手は二つの磁石が引き合うように貼り付いて離れず、彼らの周りには一筋の電流が走った。二人は互いに見つめ合い、瞬間、二人の心には愛の火花が散り、その眼差しは、手の感触からも伝わって来る。中山は興奮し、陶酔し、全身の血流が波打ち、彼女を強く抱きしめキスをしようとしたが、ここはキャンパスの中で大勢の目がある。彼は必死に自分を抑えた。

「もしもあなたと永遠に一緒にいられたらいいのに！」中山の心中は沸き返るような感情と、憧れでいっぱいになった。しかし彼はまた田桜桜の話を思い出した。「私は日本人に嫁ぐ事は出来ません」と言った言葉と、雅子が昨日打ち明けてくれた秘密を。雅子は話を戻してしまったが、彼は自らも田桜桜に真相を確かめようと思っていた。

「あなたは本当に日本人には嫁ぎたくないの？」中山は田桜桜の素顔を知ろうとしみじみと見つめながら尋ねた。

「はい」田桜桜は頷いた。

「どうして？」

「暫くはあなたにも話すことは出来ません」

「家庭の原因ですか？　過去に日中戦争の時、日本人は中国人に不幸をもたらしました。もしかしたらあなた達の家庭もその被害を受けたとか、苦痛を受けた経歴でもあるとか？」

「小燕があなたに何か話したの、それともあなたの推測ですか？」田桜桜は中山の尋常でない問いに対して思わず問い返した。

「そういう訳じゃありません。そんなに疑わないで下さい」中山が抑えるように言った。

「林小燕があなたに何を話したかわかりませんが、彼女の話を全て信用出来るとは限らないでしょう」田桜桜が言い放った。

「大学を卒業したら、日本に残るの、それとも中国に戻るの？」中山はまた尋ねた。

「中国に戻ります」

「それじゃあなたの留学の目的は何なんですか？」

「日本の先進的な管理方法を学び、更に専門技術を身につけて、帰国後にはそれらを役立てようと考えています」田桜桜は真面目な顔で言った。

「他の目的はないの？」中山が続けて聞いた。

「どういう意味、まさかあなたは私がスパイじゃないかと疑っているの？　私はスパイには向いてもないし、資格もないわ！」田桜桜は瞬間に中山の握る手を引き離し、頭を上げ、警戒心に満ちた眼光で中山を見るなり言った。

「そんなに気を回さないで下さい。私は軽い気持ちで聞いただけ、例えば林小燕の来日目的は日本人の結婚相手を探す事だし、お母さんから強制されたんでしょう」

「私は彼女じゃありませんから！　人には夫々志があります。私がどうして日本人の相手を探さなければならないんですか」

「わかりました。もうこれ以上論争を続けるのは止めましょう。私は運命が全てを決定づけているんだと信じています」中山が言った。

「恋愛も結婚も縁によるものです。中国にはこのような諺があります。縁あれば千里の地からでも出会い、縁なければ出会う事もない」

「あなたと私は縁がありませんか？　あなたは遥か遠方から日本にやって来て、私達は偶然に出会い、今では離れ難くなっています」中山はふふっと笑って言った。

「思い上がらないで下さい。私達が知り合ったのには確かに縁がありました。でもあまりにも美しく考え過ぎないで下さい。無邪気過ぎます！」田桜桜は艶やかな眼差しで言った。

「もし縁があるのであれば私は根気よく待ちます。一年、二年、五年、十年、二十年でも待ちます！」

中山が言った。

「ずっと待てば死にます！」田桜桜は忽然と祖母と棚橋との異国婚姻を思い出し、祖母は何十年の間命が終結するまで待ち続けた事を思い出し、思わず感傷的になって言った。

「その通りです！　私はずっと白髪だらけになるまであなたを待ち続けて死んで行きます！」中山は誓いを立てるように言った。

「死んでからでも遺恨は残ります！」田桜桜のこの一言には表裏の二つの意味合いが含まれていた。祖母の不幸と父の数知れない苦痛を思い出し、未だ解決していない念願と使命を思うとじっと座っていられずに突然立ち上がって言った。

「私は帰って宿題をしないと。宿題の後はバイトがありますからお先に失礼します」

「送ります」中山が言った。

「結構です」桜桜は感傷を振り払う術もなく、彼女は理性を見失っていたがそれでも何とか心を落ち着かせながら中山に手を振って校門に向かって歩いた。

中山は桜桜が遠く去って行く姿を眺め、今日の彼女の異常な素振りを思い出しながら、彼女の敏感なことに触れたかなと後悔していた。しかし、彼は田桜桜の身の上にはきっと人に話せない苦痛を秘めている事を確信し、彼女との会話の中でかすかな手がかりを感じていた。

中山は彼女の身の上を明らかにする事を決心した。彼は携帯電話を取り出し、番号を回すと直ぐに繋がった。

「林小燕さんですか？　私は中山だけど、今、何しているの？」

「中山さん、私も丁度あなたと話がしたいと思っていたの。私はたった今授業が終わってアパートに戻ったところだけど、少し休んだらアルバイトに行かないと」林小燕は畳から起き上がり、電話を握りながら話した。

「時間があったら一緒にコーヒーでも飲みませんか？」中山が誘った。

「願ってもない事だわ！　何処で何時に？」小燕が聞いた。

「五時にブラジル珈琲館で」

「その時間に間に合うように行くわ」

喫茶店ブラジル珈琲館の中で中山と小燕は向かい合わせに座った。

「この前は刺身を御馳走して頂いてありがとうございました。日本に来て初めて食べた刺身だったので未だ記憶に新しく忘れ難いです」小燕が言った。

「あなたには感謝しています。田桜桜さんが怪我した貴重な情報を教えて頂いて、見舞いに行ってからはまた友好関係も戻りましたし、その上更に親しくなりました。ありがとうございました」

「あなたはおわかりだと思いますが、私があなたに情報を売ったという事でひどく叱られて、その上食事まで御馳走する羽目になったんですよ！」

「あなたには一度刺身を御馳走しましたがまだ不足ですか！」中山は冗談を言った。

「不足よ！　桜桜からは秘密事に関してはもう何も教えないって！」小燕が言った。

「今日、あなたにお会いしたかったのは、どうしても伺いたい事があったからです。あなたは雅子に対して桜桜の秘密を打ち明けましたか」中山は単刀直入に尋ねた。

「打ち明けていません」小燕は頭を振って、真顔で答えた。

「多分あなたは私に対して本当の事を話さないでしょう！」中山は指摘した。

「人のプライバシーをあなたに話す権利は私にはありませんから！」

「また私に対してもったいぶるつもりですか！」

「この前、あなたに田桜桜の秘密を打ち明けて、私は彼女から罵られたのよ。今度また彼女の秘密を漏らしたら絶交されてしまうわ」

「わかりました！　林小燕、あなたは私に頼み事があるんじゃないですか？　これからはもう何も要求しないで下さい」

「あなたへの要求、雅子への要求、何か叶いましたか？　雅子からは一人日本人を紹介して頂いて、一度お会いしましたが、未だダメになった訳じゃありませんから」

「纏まるも纏まらないもあなた達の事でしょう。これはあなた達の縁で、私達が好き勝手に操る事は出来ません。未だこれ以上何か手伝わせたいんですか？」

「あなたは未だ桜桜の秘密を知りたいの？」

「当然知りたい！」

「教えてあげるわ、でもあなたが知っても役に立たないわよ。桜桜は元々日本人との恋愛や結婚を考えていないから。あなたの思案が無駄になるだけよ。私はこれ以上彼女を追い求めるべきじゃないと思うわ。あなたは雅子と一緒になるか、でなければ……私と一緒になるのがいいんじゃない？」

「冗談は止めろよ、俺は決めたんだ。決して考えは変えない！　何とか田桜桜の秘密を教えてもらえないか。俺の気持ちをわかってくれよ」

「条件があるわ、一週間以内に必ず私に日本人を紹介する事！」

「結婚相手を探すのは大根や野菜を買うのとは訳が違うんだ、元々日本人は中国人を求めていないし、俺も気軽に抱き合わせ販売はしたくないよ！」

「いずれにしても私の条件に応えて。それならあなたに教えてもいいわ！」

「わかった。承諾しましょう。話して！」中山は暫く考えてから答えた。

小燕はまた雅子に話したようにもう一度繰り返した。中山は感慨深く聞き入った。なるほどそういうことか。何か困った事でもあるのか、それとも何か考えがあるのか、どうして田桜桜は話そうとしないんだ。強制は出来ないから適切な時機がきたら尋ねてみよう。

「わかった。私はまた桜桜を売ってしまったわ！」小燕は言った。

「ありがとう。もしかしたら今回桜桜の秘密を教えてもらった事は幸運だったのかも知れない」中山は言った。

「願わくはそうあってほしいわ！　ただ約束は必ず果たしてよ！」小燕が言った。

「一週間以内に電話をするよ！」


案の定、その週に中山一郎は林小燕との約束を果たし、小原一夫という中年男性を紹介し、小燕に面会させると言った。中山は用事があるらしく、彼は小原一夫から直接小燕に連絡して会うように伝えて来た。小原はS市の人で、名古屋のある商社の東京事務所の社員であった。小原と林小燕は電話の後、約束の日に喫茶店で待ち合わせた。小原は三十代、身長は高く、鼻筋が通り、顔立ちは整って、肌も白く、人間的にも比較的穏やかな感じで、彼は小燕を一目見るなり目を奪われた。目を凝らして小燕を見つめ、表情は嬉しそうに笑顔で満足した様子だった。小燕も小原を観察し、人柄には納得しながらも男としての不足を感じていた。彼らは互いに握手を交わし、座ってから自己紹介をした。

「私は小原一夫と言います。商社の東京事務所に勤務しています。どうぞよろしくお願いします」

「私は林小燕と言います。中山一郎さんの友人です。東京の日本語学校に通っています」

「今日はお会いできて大変光栄です」小原一夫が感激しながら言った。

「私もお会い出来て大変幸せです」小燕は小原に対して笑みを浮かべながら答えた。

彼女の小原に対する第一印象はとても好印象な半面、彼女は小原に気に入ってもらえなかったらと心配であった。この前の教訓からも彼女の立ち居振る舞いは慎重であった。

「若い女性に年齢を聞くのはおこがましいのですが」小原が尋ねた。

「二十四歳です」

「私は三十六歳で、あなたより十二歳も年上ですね」小原は自ら紹介した。

「東京の方ですか？」

「いいえ、関西出身です。林さんは上海の方ですか？」

「はい、上海生まれです」

「上海の女性はとてもお綺麗ですね！」小原は誉めるように言った。

「ご家族にはどなたがいらっしゃるんですか？」

「母一人です。父とは私が小さい頃に離婚しました。小原さんはどうですか？」小燕は素直に言った。

「家には父と母がいますが、農業をしています。卒業後は日本に残られるつもりですか？」小原はまた尋ねた。

「もちろんそう願いたいです。でも条件があって、日本人と夫婦になることです。若しくは、日本で仕事を見つけることです」小燕が答えた。

「林さんから見て私の印象はどうですか？」小原が尋ねた。

「教えて頂けませんか。今までどうして結婚しなかったんですか？」小燕は質問には答えずに尋ね返した。

「私は一度離婚しています」

「どんな原因だったんですか？」

「私達は性格の不一致です。生活面でも歩調が合わず、毎日のように喧嘩をしていました。それで思いきって別れました」

「あなたから先に申し出たんですか？」

「いいえ、彼女からです」

「その後結婚話はなかったんですか？」

「ありません。仕事も忙しく、仕事面でのプレッシャーも大きく、結婚相手を探す余裕もありませんでした。結婚してからも生活面では幸せになれるか心配です」小原は頭を振りながら少し憂鬱そうだった。

「そうですか」小燕が言った。

「林さんはお若いし、綺麗で感動的な方ですから私などは気にいって頂けないでしょう」小原が言った。

「そんなことはありません。今日、私達は初めてお会いしたばかりです。私達が今日お会いして話した内容は母に伝えます。決まりましたら御連絡致しますので」

「林さんからの連絡をお待ちしています」

小原はしみじみと小燕を見つめると、小燕はしとやかににっこりと笑った。実際、彼女の小原に対する印象は特に悪くはないが、福田純一には及ばなかった。しかし、あの藤井武夫よりは勝っている。彼女は母親に電話連絡してから決めようと思っていた。

その日の晩、小燕は林麗娜に電話をかけ、全ての情況を母親に報告すると、林麗娜はそれを聞き終えて言った。

「何か躊躇する事でもあるの？　早く決めなさい！」

「悪くはないんだけど、私より十歳も年上なのよ、それに……」小燕は言葉を濁すように言った。

「十何歳年上でも何の関係があるの、たとえ二十歳以上離れてても関係ないわよ」林麗娜は彼女の話を断ち切って言った。

「わかった。彼と付き合ってからまた話すわ！」小燕が答えた。

「早くしなさい。きっぱりと決めて、ママを失望させないでよ！」麗娜は付け加えるように言った。


小燕は母親との通話を終えてすぐに小原に連絡した。彼に会いたい旨を告げると小原が了承した。

「明日の晩、一緒に食事をしましょう」

翌日の晩、小原と小燕は日本料理店で顔を合わせた。小燕は前回に増してお洒落で、綺麗で艶やかだった。小原はそれを一目見るなり意識が錯乱したが、彼は小燕が良い知らせを持ってきたと確信を得た。互いに握手をして、小原は尋ねた。「何か好きな食べものはありませんか？　もう刺身には慣れましたか？」

「慣れました」小燕は答えた。

「飲み物はビール、それとも日本酒にしますか？」小原はまた尋ねた。

「日本酒のほうがいいです」

小原と小燕は酒を飲んでいた。小燕はスナックのアルバイトで毎日日本人客相手に酒を飲み、酒の飲み方はジュースでも飲むように飲みっぷりはすこぶる良く、小原はしきりに喜びながら酒の勢いを借りて尋ねた。「林さん、今日は本当に楽しいです。見たところ、良い返答という事で理解してよろしいんでしょう」

小燕は美しい笑顔で「そうです」と言った。

「あなたは私に嫁いでくれるんですね！」

小燕はうなずいた。

小原は感激しながら身を乗り出しすぐさま彼女にキスをし、お酒を勧めながら言った。

「ありがとうございます。今日は一生の中でも一番嬉しく、楽しい日です」

「本当に私を愛していますか？」小燕が尋ねた。

「心からです！」

「天に誓うことが出来ますか？」

「私は今後どんな事が発生してもあなたを愛します。一生あなたを愛します。あなたに全て満足していただけるようにします！」

「ありがとうございます」

「私達の結婚の手続きはなるべく早めに出来ますか」

「いいわ、但し一つ私の条件に応えて」小燕は考え込んでから言った。

「どんな条件ですか？」

「私が日本語学校を卒業するまでは妊娠しても子供を産む事は出来ません」

「当然です」

小燕と小原は電撃的な婚約を果たし、間もなく母からいい付けられている日本留学への使命を果たそうとしていた。


中山一郎と林小燕が面会した後、彼は林小燕が話していた田桜桜の身の上話は疑う余地もなく事実だと信じ、田桜桜に対して同情し、助けが必要だと感じていた。

ある日、中山一郎が学校から戻ると母の和子は生花を観賞しながら言った。

「一郎、お父さんの会社が上海に土地を買ったらしいの。今、工場の建設中で、これからは上海工場に行く事になるかも知れないわ。もしお父さんが上海に行く事になれば私も時々はお父さんの所に行って世話をしないといけないでしょう。そのためにも中国語を少し習おうと思っているんだけど、誰か中国人で教えてくれる人はいないかしら。週に二回程でいいの」

「わかった」中山は一言で承諾し、田桜桜が適任者だと思っていた。彼女のアルバイト代にもなるだろうし、その上連絡も密に取れる。二人の関係を深めるためにも、母に彼女を理解させるためにも絶好のチャンスだ。

「中国からの留学生で田さんを紹介しようと思うけど、どう?」

和子はまつ毛をパチパチさせ、突然、雅子が言っていた彼女と息子との間がとてもいいという話を思い出し、彼女が息子の雅子に対する愛を奪ってしまうのではと思い、「他に誰かいないの?」と聞いた。

「お母さん、偏見を持っているんじゃない。彼女に会ってみてから決めてよ!」

「そうしましょう。一度会ってみるから家に連れて来て、もし適当だと判断したら、授業料として一時間二千円を出すわ」

「わかった！」


中山はキャンパス内で桜桜に会い、母が中国語の家庭教師を探している事を話し、その中国語の教師を田桜桜に頼みたい趣旨を話した。

「私があなたのお母さんに中国語を教えてもいいの？」田桜桜が尋ねた。

「当然いいに決まってます。主には簡単な日常会話を教えてくれればいいんだ」

田桜桜は日本留学について絶対に言いふらさないように両親から言い付けられていることを想い出した。万が一にも棚田信夫の知人と会ってはまずい。自分の身分を暴露されては厄介になる。

「出来ないわ、中山さん、やはり他の人を当たって！」彼女は頭を振って言った。

「どうして？」

「私には時間がないのよ！」

「時間はあなた次第でどうにでもなるでしょう。夕方はバイトでわかるけど、昼間授業のない時間を利用すれば教えられるでしょう。それに土日だってあるわけだし」

「ダメ！」

「俺はもう母親に話しちゃったんだよ、俺の顔も立ててよ！」中山は懇願した。

「わかったわ、先ず試してみる。もしだめだったらすぐ辞める」桜桜が応えるように言った。

「良かった！」中山は喜びのあまり彼女の手を強く握った。

土曜日の午後二時、中山一郎は田桜桜を連れて自分の家の玄関を入った。

「お母さんの中国語の教師を連れて来ました！」

「おばさん、こんにちは！　私は田桜桜と申します」彼女は奥ゆかしく上品に挨拶した。田桜桜は装いが質素でその上振る舞いもとてももの静かだ。

「私は中山一郎の母で中山和子と言います。よくいらっしゃいました！」中山和子は田桜桜に向かって挨拶をし、その後は畳の上に座って日本茶を一服煎じて彼女に出した。

「お母さん、田さんはつい最近文部省からの奨学金を貰えるようになったんだ、学生の中でも最高額の奨学金だよ！」一郎は紹介した。

「田さんは大学の中ではとても優秀な学生なんですね。一郎、田さんのような中国語教師はとても嬉しいわ！」中山和子は田桜桜がとても綺麗だし、気質もとても素敵で立ち振る舞いもきちんとしていることを見て一郎に言った。

「お母さんに喜んで頂ければ私も嬉しいです」一郎が言った。

「私はこれまで中国語を教えたことはありませんので、うまく出来るかどうかわかりません」田桜桜は謙虚に言った。

「田さんなら必ず出来るわよ。実際には簡単な日常会話だけわかればいいんですから、一郎の父親が上海に行くようになったら私も時々上海に行って、買い物や、遊覧の時にいくらか簡単な中国語が理解出来て、ちょっと話せれば便利だと思っているのよ」和子は説明した。

「そういう事なら！　いくらかの中国語が理解出来て、動くのにも便利になりたいと言うことでしたら私も努力してみます。何なら私が教材を探して来ましょうか？」田桜桜が言った。

「必要ありませんわ、ここに一冊ありますから」和子は日本の出版社が出している中国語旅行会話の本を取り出した。

「中国には行かれたことがおありなんですか？」田桜桜が尋ねた。

「ないけど、とても行きたいと想っているの、特に上海には。小さい頃から父の話を聞いていましたから。上海には外灘、黄浦江、蘇州河……それに小籠包もとても美味しいらしくて、私はとても憧れているのよ」和子が言った。

「え、おばさんのお父さんは中国に行った事がおありなんですか？」田桜桜は多少好奇心を持った。

「行ったことがあります。父は若い時に上海に住んでいましたし、それに他の地域にも行った事があります」和子は少し困惑した様子で話した。「ただあの時は戦争中で徴兵されて、中国人には不幸をもたらすことになってしまいましたわ。父だけではなく他の日本人も同じです。そのために私は何時も神社に行っては神様の前でその人達の前非を悔い、中国の不幸に遭遇された方々を祈禱しています」

田桜桜の瞳は明るくなった。このように善良な正義感の強い日本人に対し「おばさんのような善良で正直な方に私はとても敬服いたします！」と深く敬意を表して言った。

「私は常々一郎には過去の事実を語り、歴史を忘れず、永遠に遠く離れた中国人に対して申し訳ないと、彼らのような若い人々に関心を持つように話しています」和子は言った。

「中山さん、そうなの？」桜桜が尋ねた。

「過去の事実は上の世代の恩讐で、私達若い者達には関係のないことです。たとえ中国人に対して何か借りがあったとしてもそれは私達には関係のないことなんです。私達の世代は自分のことを考えるべきです」

田桜桜は中山を睨み、衝撃を受け心臓の鼓動が高鳴り、一度論争しなければならないと感じた。しかし今はタイミングも悪く、彼女は注意を促すように言った。

「中山さん、歴史を断ち切る事は出来ないの。現在は過去と関連していて、現在と将来を分けて考える事は出来ないわ！」

「そうなの？」

「田さんの言うことが正しいわ！　例えばお祖父さんは戦時中徴兵に応じて中国に行ったでしょう。その事で中国企業と商売をしようと思っても何か心中懸念する事があって、未だに行く勇気もないんじゃないの？」和子は話を繋いで言った。

「実際には、何も懸念する必要はありません。中国は対外的に開放してから既に二十年が経っています。多くの旧日本軍軍人も中国に来て貿易や観光、他にも利益を得ながら中国で投資を拡大させています」田桜桜が言った。

「その事については信じています」一郎が言った。

「お母さん、お母さんとお父さんでお祖父さんを説得してみれば、中国への投資は何も心配する必要がないんじゃないの？」

「そうするわ！　次に行った時必ず説得してみるから」和子は言った。

「お母さん、田さんに中国語を教えてもらうんじゃないの！」

「そうだわ！」和子が言った。

「田さん、俺は奥の部屋に行って本でも読んでいるから授業を始めて！」一郎は桜桜に向かってウインクをしながら言った。

田桜桜は頷きながら本を開き、中国語会話文を指差して読み始めた。

「私は中国に来てとても嬉しいです」

「私はヒルトンホテルに行きます」

「上海の外灘はとても美しいですね！」

……

おおよそ二時間が過ぎた頃、一郎は書斎から出て来てふざけ半分に聞いた。「お母さん、今日の成果はどうでしたか？」

「とても良かったわ！　田さんの教え方がとても良かったからとても成果が上がったわよ。今日習った中国語をあなたに聞かせましょうか。――上海はとても美しく……」

「ほう！　お母さんの中国語もなかなかなものですね」一郎は誉めた。

「田さん、今日の授業は疲れたでしょう。授業してみてどうだった？」

「よかったです。もしわからない所があったら電話で聞いてください」田桜桜は和子に言った。

「ありがとう。今日の報酬ですよ」和子は立ち上がり、向きを変え一枚のお札入りの封筒を取り出して田桜桜に渡しながら言った。

田桜桜は中を見ると五千円が入っていた。「こんなにたくさん、一時間二千円の約束では……」彼女は言った。

「交通費です。心ばかりの気持ちよ。取っておいて！」和子は田桜桜の手の中へお札入りの封筒を押し込んで言った。

「ありがとうございます。おばさん、失礼します！　明日の午後また来ますので」田桜桜は受け取りながら言った。

「気をつけて」和子は一礼して目送した。

「お母さん、俺ちょっと送ってくるよ」一郎が言った。

「いいわよ！」和子が答えた。


田桜桜は中山の母、和子は善良な正義感のある日本女性だと感じた。彼女はまた中山一郎との幾つかの問題に対する考え方の違いを知ったが、これもおかしい事ではなかった。問題はいかに意思の疎通を図るかである。

中山の家を出て、彼女は単刀直入に聞いた。

「中山さん、あなたは過去の戦争は本当に私達の世代には関係ないと思っているの？」

「はい」中山は素直に答えた。

「私のある話を聞いてもらえる？」田桜桜は暫く考えてから言った。

「いいよ！　とても興味があります」中山が答えた。

田桜桜の表情は暗く沈み、彼女は喉を潤してからゆっくりと話し始めた。話の内容は正に彼女ら一家四世代が遭遇した内容だった。「中山さん、これは実際にあった話なのよ。あなたが言う過去の戦争が、そしてこの上の世代の身に起きた歴史的真実が私達に関係ないと言えるの？」

「関係あります。聞いてもいいですか、その中日混血児の方が捜し当てた人は日本人の実の父親ですか？」中山は感慨深くうな垂れて聞いた。

「彼は一人の好意的な日本人に出会い、その方は彼に協力をして日本人の実父を捜し当てました。しかしその方は既に名前を変えています。根本的に中国で起きた歴史的事実を承認しようとはせず、その上上海に残した肉親の息子まで否定しようとしているんです」田桜桜は憤慨しながら答えた。

中山は突然林小燕から聞いた田桜桜の身の上話を思い出した。彼はたった今聞いた話が田桜桜の家庭の遭遇した事実だと思い、彼女はやっと打ち明け、違った方法で彼に告白したのだ。

「田さん、もし私が間違っていなければ、これはあなたの家庭の話じゃないんですか？　私はその話を聞いていてとても感動し、とても憤慨し、とても同情しました」中山は突然向きを変え田桜桜を抱きしめ、田桜桜も中山に抱きついた。彼女の感情は滝の如くどよめき、涙は堤防が決壊したように流れ落ち、彼女は咽びながら言った。

「中山さん、私は父のためにも正義を取り戻したい。私の亡くなった祖母、曽祖父、曽祖母の正義を取り戻すためにも！　戦争は私達四代を巻き添えにして、私はどうしても許せない……」

中山は田桜桜の肩をたたいて慰めるように言った。「田さん、私はあなたの事実を生々しく教えてくれた事に感謝しています。もう苦しまず心配しないで下さい。私は何時までもあなたの傍にいます。私はあなたが正義を取り戻すためにはいくらでも力を尽くします。必要であればあなたの訴訟にも協力します。あなたがその軽蔑すべき祖父を法に訴えるというなら、全国民に知らせる事も出来ますし、世界中が知る事になります！」

中山の熱のこもった言葉は彼女の心に沁み、温もりを感じながら、彼女の戦闘意識を勇気付けてくれた。田桜桜は中山の胸から顔を上げ、涙を浮かべながら言った。

「中山さん、私はあなたに身の上話を打ち明けました。あなたに一つお願いがあります」

「話して下さい」

「この事は暫く秘密にして誰にも話さないで下さい。それと私が学校を卒業して、父が確かな証拠を探し出した後には、私に協力してほしいんです」

「あなたの言ったことを誰にも話さないことを必ず守ります」中山が言った。

田桜桜は中山に自分の身の上話を漏らし、自分の願望を打ち明けた。彼女は今、中山が最も信頼出来る人間だと信じ、愛せる人だと感じていた。彼女の恋愛観念には変化が起きていた。彼女と中山の情欲はますます深みにはまり、接触は益々頻繁になっていた。

第十二章

林小燕は小原一夫と付き合う事を決め、婚約した後には何時も一緒に食事をし、街をぶらつき、コーヒーを飲み、何時までも途切れることなく頻繁に交際が続いていた。二人は話し合って中山一郎を食事に招待する事を決めた。彼ら二人の仲を取り持ってくれたお礼のしるしである。林小燕はまた田桜桜も誘い、彼女と中山一郎との進展状況も知りたかったのと、小原を紹介しておこうと思っていた。

会食の場所として、東京の帝国ホテルの一階にあるレストランを予約していた。レストランは大通りに面して外が一望でき、テーブルからも東京の賑やかな通りを眺める事ができ、行き交う人々や車が望めた。

林小燕は刺身とステーキ、それにビールを三本注文し、彼らは食事をしながら会話を楽しんでいた。先ず小原と小燕はグラスを挙げて挨拶をした。

「中山さんには感謝しています」

中山もまたグラスを挙げ意味深げに挨拶した。

「先程は私に感謝して頂きましたが、先ずは田桜桜さんに感謝します！」

「当然そうよ！」田桜桜は小燕の肩を叩いて言った。

「私はあなた達の交渉に利用された数取り棒なんだから。小燕、あなたは私を売ってその代償として中山さんから小原さんを紹介させたんでしょう」

「あなたにはすまないことをしたと思っているわ！　罰としてお酒を飲むから」小燕は桜桜をちらっと見て、グイッと飲み干した。

「どういう事なの？」小原が尋ねた。

「教えられないわよ！」小燕が答えた。

「いいよ！　皆で乾杯しよう。あなた達が結ばれました事を祝福して！」中山がグラスを挙げて言った。

「中山さん、私は田桜桜を裏切ってまで秘密を打ち明けて得るものも大きかったけど、あなただって得るものがあったでしょう！」小燕が言った。

「確かに収穫があったよ！」中山は笑いながら、またグラスを挙げ小燕に向かって言った。「ありがとう！」

小燕はひそひそと田桜桜に尋ねた。「今どんな感じ、思い切って断ち切ったら中山さんとの距離も縮まったでしょう！」

田桜桜は頷いて上海語で答えた。「毎週土曜日と日曜日には彼の家に行って彼の母親に中国語を教えているの。彼の母親はとても優しくて、中山さんには私の秘密を打ち明けたわ」

「反応はどうだった？」

「彼はとても感動して私に同情してくれて、秘密を守るって約束してくれたわ。私が卒業した後には協力するから法的にも訴えるように勧められているの！」

「よかったじゃない？　私の東京留学の使命は大きな成功を収める事が出来たんだから、次はあなたの願いが叶ってほしいわ！」

「ありがとう！」

小燕はまた尋ねた。「あなたから見て小原さんはどう思う？」

「見た感じはいいんじゃない？　人間的にも優しそうだし善良な感じで、狡猾なところもないわ。お母さんも同意しくれているの？」

「当然同意よ、母は早く結婚させたくて仕方ないのに」

「何時結婚届を出そうと思っているの？」

「近いうちに、今は関係書類の準備をしているの」

「彼は知っているの、あなたがスナックでアルバイトをしている事を」

「知らないわ」

「彼は家を持っているの？」

「田舎には家があるけど、今は東京で１ＬＤＫの部屋を借りてるの。少し狭いけど部屋の中には全て揃っているわ！　結婚したら私もそこに越そうと思うの」

「あなたの幸福を祈っているわ！」

中山と小原も雑談しながら、中山が小原に尋ねた。

「祝い酒は何時飲ませてくれるんだよ」

「今丁度、結婚の準備をしているところだから、式は一、二カ月先だと思うよ、その時には媒酌人のお前にたっぷりと祝い酒を飲んでもらうよ！」小原はまた中山に対して口を突き出すようにして尋ねた。

「田さんとの関係はどうなんだよ？」

「いい感じだよ！」中山はほっとしたように答えた。

「雅子さんは何も言ってないのか？」小原が聞いた。

「かまいきれないよ！」中山が答える。

「雅子とは小さい時からの幼馴染だろう！」小原が言った。「当然雅子さんは田さん程は綺麗でも聡明でもないから、お前の望み通りになったということか！」

「ありがとう！」中山が礼を言った。


雅子は丁度その日、数人の女友達と東京にある日比谷公園で遊び、皆と別れた後も街をぶらついていた。最近は中山と彼女の連絡はとんと少なくなり、彼女は田桜桜と彼の会う機会が増え、中山の女友達からも二人の間が尋常でない関係にまで発展している事を聞いて疑いを抱いていた。長い間消えていた彼女の嫉妬心にはまた火が点き、決して甘んじる訳にはいかなかった。彼女が偶然帝国ホテルのレストランの窓の前を通り過ぎようとした時、中山、田桜桜、小原、林小燕の四人が丁度愉快に飲み食いをしている様子が目に止まり、彼女は一瞬にしてムカつき、その不満と怒りで、一気に彼の前に突進した。


そしてなりふり構わずにぶちまけた。

「二組の男女が上手い具合に集まったものね！」

「雅子さん！」田桜桜と林小燕は彼女の予想外の出現に驚いて叫んだ。

「雅子さん！　来いよ！　俺達と一緒に食事しよう！」中山と小原は申し合わせたように言った。

雅子は座ると落ち着きを取り戻した様子で話した。「お腹は空いてないから、食べられないわ！　いかにもわざとらしいんじゃない！」

中山と田桜桜は互いに顔を見合わせ、雅子が何か仕出かすのではないかと予感した。

雅子は先ず小燕に的を当てて話した。「林さん、私には才能がなかったわ。あなたに紹介した相手とは話が纏まらなかったものね。流石に中山さんは才能があるから、彼の紹介した相手とはすぐに話が纏まったわね！」

「何もあなたを責めていないわ。話が纏まらなかったのは縁がなかったからよ！」小燕が言った。

「雅子、何が言いたいんだよ？」中山が言った。

「何もないわよ！」雅子はぷんぷんしながら答えた。

「雅子さん、久しぶりだね。少し痩せたんじゃないの？」小原が言った。

「痩せたのとどんな関係があるの、死ねば良かったんでしょ！　私は駄目な人間だから、死んだ方が嬉しいんでしょう！」雅子は自嘲気味に言った。

「お前、縁起でもない事を言うなよ！」中山が言った。

「中山、私は見透かしているのよ。あなたには二面性があるのよ。偽善者ぶって二股をかけて卑劣極まりないわ！」雅子は中山を無理やり席から連れ出し、周囲には誰もいないことを確認しながら抑えていた不満を一気にぶちまけて延々と当たり散らした。

「雅子、こんな所まで怒りを持って来るなよ！」中山が言った。

雅子は携帯電話の中の写真を中山に見せた。中には中山と田桜桜が親しげに写っている。丁度この時、田桜桜も歩いて来て首を伸ばし覗き込むと、あまりの事に仰天し二人ともバツが悪かった。

「これはパソコンで合成したものじゃないわよ！」雅子が言った。

この写真は雅子が中山のクラスの女性から買い取ったものだった。この女友達は、かつて中山を追い続けていたことがあって、思い通りにならなかった事に対する逆恨みであった。雅子は彼女を買収し、中山と桜桜の動向を探るように頼んでいた。丁度その女友達がキャンパス内の花壇を通り掛かった時、中山と桜桜の感情は昂り陶酔しているところを発見し、即座に携帯電話を使って盗撮すると雅子にメールを送った。中山は携帯の画面を覗き込み、気まずい思いで言葉に詰まった。

「それにあなた、偽善者、私は日本人とは恋愛する事はない、日本人とは結婚しないと言いながら、あなたは煙幕を張って私を惑わせたんでしょう。私を欺いて、その実はこの通りなんでしょう！」雅子は遠慮せずに田桜桜を睨んで言った。

「私は誓って言うけど変わっていないわ！」桜桜は釈明した。

「誰があなたの言う事を信じるの？　田桜桜、私はあなたに警告しておくけど、あなたは私の手の中から中山を奪って行ったのよ、私はあなたを許さないから！」雅子は話し終わるとぷんぷんしながら去って行った。

「雅子！」中山が怒鳴りながら彼女を引き留めようとしたが、彼女は既にドアの外に出て行ってしまい、中山もドアまで追っていったが、彼女は振り向きもせずにそのまま行ってしまった。レストランの中では、先程の雅子の到来で食事も、酒も全て白けてしまい、口数も少なくなりそのまま解散した。

中山と田桜桜はレストランを出たが、桜桜はひとしきり雅子に辱めを受けた事が気にかかり、悲しく、瞼には涙が光っていた。

「気にする必要ないよ。忘れよう！」中山が慰めるように言った。

田桜桜は押し黙り、彼女はまた中山の情感を引き離し、中山から抜け出し離れようとするのだが、足の裏は鉛でも入っているかのように動かそうとしても動かない。中山は磁石のように彼女を引き付けるのだ。彼女は中山の舵を握る船に乗って湾内に入り、船を降りようとしても降りる事が出来ない。彼女は中山を本当に愛してしまい、拒絶する事も離れる事も出来ないのだ。苦痛に陥りながらも……。

丁度、林小燕と小原一夫が結婚の手続きをしようとしていた時、劇的な場面に出合わせて、二人は思わずバツが悪そうに笑った。

ある日の晩、林小燕は何時も通りスナックにアルバイトで入り、彼女は胸元や背中を露出させ華やかに着飾ると、ママが割り当てた一人の客に付いた。その客と大よそ一時間程雑談をした頃、その客は腕時計を見ながら用事があると言って勘定を済ませて帰った。小燕はトイレに行って戻ろうとした時、一人よく熟知した人影が彼女の前を一瞬通り過ぎ、空いたソファーの席に座った。小原であった。彼女は信じられないように、薄明かりの中注意深く見たが確かに小原であった。彼はスーツ姿でネクタイを締め、幾分酒気を帯びているようだったが一見表情は普段のままだった。小燕はドキドキしながらその場を逃げようとしたが、ママは彼女を引き寄せ小原を指さしながら言った。

「急いであのお客さんの所に行って！」

「私、ちょっと体調が悪くて！」小燕は体調不良を装いながら小声で言った。

「先程は少しましだったのですが、また急に調子が悪くなって！」「ダメよ、今は人手が足りないんだから、具合が悪くても接客して」ママは命じるように言った。

小燕はいやいや仕方なく小原の席の傍らに座った。小原は小燕を見るなり、ぎょっとして尋ねた。

「どうしてあなたが！」

「どうして私じゃダメなの！」小燕はぶしつけに言った。

「分かった！　いいよ！」小原は逃げ場を失って答えた。

「何をお飲みになります？」小燕が尋ねた。

「ビールを！」小原が答えた。

小燕はビールとピーナッツを持って来ると、先を制すように尋ねた。「どうしてここに来たの？」

「少し前まで同僚と飲んでたんだけど、そのまま帰っても何もないから暇つぶしにと思って」小原が答えた。

「いつもスナックで遊んでるの？」小燕が尋ねた。

「いつもじゃないよ、ここに来たのは初めてだし、あなたに会うとは思いもしませんでした」小原はそれに答えてから逆に尋ね返した。

「ここでアルバイトしてもうどれくらい経つの？」

「長くないわ。一、二カ月よ」小燕は嘘を吐いた。

「もっと違うところもあるんじゃないの？」小原が言った。

「見つからないのよ。だってあなたは探してくれないでしょう！」小燕は甘ったれた声で答えた。

「もう探す必要はないよ！　俺達が結婚したらもうアルバイトをする必要もないし、君は家の中で主婦をしてくれればいい。俺が養うよ！」小原は小燕の手を引き彼女を抱擁しながら言った。

「嬉しいわ」小燕は答えて彼にキスをした。二人は酒を飲みながら雑談をし、普通の客とホステスのようだった。小原は一時間余りを過ごし、ビールを二本飲み勘定を済ませた。小燕は出口まで彼に付き添いながら、二人は少しバツが悪そうに見詰め合い、申し合わせたように笑った。

二日が過ぎ、小燕は日本にある中国大使館から届いた未婚証明を持ち小原の住まいにやって来た。彼に婚姻届に必要な関係書類かどうか確認しようと思っていた。

「君来たの」小原は煙草をくわえながら、小燕を冷ややかにちらっと見た。

小燕はバッグを開け、日本に在る中国大使館から取り寄せた未婚証明書と婚姻届に必要な書類を取り出し、小原の前に出して言った。

「ちょっと見てもらえない？　これでいいのか」

いくら小原に見せても彼は見ようとはせずに、突然顔色を変え重苦しい表情で「婚姻届はゆっくり考えよう！」と言った。

「どういう意味よ、考えが変わったの？」小燕は憤慨しながら言った。

「こういう事なんだ。皆知っているんだよ、俺の妻がホステスだっていう事を。俺の面子が耐えられないんだよ！」小原は自分の感情をそのまま伝えた。

「ホステスが何だって言うのよ！　私は誰とも寝ていないわよ。正当じゃないって言うの」小燕は理詰めで責めたてた。

「スナックじゃない所だったら」

「バイト先が見つからない時にやっとの思いで見つけた先が其処だったのよ！　それとも私がバイトした先は良くないけど、あなたが遊び回った先なら良かったの？　ずいぶんと勝手ね！」小燕は興奮して言う。

「俺は自分の可愛い妻を他の男のおかずにはさせたくないんだよ！」

「今は未だあなたの妻じゃありませんから！」

「だからすぐには婚姻届を出したくないんだ」

「わかったわ！　私達は別れましょう。私だってあなた以上に素敵な人が見つからないとも限らないし、成り行きを見ましょう！」小燕は関係資料を片付け始め、激怒して絶交を装った。

小原は小燕の綺麗な顔立ちと、すらりとした美しいプロポーションを見ながら、両親と同僚が彼女の写真を見て賛美した事を思い出し、気持ちが揺らいでいた。小燕がドアを開け出て行こうとした時、彼は駆けて行って彼女を引き止めた。

「待ってくれ！」

「明後日中に私達の婚姻届を出しに行くか、それともきっぱり別れるか決めて！」小燕は弱みに付け込むように言った。

「但し、答えてほしいんだ。スナックのバイトは辞めると」小原が言った。

「いいわよ、行かなくても。でも生活があるし、別なバイト先を紹介してくれるかそれとも生活費が頂けるんなら」小燕は手を伸ばして言った。

「どのみち私はあなたのものなんだから！」

「分かった！　先に生活費を渡すよ！」小原は八万円をそっと取り出して彼女に手渡した。その後、婚姻届に関する資料を準備させ、それを確認し終えて言った。

「資料は問題ない。明後日一緒に婚姻届を出しに行こう」

「いいわ！　明後日午前十時に飯田橋の地下鉄の駅であなたを待ってますから！」小燕が言った。

田桜桜はホテルで雅子から責められ、警告を受けたその日からまた中山との距離を置くようになった。彼女は自分の気持ちを抑え、中山に対し冷淡に接し、避け、最後には彼の母親への家庭教師さえ断った。中山の気持ちは落ち着かなかった。全ては雅子のでっち上げによってのことなのだ。時には雅子から電話があっても故意に電話口に出ようとはせず、時には彼女に対して激しく怒鳴りつけた。

そういうことがあってか、中山の母、和子が中山に尋ねた。

「最近田桜桜さんはどうして中国語を教えてくれないのかしら。もし授業料が少ないんなら少し上げてもいいのに！」

「お金のためじゃないよ、それに……」中山は言葉を濁して母には話そうとしなかった。

「なぜなの？　お母さんに教えて頂戴！」

「実は、雅子がまた腹を立てて、田桜桜を罵っているんだよ。彼女を脅して……」

「分かったわ、雅子が焼きもちを焼いているのね。今回は雅子が悪いわね！　あなたは田桜桜さんとの関係をはっきり決めた訳じゃないんでしょう。もし関係が決まっていても雅子には言わない方がいいわ。私達、親でも止められる事じゃないから！　あなた達若い人達の事は若い人達同士で決めるべきだわ！」

「ありがとう、お母さん理解してくれて！」母はやはり自分を理解してくれ自分を愛してくれていると中山は感じて尋ねた。

「お母さん、田桜桜の事はどう思う？」

「彼女は才色兼備な娘さんね。彼女が教えてくれた幾つかの中国語、私は彼女が好きよ。彼女はもう教えてくれないのかしら、本当に残念だわ。あなた、彼女にまた来てくれるように頼んでくれない？」和子が言った。

「暫くは無理だよ」中山が答えた。

「私が自分で彼女に電話をかけてみるわ。あなた彼女の電話番号を回してくれない！」和子が言った。

中山は自宅用の電話から田桜桜の携帯にかけたが、やはり繋がらなかった。中山はきっと彼女が怒っていて取ろうとしないのだと思い、気を落として受話器を置いた。

「もしかして彼女は出る事が出来なかったのかも知れないでしょう。もう一度かけ直してみてよ！」和子は指図するように言った。中山はもう一度その番号にかけてみると、電話は繋がり、中山が話した。

「桜桜、母があなたに話があるらしいんだ」

「桜桜、私は和子。中山の母よ！」

「おばさん、こんにちは！」

「どうして中国語の家庭教師に来てくれないの、あなたにお願いしたいのよ！」和子は気持ちを込めて説得した。

「おばさん……」田桜桜は少し涙に咽びながら言おうとして止めた。

「一郎から話は聞いたわ。雅子があなたの気分を害したんでしょう！　悲しんだり、腹を立てないで。雅子は気持ちの小さい子供だから、あなたと一郎が付き合う事はあなた達の自由で彼女には関係のない事だから。あなたが気に留める必要はないのよ、あなたが来てくれる事を待っているわ！」

「はい……」桜桜のすすり泣き声が受話器を通して伝わって来た。

「母の話を聞いただろう！　あなたは雅子の話を何時までも気にしないでほしい。私の顔を立てる必要などないけど、母の顔は立ててほしい！」中山は和子の手の中にある受話器に向かって話しかけた。

「おばさんの信頼と配慮には感謝するわ！」桜桜が言った。

「こうしましょう。今晩私はあなたに会いに行きますから……」中山は受話器を置いた。

その日の晩、中山は大きな紙袋を提げて田桜桜のアパートにやって来た。

「これは私の母があなたのために焼いたうなぎです。これはエビの天ぷら、これはあなたのためにつくったジャムです……」彼は品物を取り出しながら話した。

「二人には本当に感謝しています！」桜桜は感激して言い、中山のためにお茶を淹れた。

「あなたは何日程私を避けていたんだい。私は疫病神じゃありませんよ！」中山は冗談を言った。

「私は他人の愛まで奪おうとは思いませんし、雅子を罵るような事もしたくありません！」桜桜はうな垂れて沈んだ気持ちで話した。

「あなたも聞いたでしょう、母の話を。私達二人が付き合う事は私達の自由なんだ。雅子には何の関係もない事だよ」

「私はあなたを困らせたくありません！」

「これは困る事とは違うよ。私が誰と恋愛をしようとも、結婚しようとも私の権利だし、自由なんだ。私は雅子に対して恋愛も結婚も承諾をした訳じゃない。恋愛も結婚も双方が願ってするものだよ」

「以前、あなた達はいい関係だったでしょう！」桜桜が言った。

「過去は過去、物事は変化している。過去は現在や将来とイコールではないよ。恋愛も婚姻も縁あってのもので、私と雅子の縁は既に尽きたと感じているよ」

「あなたは怖くないの、あなたは移り気だと言われても。私は他の人から非難されるような事になったら怖い！」

「ちょっと！　俺と雅子は恋愛関係でもなければ結婚している訳でもない。他人から非難される覚えは全くないよ！」

「あなたは本当に私を理解しているの？」

「僕達は初対面の時から旧知のように何か特殊な縁があるように思えるんだ」

「あなたのお母さんは私の身の事情を知ってるの？」桜桜が尋ねた。

「母には未だ話していない。仮に母があなたのお父さんが日中の混血児だと知ったとしても、あなたが日本人の血を引く子供という事で偏見なども持たないよ。それに何か縁だと思って余計に好きになるんじゃないだろうか！」中山が言った。

「そう願いたいけど」桜桜は納得するように頷きながら話した。

「桜桜、僕は何か話すのを忘れてない？」中山が謎めかして言った。

「どんな事？」

「数日前、法学部のある教授と話したんだ。教授も弁護士だから、あなたの祖先に発生した事実を教授に相談しながら法律的な見解を尋ねてみたんだ。教授が言うには、もしあなたの祖父が未だ日本で生きていて、確実にあなたの祖父であると言うなら、あなた達は法律上訴える事が出来る。その上勝ち取る確率は大きいと言われたんだよ」

「そうなの！」田桜桜の瞳が一瞬輝いた。

「私の名前を教授に話した？」突然、彼女は心配して尋ねた。

「話していないよ！　僕はそこまで愚かじゃないよ。自分の中国の友人として話したから誰の名前も出していないよ！」

「聞いた話では、日本で訴訟を起こすためには多額のお金が必要なんでしょう！」

「君は心配する必要はないよ！」中山は少し秘密めかして話した。「一つの秘密を打ち明けると、実は日本の大学に合格した時、母方の祖父から奨励金としてもらったお金があるんです。大学を卒業した後にはアメリカに行って、修士、博士課程を取得しようと思って日本のある銀行に預けてありますから、訴訟を起こす時にはそのお金で援助します」

「そんな事出来ません！　私はそんな大きな情けを受ける訳にはいきません！」

「君の事は僕の事、君の苦痛は僕の苦痛、君の願いは僕の願いなんだ。僕達二人の心が通じ合って、最後には一緒に結ばれると信じている。いくら引き裂かれようともあなたのためなら如何なる犠牲をも厭わないよ！」

「私の日本の祖父と祖母が誓った時と同じように、心変わりをしないでね！」

「時代が違うよ、どうしてそんな事をするの！　あの時は戦時中だったけど今は文明社会で秩序社会だよ。全面的に協力する。ただ君を愛する事だけじゃなく、道義的にも、法律を学ぶ者として確信を持って公正さを重んじているんだよ」

「今の社会は文明的とは言っても、まだまだ多くの人々は道徳上欠落しているところも多く、人間性も不十分な場合もあるわ」

「君の祖父もその中の一人だ。厳しく過失の責任を問われるべきだ！」

「時間はすぐに過ぎてしまうから、私も出来るだけ早く修了する」

「安心してほしい。時機が来れば必ず協力するから！」

中山の真摯な態度は田桜桜の心を動かした。彼女は中山に対して疑う事も拒絶する理由などもなく、異国の地で理解し合える男性がいる事はとてもありがたいことであった。桜桜はもう雅子の嫉妬に関して考える事も、父や母の言い付けも考えずに中山の愛を受け入れる事をきっぱりと決めた。長い時間瞑想し、彼女は中山をしみじみと見詰めて言った。

「私はあなたの愛を受け容れます！」

中山は喜びに心が弾み、即座に彼女を抱きしめた。二人の血管の中の血流は狂奔し、心臓も激しく脈打った……。


土曜日の昼前、田桜桜は和子に中国語を教えるために約束した時間に中山の家にやって来た。和子は久しぶりに田桜桜に会うと「田さん、あなたが長い間来なかったから、本当に寂しかったわ！」しげしげと彼女を見て彼女の両手を握りながら言った。

「中山さんに手料理まで持たせて頂きましてありがとうございました。とても美味しかったです！」田桜桜はお礼の気持ちを伝えた。

「何か食べたいものがあったら一郎に声を掛けて。私が作って持たせるから！　そうだわ、今日勉強が終わったら私の家で昼食を食べて行って、もう準備しているから」和子が言った。

「そんな、申し訳ないです」桜桜が言った。

「遠慮しないでよ！」和子が言う。

「これからは頻繁に来て。別に中国語の勉強が無くてもいいじゃない？　日本にはそんなに親しい人もいないでしょう。気に掛けているんだから！」和子が言った。

「ありがとうございます、おばさん！」桜桜が言った。

「最近はどう、雅子は何か迷惑を掛けていない？」和子が尋ねた。

「ないです」桜桜が答えた。

「この前、雅子から一郎に電話があった時、私からも少し言っておいたのよ。つまり、もう少し度量を大きく持って！　何事でも細かい事をいちいち気にしちゃだめだって！」和子が言った。

「お母さん、そんなこと言う必要ないよ！　俺は本でも読んでるから、桜桜、お母さんと中国語の授業を始めて！」中山はそう言って書斎に入って行った。

「いいわ！」桜桜は教科書を開いた……。

授業が終わると、和子はまた食卓に料理をきちんと並べ、三人で昼食を取った。これは桜桜にとっては初めての中山家の食事で日本人の家では初めてであった。彼女はその優しさに感激しながらとても楽しかった。食事が終わると、彼女は片付けを手伝い、その姿は彼らの家の一員のようで、和子もそれを見て嬉しく思っていた。それからの田桜桜は度々中山家を訪れ、和子の授業が無くてもよく来るようになっていった。


丁度、田桜桜と中山一郎が愛欲に踏み入れ、愛の情欲で幸せを感じ遊弋していた頃、田桜桜は一本の電話を受け取った。その声はよく熟知した、とても親切な声だった。

「桜桜でしょう？　俺が誰か当ててみて？」

「雲鵬、あなた、カナダからなの？」田桜桜は耳にするなり尋ねた。彼女が日本に来てから初めて耳にする彼の声だった。彼女は尋ねた後、少し不安が胸を過った。以前彼らはとても意気の投合した一組のカップルであった。嘗ては素晴らしいロマンチックな時間を過ごし、もし田桜桜が日本への使命に固執していなかったのなら、きっと彼らはカナダへ留学をしていただろうし、離れがたい一組の恋人同士になっていたに違いない。

「いいえ！　もう東京に来ています。たった今着いたところです」

「東京に？　嘘でしょう！」田桜桜は信じられない様子だった。

「本当だよ！」雲鵬は声を上げて言った。

「東京には立ち寄ったの？　何時頃まで居られるの？」

「違うよ！　仕事で来たんだよ。だから長期で住む事になるんだ」

「カナダの授業はどうするの、修士の学位は取らないの？」

「はい！」

「どうして？」

「あなたのために！」

雲鵬の話は今の桜桜にとっては強い衝撃を与えめまいがするようだった。彼女は雲鵬が心底自分を愛している事を十分に知っている。以前、彼は彼女のためにカナダの予定を繰り上げてまで上海に戻った。どんなに疲れていてもそんな事は顧みず、彼女が日本に出発する時、わざわざ空港まで見送りに来て。彼は彼女のために両親を説得し、カナダへの留学費用全てを受け持ってくれると言い、その上日本への留学に掛かった費用まで補うと言ってくれた。彼女のために彼は意識が錯乱し、ひいては活力までも衰退していた。彼の彼女に対する愛はとても深く、自らの力では既に抜け出せなくなっていた。田桜桜も彼の忠誠を真摯に疑わず信じ、それまでは彼女も彼を愛していた。しかし、父の願いである正道を取り戻すために、また天の祖母、曽祖父、曽祖母にも安心してもらうためには思い切って愛を断ち切るしかなかったのだ。意外にも今また雲鵬が彼女のために東京に来るなどとは夢にも思わなかった。しかし、今の彼女は以前の田桜桜ではなかった。彼女は中山の愛を受け止めていたのだ。神様、あなたはどうしてこんなに人を困らせるの！　彼女は苦痛の渦中に陥り、涙は彼女の瞳から溢れ、彼女の手中の本の上に落ちた。

「どうして私のために東京に来たの！」桜桜はすすり泣きながら尋ねた。

「桜桜、すぐに君に会いたいんだ！　直接会って話したい」雲鵬は感激混じりの声で言った。

桜桜は受話器を握りながら沈黙していた。彼女は顔を合わせない方がいいと言うつもりだったのだが、しかし顔を合わせないというのはあまりにも人情味に欠けると思った。

「話してよ！」雲鵬は少し気を揉むように言った。

「分かった！　銀座にある上島喫茶店で会いましょう。その場所分かる？」桜桜は涙を拭きながら言った。

「分かるよ。君がたとえ月の上にいようとも捜し出すよ」雲鵬が言った。


陸雲鵬がカナダ留学への搭乗前に、母の朱晴茹が彼に話していた。「お父さんがカナダで買収した会社が近く東京に事務所を開く事になったらしい」と。この話は雲鵬にとって特別な感慨をもたらした。彼は考えていた。もし自分が東京に派遣される事になったらどんなにいいだろうか。父の負担も軽減出来、田桜桜と一緒にいる事が出来るなら彼女の留学の使命にも協力出来ると思っていた。カナダのオタワに着いてからは、昼間は授業を受け、晩にはマンションに戻り父の陸毅成と一緒に暮らしていた。

ある日曜日の昼、親子二人で一緒に食事をしている時、雲鵬は故意に尋ねた。

「お父さんの会社は東京に事務所を開こうとしているの？」

「誰から聞いたんだ。関係ないだろう？」陸毅成は思索しながら否定した。

「お父さん、誤魔化さないでよ。お母さんから聞いたんだよ！」雲鵬が言った。

「東京に事務所を開く事とお前に何の関係があるんだ？」

「私は日本語を学びました。大学の専攻も国際貿易だし丁度お父さんの会社でも候補者を探しているんでしょう」

「お前はくだらない事に思いをめぐらせるんじゃない。カナダでしっかり勉強して、修士の学位を取ってからいい仕事を探すんだ」

ある時、父の機嫌のいい時を見計らって尋ねた。「お父さん、東京の事務所は未だ開かないの？　それとも止めるの？」「早い方がいいでしょう！」雲鵬は探りを入れながら父の会社は日本に事務所を持つべきだと説得した。


ある日、雲鵬は偶然にも北京から届いた一枚のＦＡＸを見てしまった。それには東京の事務所が見つかり、銀座の某ビルが良いという内容だった。しかしその事務所での適任者が未だ見つかっておらず、派遣すべき人材は日本語が話せる人がよい事を提案していた。

雲鵬はこのＦＡＸを見て、心中望みがあると感じていた。翌日は丁度休日で、父が昼食を家で取る事を雲鵬は知っていた。彼はトマトの卵炒めと、マナガツオの醤油の煮付け、ザーサイと肉の細切れスープを作った。父は家に戻ると、彼は料理とビールを取り出し、父にビールを注いだ。

陸毅成はそれを見て言った。「おう！　今日はお天道様が西から出るんじゃないのか。こんなに料理を作ったなんて！」

「お父さんは何時も外で洋食ばかりで、油っぽいものばかり食べているでしょう。お母さんからも注意してみているように頼まれているんだよ。今日はお父さんのために腕によりをかけて中華料理を作ったから、味わってみて！」

「美味いな！　なかなかいけるよ！　これからは毎週一回俺の口に合うような中華料理を作ってくれよ！」陸毅成は座り、味見をしながら言った。

「いいよ！」雲鵬は何口かビールを飲み、父の機嫌のいい頃合いを見て話し出した。

「お父さん、聞いた話なんだけど、東京の事務所は準備が出来たけど、まだいい人材が見つかっていないんでしょう！」

「誰が言ったんだ？」

「昨日見ちゃったんだよ、あのＦＡＸを見て知ったんだ！」陸毅成は否定もせずに言った。「そう言う事か！　お前が今日料理を作ってくれたのは、俺から東京に派遣させようって魂胆だろう？　お前は考える必要ない！　勉強に集中する事が大事だろう！」陸毅成はぎょろっと目玉を回しながら言った。

「お父さん、新しい道を切り開くためにも私に先に行かせて下さい。一年だけ、一年後には必ず戻って卒業しますから」

「ダメだ！」

「お父さん、日本に行かせて下さい。事務所の仕事もきちんとしますから、任務もきちんと果たします。それ以外にも、日本語の教育も受けて日本語を自分のものにします。また英語にも精通して国際的な貿易の専門家になります。考えてみて下さい。将来鬼に金棒でしょう？」

「ダメだ！」陸毅成は固執するように言った。

電話が鳴って、陸毅成は受話器を握り言った。「もしもし、晴茹か、今日は雲鵬がマナガツオの醤油の煮付けと、トマトの卵炒め、それにザーサイと肉の細切れスープを作ってくれて食欲が出てきたよ！」

「ちゃんと誉めてあげた？」

「もう誉めたよ」

「あなたの会社から東京の事務所に派遣する人の事だけど……」

「さっき雲鵬とも話していたんだ。雲鵬の言う事も理にかなってはいるんだが、雲鵬の話は、『敵は本能寺にあり』だという事を言っているんだよ。あの田桜桜の事だ！」

「雲鵬の話は尤もよ、行かせましょう！　雲鵬に修業させるのもいいんじゃない？」

「ちょっとよく考えさせてくれ、お前、時間があったら私の母親に会いに行ってくれよ！」

「分かったわ！」

陸毅成は電話を切り、食卓に座り直すと、雲鵬はすぐにビールを注ぎ、それを陸毅成は一口飲んで言った。「分かった、いいだろう。お前ら母親と息子がぐるになって、二人で演技までして！　いいよ！　お前東京の事務所に一年間行って来い。カナダからも一人行かせるけどお前が責任者だ！」

「お父さん、ありがとう！」雲鵬はまたビールを注いで興奮しながら言った。

このようにして陸雲鵬はカナダでの休学手続きを終え、飛行機に乗って東京までやって来た。上島喫茶店の一角では、雲鵬と桜桜が向き合って座り、互いに相手を見詰め合い、桜桜の瞳には涙がきらめき、目は少し赤くなっていた。来る前に彼女は涙を流したのだろう。

「東京に来て、やっとあなたに会うことが出来ました！」雲鵬は感慨を込めて言った。

「どうして私の電話番号が分かったの？」桜桜が尋ねた。

「上海の御両親に電話をかけて聞きました！」雲鵬は答えた。「ところであなたは順調ですか？」

「はい、とてもいいわ」桜桜の瞼に溜まっていた涙がついに零れ落ちた。

「私は上海であなたを送り出してからは正常ではいられませんでした。毎日酒でごまかしていましたが、一度はホテルで酔っぱらっている時、あなたの従姉妹の玲玲に偶然会って、家まで送ってもらいました」雲鵬は少し感傷的になって話した。

「あなたには本当に申し訳ない気持ちでいっぱい……」桜桜は涙に咽びながら答えた。

「日本に着いてからどうして私に電話をくれなかったんですか？」

「……」桜桜は口に出せずにいた。

「分かっています。あなたを忘れさせるために、少しでも苦痛を少なくしようとしてなんでしょう。私があなたを忘れられずにいる事は分かっているはずなのに、本当に残酷だ！」

「私は東京留学の使命を果たすために、そして父の正道を取り戻すために、一家四世代の恨みを晴らすためにはどうしてもあなたを諦めざるを得なかったのよ！」

「あなたは諦める事が出来るかも知れないけど私には出来ない。カナダでは毎晩のようにあなたの写真を何度も何度も見て、ある時は写真を握り締めて夢を見て、あなたは夢の中でまで去ろうとして目が覚めました！」

「もうそれ以上言わないで……」桜桜は声を上げて泣いた。

「言わせて下さい。私はあなたのために何度も父と話し合って、そしてやっとの事で父の同意を得ることが出来て東京の事務所に来ました。父はずっと反対をしていましたが、苦心に苦心を重ね、母からも父を説得してもらい、やっとのことで父に理解してもらいました。ただ、私の約束は一年だけです。一年後にはカナダに戻って引き続き大学に戻らねばならない。東京に滞在している一年間の間に、きっとあなたの使命が遂げられるように協力します」

「ありがとう。でもその必要はないんです」桜桜が言った。

「私の助けが必要ないって？」雲鵬は不思議そうに言った。

桜桜は頷いた。

雲鵬はいやな予感が一瞬脳裏に浮かんだ。まさか桜桜がこんなに短い日本留学期間中に心変わりするなんて？　ひょっとして桜桜は他に恋人がいるのか？

「他に誰か心に決めた人がいるの？」雲鵬は尋ねた。

田桜桜は頷きながら顔中涙いっぱいにし、咽び泣き、暫くしてからしゃくりあげるように話し出した。

「あなたの来るのが遅かったのよ。あと十日早かったら良かったのに！」

「どういう事なんだよ！」雲鵬は驚きのあまり目を見開き、彼の全身は電撃にでも打たれたように震え出し、感覚が麻痺し、彫塑のように座ったまま微動だにしなかった。

桜桜はこれまで雲鵬のこんな異常な様子を見た事がなかった。彼女はどうしたら良いのか判らず立ち上がり、雲鵬に向かって深々とお辞儀をしながら言った。

「本当にごめんなさい」

「彼はあなたと同じ大学院の学生なの？　その人は中国人それとも日本の人ですか？」暫くすると雲鵬は落ち着きを取り戻し尋ねた。

「ええ……」桜桜は頷いた。

「神様はどうしてこんなに残酷で、どうしてこんなにも不公平なんですか！」雲鵬は悲しみに打ちひしがれていた。

「運命のいたずらなの！　たった数日前に彼の愛を受け入れたばかりなのに」

「彼はあなたの願いを叶えるために協力してくれるの？　あなたは留学の使命を果たす事が出来るの？」

「出来ます！　彼は一切の代価を惜しみません！」

「私の記憶では、あなたは日本人には嫁がないと誓っていたのに、これも御両親の言い付けなんですか！　どうして考え方が変わってしまったんですか？」

「以前は以前、今は今、こうするしかなかったのよ！」

「あなたの御両親は認めているんですか？」

「私自身の意思は別にしても、両親は賛成しないでしょう！」

「どうしてそんな事が出来るの！　もう一度自分自身の考えを変える事は出来ませんか？」雲鵬は自分の頭をたたきながら言った。

「ダメ！　そんな事出来ないわ！　もう自分で決めた事には背けないわ」

「それじゃ私は苦しんでもいいと！　私は八方手を尽くしてやっと東京に来たと言うのに。ところがやっと来てみれば磯の鮑の片思いだったとは、一切以前のように雲のように煙になってしまった！」

「本当にごめんなさい。きっとあなたは私より何倍も素敵な女性を得られますから！」

「もっと前にこの事がわかっていたなら、私も休学する事もなく、遠路はるばる東京まで来る事もなかったのに。東京で一年もの間ぼうっとしているなんて、一年なんて耐えられるどころか一日が一年のように長く辛い！」

「私があなたに望みたいのは仕事に打ち込んでくれる事です。そしてこの機会に日本語をマスターして下さい！」

「あなたの彼氏に会わせてもらう事は出来ませんか？」

「ダメ！　あなたには彼を会わせたくないわ！」

「昔だったら愛する人を争奪する事も出来たのに、もし今でもこのような事が許されるなら、必ず決闘で優劣を決められるのに」

「たとえそんな事が許されたとしても、私はあなた達を傷つける事は出来ないわ」

「あなたと一緒に日本に来た上海の女性は今でも交流があるの？　彼女は今どうしているの？」

「林小燕の事でしょう。私達は今でも連絡を取っているわ。彼女は既に日本人の彼氏を見つけて、間もなく結婚届を出すんじゃないかしら」

「彼女に会わせてもらう事は出来ませんか？」

「分かりました、これは彼女の電話番号です」桜桜は一枚の紙切れの上に携帯番号を書き込み雲鵬に渡した。

「ありがとう！」

雲鵬は思い焦がれていた恋人に会えた。だが今の桜桜は既に自分との関係はなくなっている。彼の心中では血が逆流するほどで、頭の中は真っ白になっていた。

著者：于强

作者于强。江蘇省南通市生まれ。中国作家協会会員。北京大学国際政治学部卒業。安徽省馬鞍山市人民政府外交事務局局長、観光局局長兼務。1995年上海に異動、上海市現代管理研究センターに於いて対外文化交流、上海国際詩吟の会（中日）を画策。著作には中日を題材にした長編小説『风媒花』、『翰墨情缘』（日本語版名『李海天の書法』、『夫よ　日本の何処に』）は中国と日本共に日本語版を出版し強烈な反響を呼んだ。日本語版『李海天の書法』は日本図書館協会1946回選考会に於いて、“選定図書”に選ばれた。その他の著作、散文集には『伟哉！　李太白』、『海阔情长』等がある。

校正：劉幸宇

訳者：稲見　春男（いなみ　はるお）
栃木県二宮町出身。上海在住。

桜の花のかがやき　上巻

2024年9月6日　初版第1刷発行

訳　　者　稲見春男
著　　者　于　　強
発 行 者　中田典昭
発 行 所　東京図書出版
発行発売　株式会社 リフレ出版
〒112-0001　東京都文京区白山 5-4-1-2F
電話 (03)6772-7906　FAX 0120-41-8080
印　　刷　株式会社 ブレイン

ISBN978-4-86641-754-7 C0097
Printed in Japan 2024